Os vivos e os mortos

Série
OS ÚLTIMOS SOBREVIVENTES

A VIDA COMO ELA ERA

OS VIVOS E OS MORTOS

O MUNDO EM QUE VIVEMOS

A SOMBRA DA LUA

SUSAN BETH PFEFFER

Tradução
Ana Resende

Rio de Janeiro | 2016

Copyright © 2008 by Susan Beth Pfeffer

Título original: *The Dead and the Gone*

Imagens de capa: Lua cheia © Elle Arden Images/Shutterstock.com / Cidade deserta © YorkBerlin/Shutterstock.com / Árvore seca © Ana Gram/Shutterstock.com / Céu nublado © Dudarev Mikhail/Shutterstock.com

Ilustração de miolo: Tadeu Costa

Editoração: FA Studio

Texto revisado segundo o novo
Acordo Ortográfico da Língua Portuguesa

2016
Impresso no Brasil
Printed in Brazil

Cip-Brasil. Catalogação na publicação
Sindicato Nacional dos Editores de Livros. RJ

P624v	Pfeffer, Susan Beth
	Os vivos e os mortos / Susan Beth Pfeffer; tradução Ana Resende. — 1. ed. — Rio de Janeiro: Bertrand Brasil, 2016.
	336 p.; 23 cm. (Os Últimos Sobreviventes; 2)
	Tradução de: The dead and the gone
	Sequência de: A vida como ela era
	Continua com: O mundo em que vivemos
	ISBN 978-85-286-2024-5
	1. Ficção americana. I. Resende, Ana. II. Título. III. Série.
15-22282	CDD: 813
	CDU: 821.111(73)-3

Todos os direitos reservados pela:
EDITORA BERTRAND BRASIL LTDA.
Rua Argentina, 171 — 2º andar — São Cristóvão
20921-380 — Rio de Janeiro — RJ
Tel.: (0xx21) 2585-2076 — Fax: (0xx21) 2585-2084

Não é permitida a reprodução total ou parcial desta obra, por quaisquer meios, sem a prévia autorização por escrito da Editora.

Atendimento e venda direta ao leitor:
mdireto@record.com.br ou (0xx21) 2585-2002

Impresso no Brasil pelo Sistema Cameron da Divisão Gráfica da
DISTRIBUIDORA RECORD DE SERVIÇOS DE IMPRENSA S.A.

Para Janet Carlson,
a companhia mais animada
e amiga adorada

UM

Quarta-feira, 18 de maio

No momento em que a vida como ele conhecia mudou para sempre, Alex Morales estava atrás do balcão da Joey's Pizza, fatiando um pastelão de pesto de espinafre em oito pedaços quase iguais.

— Eu também pedi um antepasto.

— Está bem aqui, senhor — respondeu Alex —, junto com os pãezinhos de alho.

— Obrigado — agradeceu o homem. — Espere aí. Você não é Carlos, o filho de Luis?

— Carlos é meu irmão mais velho — respondeu ele. — Eu sou Alex.

— Isso mesmo — concordou o homem. — Olhe, você poderia dizer ao seu pai que estamos com um problema no encanamento do 12B?

— Meu pai está viajando por uns dias — disse Alex. — Foi a Porto Rico para o enterro da minha avó. Mas deve chegar no sábado. Assim que voltar, falo com ele.

— Não se preocupe — retrucou o homem. — Eu posso esperar. Lamento pela sua avó.

— Obrigado — respondeu Alex.

— Então, por onde anda o seu irmão atualmente? — indagou ele.

— Virou fuzileiro naval — respondeu Alex. — Em Twentynine Palms, na Califórnia.

— Que bom — falou o homem. — Diga que mandei lembranças. Greg Dunlap, apartamento 12B.

— Farei isso — prometeu Alex. — E pode ter certeza de que pedirei para o meu pai ver seu encanamento.

O sr. Dunlap deu um sorriso.

—Você está na escola? — perguntou.

Alex fez que sim com a cabeça.

— Estudo na Academia S. Vicente de Paula.

— Boa escola — elogiou o sr. Dunlap. — Bob, meu companheiro, estudou lá. Ele diz que é a melhor escola da cidade. Você já sabe onde quer cursar a faculdade?

Alex sabia exatamente para onde queria ir, para onde ficaria feliz em ir e para onde ficaria satisfeito por ir.

— Georgetown é a minha primeira opção — contou. — Mas isso depende da bolsa de estudos. E de me aceitarem, claro.

O sr. Dunlap concordou com a cabeça.

— Direi a Bob que o filho de Luis está na Vicente de Paula — disse ele. —Vocês dois podem trocar ideias um dia.

— Seria ótimo — concordou Alex. — A conta deu 32 dólares e 77 centavos.

O sr. Dunlap entregou-lhe duas notas de vinte dólares.

— Fique com o troco — disse ele. — Coloque na poupança para a faculdade. E não se esqueça de mandar lembranças a Carlos. Luis deve estar muito orgulhoso de vocês dois.

— Obrigado — agradeceu Alex, entregando a pizza, o antepasto e o saco de pãezinhos de alho para o sr. Dunlap. — Falarei com meu pai sobre o encanamento assim que ele voltar.

— Não precisa ter pressa — respondeu o sr. Dunlap.

Alex sabia que as pessoas sempre diziam "não precisa ter pressa" quando queriam dizer "faça agora mesmo". Mas uma gorjeta de sete dólares garantia que Alex falaria com seu pai sobre o problema no encanamento do 12B no minuto em que ele voltasse do enterro de sua avó.

— A tevê a cabo saiu do ar — resmungou Joey da cozinha. — Os Yankees lotaram as bases no sexto tempo e a tevê sai do ar.

— Ainda estamos em maio — disse Alex. — Que diferença isso faz?

— Eu apostei nesse jogo — lamentou-se Joey.

Alex sabia muito bem que não precisava lembrar ao chefe de que o jogo ainda estava acontecendo, mesmo sem passar na tevê. Em vez disso, voltou sua atenção para o freguês seguinte, entregando-lhe duas fatias de pizza de pepperoni e um refrigerante grande.

Ele só conseguiu sair às 22h, mais tarde do que de costume, mas a pizzaria estava com poucos funcionários e, com Joey de mau humor por causa do jogo de beisebol, Alex achou que não seria uma boa ideia sair antes. A noite estava nublada, úmida e quente, e havia uma sensação de tempestade iminente no ar, mas como não chovia, ele aproveitou a caminhada. Pensou em Georgetown e suas chances de entrar.

Ser vice-representante de turma no segundo ano ajudaria, mas ele não tinha a menor chance de ser representante no último ano. Com certeza, Chris Flynn venceria mais uma vez. Alex estava seguro de que conseguia ser líder da equipe de debate. Mas quem seria nomeado editor do jornal da escola, ele ou Chris? Alex analisava as chances dos dois quando seus pensamentos foram interrompidos por um homem e uma mulher que saíam da Olde Amsterdam Tavern.

— Vamos, docinho — insistia o homem. — Relaxe. Nós podemos morrer amanhã.

Alex sorriu. Isso parecia algo que Carlos diria.

Quando atravessava a Broadway, porém, carros de bombeiro e ambulâncias desciam a avenida, com suas sirenes barulhentas, sem se preocupar com os sinais de trânsito, e ele começou a se perguntar o que estaria acontecendo. Ao virar na Rua 88, viu uma aglomeração em frente aos edifícios residenciais. No entanto, não se ouviam risos nem brigas. Algumas pessoas apontavam para o céu, mas, quando Alex ergueu os olhos, só encontrou nuvens. Uma mulher bem-vestida chorava sozinha. Então, enquanto Alex descia o pequeno lance de escadas que levava ao apartamento da família, no porão, houve um apagão. Balançando a cabeça, destrancou a entrada externa. Após entrar no corredor escuro, bateu à porta do apartamento.

— Alex, é você? — gritou Briana.

— Sim. Deixe-me entrar — disse. — O que está acontecendo?

Bri abriu a porta.

— Estamos sem luz — explicou ela. — E a tevê também está fora do ar.

— Alex, onde está a lanterna? — indagou Julie.

— Procure em cima da geladeira — respondeu ele. — Acho que tem uma lá. Onde está mamãe?

— Ligaram do hospital — disse Briana. — Agora há pouco. Mamãe falou que há uma grande emergência e estão precisando de todo mundo.

Julie veio até a sala de estar, iluminando-a com a lanterna.

— Ela só está trabalhando lá há duas semanas, e eles já não conseguem fazer nada sem ela — observou.

— Disseram que não sabiam quando ela poderia ir embora — disse Briana.

— Papai ligou enquanto você estava fora — informou Julie. — Disse que todos chegaram bem e que o enterro da vovó é amanhã. Eu queria que tivéssemos ido com ele.

— Não sei por quê — disse Briana. — Sempre que a família se reúne, você arruma uma desculpa para não ir.

— Melhor você ser legal comigo — avisou Julie —, sou eu quem está com a lanterna.

— Procure o rádio portátil com ela — sugeriu Alex. — Talvez a cidade inteira esteja sem luz.

Ele pensou, e não pela primeira vez, que as coisas seriam muito mais fáceis se a família Morales tivesse dinheiro para comprar um computador. Não que ele fosse servir para alguma coisa sem eletricidade.

— Aposto que isso tem alguma coisa a ver com a Lua — disse Briana.

— Com a Lua? Por quê? — perguntou Alex. — Sei que manchas solares podem causar problemas, mas nunca ouvi falar de manchas lunares.

— Não por causa de manchas lunares — afirmou Briana. — Disseram que a Lua ia ser atingida hoje à noite por um asteroide ou coisa parecida. Foi uma das minhas professoras quem falou. Ela ia a uma festa do meteoro no Central Park para assistir.

— É, também ouvi falar disso na escola — disse Alex. — Mas não entendo como um asteroide pode fazer a luz acabar. E nem por que isso faria mamãe ter que ir ao hospital.

— O rádio não está funcionando — observou Briana, tentando ligá-lo. — Talvez a bateria tenha acabado.

— Ótimo! — falou Alex. — Nesse caso, por que não ficam com a lanterna e vão dormir? Mamãe nos contará o que aconteceu quando chegar em casa.

— Mas está muito quente sem o ventilador — queixou-se Julie.

Alex não conseguia entender como mamãe e Bri aguentavam aquela garota. E, para completar, ela era a favorita de Carlos. Seu pai parecia achá-la adorável, só porque era o bebê da família. Um bebê de 12 anos, na opinião de Alex.

— Você acha que está tudo bem? — perguntou Briana.

— Tenho certeza de que sim — tranquilizou ele. — Deve ter havido um incêndio grande no centro da cidade. Ouvi um monte de sirenes.

— Mas a mamãe trabalha no Queens — comentou Briana. — Por que o hospital precisaria dela se o incêndio é no centro?

— Então talvez tenha sido um acidente de avião — disse Alex, lembrando as pessoas apontando para o céu. — Não deixe que eu me esqueça de avisar ao Papai que o 12B está com um problema no encanamento. E vá dormir. Qualquer que seja a emergência, já estará tudo resolvido até amanhã.

— Está bem, então — disse Briana. —Vamos, Julie. Vamos rezar bastante por todos.

— Nossa, que divertido — resmungou Julie, mas seguiu a irmã mais velha até o quarto.

Mamãe guardava velas votivas na cozinha, lembrou Alex. Ele tropeçou pela casa até encontrar uma e a caixa de fósforos para acendê-la. A luz era fraca, mas suficiente para que ele chegasse até o quarto que dividira com Carlos.

Originalmente, os dois quartos eram um só, mas, quando se mudaram, seu pai construíra uma parede divisória, formando dois pequenos cômodos, um para os meninos e outro para as meninas. Seus pais tinham um quarto só deles. Mesmo sem Carlos, o apartamento estava abarrotado, mas era o lar de Alex, e ele não tinha do que se queixar.

Tirou a roupa rapidamente, abriu um pouco a porta para ouvir quando sua mãe voltasse para casa, apagou a vela com um sopro e se deitou no beliche. Através da parede fina, ouviu Briana rezando *Dios te salve, María.* Seu pai achava que Bri era devota demais, mas sua mãe dizia que era apenas uma fase pela qual garotas de 14 anos passam.

Por alguma razão, Alex não acreditava que Julie fosse passar por ela quando tivesse essa idade.

Quando Alex tinha 14 anos — há três anos —, chegou a pensar, durante alguns dias, em se tornar padre. Mas Bri era diferente. Alex conseguia realmente imaginar a irmã se tornando freira um dia. E ele sabia que sua mãe adoraria se isso acontecesse.

Irmã Briana, pensou, virando-se para o lado, com a cabeça voltada para a parede. Minha irmã, a irmã. O pensamento fez com que adormecesse sorrindo.

Quinta-feira, 19 de maio

— Alex! Alex! Abra a porta!

No início, Alex pensou que estava sonhando. Não dormira bem a noite toda, acordara diversas vezes para ver se a eletricidade tinha voltado ou se sua mãe retornara. O tempo quente e úmido também não tinha ajudado. Seus sonhos envolviam sirenes, acidentes e emergências e, de alguma forma, ele estava envolvido em tudo aquilo, mas não conseguia ajudar.

— Alex!

Ele balançou a cabeça para despertar e olhou pela janela. Ainda estava escuro do lado de fora, e os postes de luz estavam apagados. Entretanto, viu o rosto de um homem. Era seu tio Jimmy, agachado na janela.

Alex saiu da cama.

— Encontro você na porta — disse, vestindo o roupão e, em seguida, atravessando o apartamento até a porta externa.

— A campainha não está funcionando — disse tio Jimmy. — Não há luz em lugar algum.

— Que horas são? — perguntou Alex. — O que está acontecendo?

— São 4h30 — respondeu tio Jimmy. — Preciso que vocês me ajudem no armazém. Acorde suas irmãs e vistam-se o mais rápido que puderem, está bem?

— O que está acontecendo no armazém? — perguntou Alex, mas fez o que o tio pedira e bateu na porta do quarto das irmãs até ter certeza de que tinham acordado.

— Explicarei tudo mais tarde — disse Jimmy. — Vistam-se. E se apressem.

Em poucos minutos, Alex, Briana e Julie estavam na sala de estar, completamente vestidos.

— Vamos — disse Jimmy. — Vim com a van.

— Aonde estamos indo? — perguntou Briana. — Estão todos bem? A mamãe já chegou?

— Acho que não — disse Alex. — Ela não ia conseguir dormir com todo esse barulho. Tio Jimmy, vamos ficar muito tempo fora?

— O tempo que precisar — respondeu Jimmy.

— E quanto à escola? — indagou Briana. — Voltaremos a tempo?

— Não se preocupem com a escola — disse Jimmy. — Não se preocupem com nada. Apenas venham comigo.

— E se mamãe telefonar? — perguntou Briana. — Ou papai? Eles ficarão apavorados se ninguém atender o telefone.

Alex assentiu com a cabeça.

— Julie, venha com a gente — disse. — Bri, fique aqui para o caso de alguém ligar.

Ele preferia a companhia de Bri, mas era mais seguro deixá-la sozinha do que deixar Julie.

— Está bem — disse Jimmy. — Vamos, então.

OS VIVOS E OS MORTOS • 15

Tio Jimmy estacionara a van no meio da rua, mas Alex imaginou que, àquela hora da manhã, ninguém se preocuparia muito com isso. Eles entraram, e Jimmy começou a dirigir pela cidade, passando pelo parque e, depois, por vinte quarteirões até o armazém. Havia muito mais trânsito do que o esperado para aquela hora da manhã, e ele ainda ouvia sirenes ao longe.

— O que está acontecendo? — indagou. — Eles sabem o que causou o apagão?

— Sim, sabem — respondeu Jimmy. — Foi a Lua. Alguma coisa aconteceu com a Lua.

— Manchas lunares — brincou Julie, dando um risinho.

— Não tem graça nenhuma — disse tio Jimmy. — Lorraine não conseguiu dormir durante a noite toda. Ela está convencida de que irão saquear os armazéns assim que amanhecer. Na noite passada, foram as lojas de bebida e de eletrônicos, mas, durante o dia, eles vão começar a procurar comida. Por isso, vamos esvaziar o armazém, retirar tudo, e levar para o apartamento. Preciso que vocês me ajudem a embalar e carregar.

— E quanto a nós? — perguntou Julie. — Vamos ficar com alguma comida?

— Sim, claro — respondeu tio Jimmy. — Onde está sua mãe?

— No hospital — disse Alex. — Ela trabalhou a noite toda, acho. Papai ainda está em Porto Rico. Tio Jimmy, o que está acontecendo?

— Vou contar tudo o que sei — começou o homem. — Algo grande atingiu a Lua ontem à noite: um planeta, cometa ou algo assim. E estragou a Lua. Agora, ela está mais perto da Terra. Há maremotos, enchentes, apagões e pânico. Lorraine está histérica.

Tia Lorraine sempre estava histérica, pensou Alex. Seu pai a chamava de *La Dramática*, e sua mãe ainda não a perdoara pelo escândalo que fizera quando Carlos anunciara que se alistara na infantaria naval: *"Você vai morrer! Eles vão matá-lo! Nunca mais o veremos!"*

— E eles não podem devolver a Lua para o lugar dela? — indagou Julie.

— Espero que sim — respondeu Jimmy. — Mas, mesmo que possam, ainda vai levar um tempo. Enquanto isso, Lorraine diz que seria melhor ficarmos com a comida, antes que estranhos a tirem da boca das nossas crianças. — Ele apertou a buzina com força ao ver um carro cruzando a Terceira Avenida. — Idiotas — murmurou. — Gente rica, fugindo ao primeiro sinal de problemas.

— Não há policiais nas ruas — constatou Alex.

Jimmy riu.

— Eles estão protegendo os ricos — disse. — Não se importam com mais ninguém.

Tio Jimmy parecia ter um pouco da *dramática* nele também, decidiu Alex. Viver com a tia Lorraine provavelmente fazia isso com uma pessoa. Os filhos deles sempre faziam birra, mas ainda eram pequenos, e Alex torcia para que, quando crescessem, esse problema acabasse. Não que isso tenha acontecido com sua tia Lorraine.

— Ótimo — disse Jimmy. — Benny está aqui. — Ele estacionou a van na frente do armazém. — Podem sair. Alex, você e eu carregaremos a comida. Julie, você monta as caixas. Como estão as coisas, Benny?

O homenzarrão parado diante do armazém assentiu com a cabeça.

— Está bastante calmo — disse ele. — Não teremos problemas. — E tirou uma arma do cinto. — Só por precaução.

— Benny recebe o pagamento primeiro — orientou Jimmy. — Cerveja e cigarros.

— É a nova moeda — disse Benny, e deu um sorriso.

Alex se perguntou se ainda estava sonhando. Nada daquilo parecia real, a não ser pelas notícias da histeria de tia Lorraine. Tio Jimmy abriu o portão de ferro. Alex e Julie seguiram-no até o armazém, enquanto Benny ficava de guarda na porta.

Jimmy entregou uma lanterna para Julie e pediu que ela se sentasse no chão, atrás do balcão, e montasse as caixas. Mostrou a Alex onde estavam os engradados de cerveja e os cigarros. Enquanto o sobrinho carregava o carro de Benny, Jimmy enchia caixas vazias com leite, pão e outros alimentos perecíveis.

Benny pediu a Alex para encher primeiro o porta-malas e, depois, o banco traseiro. Era impressionante a quantidade de engradados de cerveja e caixas de cigarro que cabiam no carro.

Finalmente, o único espaço vazio era o banco do motorista.

— Você sabe dirigir? — perguntou Jimmy, virando-se para Alex.

Ele negou com a cabeça.

— Certo, então levarei essas coisas até a casa de Benny — disse o tio. — Benny, fique aqui fora. Deixe a arma à mostra. Alex, comece a encher as caixas de papelão para a minha família. Diga a Julie para usar as sacolas plásticas para as coisas de vocês. Voltarei em meia hora.

Benny ficou do lado de fora, enquanto o jovem se juntava à Julie no armazém. Tio Jimmy trancou o portão de ferro, deixando Alex com a sensação incômoda de ser um prisioneiro, embora soubesse que ele e a irmã estariam mais seguros com a loja trancada.

— Tio Jimmy enlouqueceu, não é? — perguntou Julie.

— Provavelmente — respondeu Alex. — Você conhece a tia Lorraine. Ela só fica satisfeita se o mundo estiver acabando. — Ele notou todas as caixas de papelão que Julie montara. — Você se esforçou mesmo.

Julie assentiu com a cabeça.

— Achei que devia — disse ela. — Caso contrário, tia Lorraine teria um ataque se pegássemos alguma coisa para a gente. E, se não pegarmos, mamãe ficaria irritada.

— Bem-pensado — concluiu Alex. — Tio Jimmy falou para usarmos as sacolas plásticas para a nossa comida.

— Claro — disse Julie. — Cabe menos coisa dentro delas.

— Mas a comida é dele — retrucou Alex. —Tio Jimmy está nos fazendo um favor. Por que não enche o máximo de sacolas que conseguir enquanto ele está fora?

Julie concordou com a cabeça e começou a pegar vidros e latas de comida. E ele começou a encher as caixas de papelão. Enquanto isso, tentava entender o que realmente estava acontecendo. A Lua era responsável pelas marés; portanto, se estava mais próxima da Terra, fazia sentido as ondas aumentarem. Será que a NASA conseguiria resolver o problema rapidamente? O estrondo distante de um trovão deixou Alex ainda mais inquieto.

Ele deu um pulo quando Julie interrompeu o silêncio.

—Você acha que Carlos está bem? — perguntou ela.

— Claro — afirmou Alex, achando graça de sua reação. — Ele deve estar muito ocupado. Nem imagino quando terá uma chance de telefonar.

— Mamãe também — acrescentou Julie. — Com os **roubos** e tudo o mais, os hospitais devem estar lotados.

— E papai está seguro em Milagro del Mar — completou Alex. — Todos estamos bem. Na segunda-feira, as coisas voltarão ao normal.

— Será que as aulas serão suspensas? — perguntou Julie. — Tenho teste de inglês e não estudei.

Alex sorriu.

—Você está salva — disse — Mesmo que a Anjos Sagrados abra, o teste provavelmente será cancelado.

OS VIVOS E OS MORTOS • 19

Julie continuou enchendo as sacolas plásticas até o limite. Alex fez a mesma coisa com as caixas de papelão. Era bom dizer a Julie que tudo voltaria ao normal na segunda-feira, mas ele achava isso improvável. Quanto mais comida tivessem em casa, melhor.

— Como está indo? — perguntou à Julie.

— Já enchi vinte sacolas — respondeu ela.

— Que bom — disse Alex. — Continue assim. Você sabe o tipo de coisa que mamãe costuma comprar.

— Melhor do que você — murmurou Julie.

Alex soltou uma risada. A verdade, porém, era que ele não conseguia se recordar da última vez em que estivera num supermercado, e certamente não se lembrava de papai ou Carlos indo a um. Fazer compras, cozinhar e limpar a casa — tudo isso era feito por sua mãe, Bri e Julie. Alex mantinha seu quarto arrumado, e Carlos costumava ajudar o pai deles de vez em quando, mas eram Bri e Julie que costuravam, passavam e cozinhavam. Mesmo quando mamãe voltara a estudar, fazendo o supletivo e, depois, o curso técnico para ser instrumentadora cirúrgica, ela e as garotas cuidavam de todo o trabalho doméstico.

Não que mamãe e Bri reclamassem sobre isso. Julie certamente se queixava, mas, até se ela fosse uma princesa, reclamaria do peso da coroa.

Como se ouvisse seus pensamentos, a menina choramingou:

— Meus braços estão doendo. E não consigo alcançar as coisas que estão nas prateleiras mais altas.

— Então só pegue o que conseguir alcançar — ponderou ele. — E não se esqueça dos cogumelos enlatados. Papai gosta deles.

— Já enchi uma sacola com isso — respondeu Julie.

— Ótimo — disse Alex, voltando a empacotar e a pensar.

Provavelmente a NASA estava consultando físicos e astrônomos de todo o mundo sobre o modo mais rápido de consertar a Lua. No fim, tudo ia voltar ao normal.

Quando tio Jimmy voltou, Alex já enchera todas as caixas vazias. Ele e Jimmy as levaram para a van, ao mesmo tempo que Julie voltava a montar as poucas embalagens restantes. Então, Alex e o tio encheram as últimas caixas e sacolas.

— Julie, você fica aqui — disse tio Jimmy. — Benny estará do lado de fora. Alex e eu deixaremos essas coisas no meu apartamento e, depois, voltaremos para levar você para casa.

Alex não gostava da ideia de deixar Julie sozinha ali, mas achou que ela ficaria segura trancada e com um guarda armado de vigia.

— Comporte-se — disse para ela.

Julie lançou-lhe um olhar severo, e Alex teve pena dos saqueadores que, porventura, passassem por Benny.

Rapidamente, Jimmy percorreu os quatro quarteirões até o seu apartamento.

— Lorraine nos ajudará a descarregar. Mas vai demorar para levarmos todas essas coisas lá para cima.

Jimmy e Lorraine moravam no segundo andar de um edifício sem elevador. O tio levava as caixas da van até o primeiro andar e, depois, Alex as carregava até o andar de cima, onde Lorraine as levava para o apartamento. Ele ouviu os priminhos gritando lá dentro, mas isso não era novidade. A tia não disse nem uma palavra, apenas resmungava ao arrastar as caixas mais pesadas para dentro da casa.

Quando finalmente terminaram, ela fitou Alex.

— Obrigada — disse. — Você ajudou a salvar a vida dos meus bebês.

OS VIVOS E OS MORTOS • 21

— As coisas vão se ajeitar — retrucou o garoto. — Basta dar tempo aos cientistas e eles vão arranjar uma solução.

— Isso é grande demais para os cientistas — disse Lorraine. — Somente Deus pode nos salvar agora.

— Então Ele irá — afirmou o jovem.

— Vamos, Alex! — chamou Jimmy do andar de baixo. — Precisamos voltar.

Ele deu um abraço constrangido em Lorraine e desceu as escadas correndo. Jimmy dirigiu de volta até o armazém, e Alex notou que Benny não estava mais de guarda.

— Droga — reclamou o tio. — Eu falei para ele ficar até nós voltarmos. Julie, você está bem?

— Tinha alguém batendo no portão de ferro — contou Julie, agachada atrás do balcão. — Ouvi tiros.

— Está tudo bem — afirmou Alex. — Vamos para casa agora.

— Muito bem — disse Jimmy, ainda com uma expressão aborrecida. — Terminarei de guardar o que falta sozinho. Venham, vamos pegar as suas coisas.

Alex ficou impressionado com a quantidade de sacolas que Julie enchera, e com o peso delas. Com certeza eles teriam comida até tudo voltar ao normal.

Jimmy os ajudou a levar os mantimentos até a sala de estar, depois, voltou para o armazém. Alex, Briana e Julie carregaram a maior parte das sacolas para a cozinha. O que não coube ali ficou na sala.

— O telefone tocou enquanto vocês estavam fora — disse Briana. — Acho que era papai, mas não tenho certeza.

— Como não tem certeza? — perguntou Alex, sentindo cada músculo de seu corpo doer. Tudo o que queria era um banho quente e mais quatro horas de sono.

— Tinha muita estática — disse Briana em tom de desculpas. — Mas ouvi uma voz de homem e tenho certeza de que era a de papai. Acho que ele falou algo sobre Porto Rico.

— Bem, então são boas notícias — concluiu Alex. — Se ele telefonou, deve estar bem. Provavelmente ligou para dizer que não volta no sábado.

— Eu falei que todos estamos bem, para ele não se preocupar — contou Briana.

— Eles me deixaram sozinha — queixou-se Julie. — Alguém tentou entrar lá. Podiam ter me matado.

—Você está bem? — indagou Bri.

Alex viu a preocupação nos seus olhos.

— Claro que está — disse ele. —Todos estamos.

— Podemos ligar para mamãe? — perguntou Briana. — Contaremos sobre a comida e avisaremos que tivemos notícias de papai.

— Não deveríamos incomodá-la no trabalho — disse Alex. — Ela vai ligar quando puder ou, talvez, simplesmente volte para casa. Que tal prepararmos o café da manhã? Nós nos sentiremos melhor depois de comer.

— Posso fazer ovos mexidos — disse Briana. — O fogão ainda está funcionando. Já chequei.

— Parece bom — concordou Alex. — Vou tomar um banho. Depois do café, iremos para a escola.

— Eu não vou a lugar algum — retrucou Julie. — Não durante o apagão.

— Também não quero ir — disse Bri. — Não podemos ficar aqui até a mamãe voltar?

— Está bem — falou Alex. — Mas vou sair depois do café para ver o que está acontecendo.

OS VIVOS E OS MORTOS • 23

Ele entrou no chuveiro e descobriu que não havia água quente. Tomou banho o mais rápido possível e, em seguida, vestiu o uniforme da escola.

— Não há água quente — disse à Bri.

— As pessoas nos apartamentos não vão culpar papai por isso, não é? — perguntou ela.

— Ninguém vai achar que é culpa dele — respondeu Alex. — O problema não é apenas neste prédio. A cidade toda parece estar sem luz. Onde está Julie? Ela já comeu?

— Voltou para a cama — respondeu Briana, servindo os ovos mexidos no prato de Alex. — Espero que o suco de laranja ainda esteja bom.

Alex tomou um gole.

— Está, sim — disse.

Ele não percebera o quanto estava faminto até sentir o cheiro dos ovos mexidos. Acabara de engolir vorazmente a comida quando o telefone tocou.

— Talvez seja a mamãe! — gritou Briana, correndo para atender. — Alô? É Carlos! Oi, Carlos. Está tudo bem aí?

— Passe o telefone para mim, Bri — disse o garoto. — Carlos, é Alex. Como você está?

— Estou bem — respondeu Carlos. — Só tenho um minuto para falar. Estamos sendo transferidos. Não sei para onde vamos, mas nos disseram para ligar para casa. Está tudo bem com vocês?

— Estamos bem — informou Alex. — Papai telefonou hoje de manhã e falou com Bri. E mamãe está no hospital. Como estão as coisas onde você está? Estão sem luz?

— Não. Nós temos energia elétrica — contou Carlos. — Julie está bem?

— Está dormindo — respondeu Alex. — Jimmy nos fez esvaziar o armazém. Ela trabalhou duro. Quer que eu a acorde?

— Não, não precisa — disse. — Olhe, Alex, agora você está no comando até papai voltar para casa. Mamãe vai depender de você.

— Eu sei — retrucou Alex. — Carlos, alguém falou qualquer coisa sobre quanto tempo vai levar para tudo voltar ao normal?

— Nada definitivo — respondeu Carlos. — Apenas que vai demorar e que devemos esperar por muitos problemas.

— Nós estamos bem — disse. — Trouxemos muita comida do armazém. E Jimmy está por perto, caso precisemos de ajuda até papai voltar para casa.

— Que bom — respondeu o irmão. — É melhor eu ir. Tem uma fila enorme aqui. Cuide-se, Alex, e tome conta de mamãe e das garotas. Você é o homem da casa agora.

— Não se preocupe com a gente — afirmou Alex, mas, antes que conseguisse se despedir, ouviu Carlos desligar.

— Quem era? — perguntou Julie, saindo do quarto. — Era mamãe?

— Era Carlos — respondeu Bri. — Ele telefonou para saber se estávamos bem.

— Carlos? — disse Julie. — Por que vocês não me deixaram falar com ele?

— Ele estava com pressa — explicou Alex. — Está sendo transferido. Viu, Bri, não há motivo para se preocupar. Os fuzileiros navais estão cuidando disso.

— Mamãe ficará tão feliz por termos notícias dele — disse Briana. — Julie, você quer ovos?

— Meu estômago está doendo — respondeu. — Fiquei com tanto medo no armazém que comi um monte de doces.

— Bem, isso foi muito inteligente de sua parte — disse Alex. Sua cabeça estava doendo, mas ele sabia que não tinha nada a ver com doces.

— Você não sabe como foi — queixou-se Julie. — Eu estava lá, sozinha, e ouvi as pessoas atirando.

— As pessoas estavam atirando? — indagou Bri. — Estamos seguros, Alex?

— Claro que estamos — respondeu Alex. Ele queria matar Julie. — Você sabe como é naquela região. Nós estamos bem aqui. Vou até a escola para ver o que descubro.

— Mas você vai voltar logo, não vai? — perguntou Bri. — Mesmo se a escola estiver aberta?

— Está bem — confirmou Alex. — Não se preocupem. Tudo vai dar certo, prometo.

— Você não pode prometer isso — disse Julie, mas ele preferiu ignorá-la ao sair do apartamento.

O caos nas ruas, antes do amanhecer, não era nada comparado à loucura que ele encontrou. O trânsito estava pior do que nunca. As ruas laterais pareciam estacionamentos, assim como as Avenidas West End e Amsterdam, onde o trânsito fluía em direção ao norte da cidade. A Broadway estava limitada aos veículos de emergência e eles voavam pela avenida, suas sirenes gritando. Com os sinais de trânsito sem funcionar, os motoristas estabeleciam as próprias regras sobre a hora de andar. Ninguém parava para ninguém, e Alex correu sempre que precisou atravessar a rua. Poucas pessoas estavam caminhando, e todas as lojas tinham os portões de aço trancados. Mas, mesmo sem os pedestres, o barulho das sirenes, das buzinas e dos motoristas gritando era opressivo.

A Vicente de Paula ficava na 73 com a Columbus, e, a menos que o tempo estivesse muito ruim, Alex costumava ir andando.

O céu estava ameaçador, mas a tempestade que ele esperava desde a noite anterior ainda não caíra. O suor escorria por sua testa, mas ele não tinha certeza se era por causa do calor, da corrida ou do medo. Julie tinha razão. Ele não podia prometer nada.

Quando chegou ao edifício alto de tijolos onde ficava a escola, encontrou um cartaz na porta: FECHADO ATÉ SEGUNDA-FEIRA.

Alex não ficou surpreso, mas desapontado. A escola sempre fora um porto seguro para ele, e tivera esperança de encontrar alguém ali que pudesse informar melhor sobre o que estava acontecendo. Não que tivesse certeza de que realmente queria saber.

Ele se afastou da porta, e a chuva começou a cair quase imediatamente. Relâmpagos brilhavam e trovões ribombavam. Alex xingou a si mesmo por não ter levado um guarda-chuva, por ter saído de casa. Ele nem mesmo sabia se o metrô estava funcionando durante o apagão.

Caminhou até a estação da Rua 72 e encontrou uma corrente na entrada. Um policial completamente ensopado estava por perto, observando as ambulâncias passarem correndo pela Broadway.

Alex fez um gesto na direção da estação do metrô.

— Está fechada — informou o guarda. — Os túneis estão alagados.

— Obrigado — disse.

Ficou se perguntando o que teria causado o alagamento, mas chovia demais para conversar. Ele correu quase dois quilômetros até sua casa, e estava encharcado quando entrou no apartamento.

— A escola está fechada até segunda-feira — disse ele. — Mamãe telefonou?

Briana negou com a cabeça.

— Julie voltou para a cama — falou. — Você está ensopado.

— É, eu sei — respondeu Alex. — Vou me secar e dormir. Pode me acordar antes de segunda-feira, está bem?

Briana riu.

— Vá dormir — disse ela. — Quando você acordar, aposto que mamãe já terá chegado e tudo estará bem.

— Aposto que tem razão — concordou Alex, embora soubesse que era um conto de fadas.

Enquanto tirava o uniforme molhado e voltava a vestir a calça jeans e a camiseta, pensou nos túneis inundados. O metrô que sua mãe pegava para o Queens passava por um túnel. Mas isso foi ontem à noite, e as coisas deviam estar funcionando ainda. Mesmo assim, ele sabia que não ficaria tranquilo até ter notícias dela.

A cama parecia convidativa. Mas, primeiramente, Alex se pôs de joelhos, fez o sinal da cruz e rezou pela segurança da mãe, do pai e do irmão, pela segurança das irmãs e, em seguida, pela segurança do país e do mundo.

— Deus, tenha misericórdia — rezou. — E me dê forças.

Somente então se permitiu cair no sono.

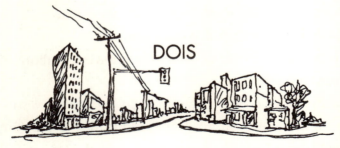

DOIS

Sexta-feira, 20 de maio

Ele acordou com o relógio piscando 12:00, 12:00. Alex olhou para o relógio de pulso. Eram 6h45.

Ouviu o barulho da geladeira ligando, mas não havia outros sons no apartamento. Vestiu o roupão e caminhou na ponta dos pés até a sala de estar, sem querer acordar Bri ou Julie. Todas as sacolas de comida espalhadas ao redor pareciam ridículas agora, uma extravagância louca em um dia louco.

Alex ligou a tevê, abaixando o volume o mais rápido que pôde. Sentou-se perto do aparelho, mantendo o som tão baixo quanto possível para não acordar as irmãs. Apenas dois canais estavam funcionando, mas ele não queria variedade, apenas informações. Os dois transmitiam notícias e se dedicavam exclusivamente à emergência.

Em um deles, o jornalista falava sobre as condições na Europa, mas Alex sabia que isso podia esperar. Trocou para o segundo canal. No início, informavam a situação nos Estados Unidos. Nenhuma notícia sobre sobreviventes nas ilhas na costa da Carolina. Condições terríveis em Cape Cod.

Após quinze minutos com notícias péssimas sobre todo o país, os jornalistas começaram a falar de Nova York. Alex ficou ali, sentado, totalmente imóvel, com o som tão baixo que quase não conseguia ouvir. Mas as palavras e as imagens invadiram sua mente, de qualquer forma. Mortes horríveis. A parte inferior de Manhattan dizimada. Staten Island e Long Island destruídas. Apagões, roubos, tumultos. Toque de recolher entre 20h e 6h. Ondas com seis metros, carregando pessoas, árvores e até prédios. Evacuações obrigatórias. Quedas de aviões. Inúmeras pessoas mortas no metrô e em carros por causa das inundações nos túneis.

Alex não imaginara que havia pessoas no metrô durante a inundação.

Sentiu uma onda de pânico e teve que dizer a si mesmo para se acalmar. Seria fácil descobrir se sua mãe estava bem. Tudo o que precisava fazer era ligar para o hospital e confirmar se ela estava lá. Certo, eles não deviam telefonar para o trabalho dela a não ser que fosse uma emergência, mas não tinham notícias havia mais de 24 horas, e isso era emergência suficiente.

Ela escrevera o número do hospital no bloco de papel que deixava ao lado do telefone. Bastou vê-lo para se sentir melhor. Alex pegou o telefone, mas estava mudo.

Por um instante, ele perdeu o controle. O telefone não funcionava porque sua mãe morrera. Mas então percebeu que aquilo era uma tolice e começou a rir baixinho. Não é de se admirar que ela não dera notícias. Era um milagre que o telefone tivesse funcionado por tempo suficiente para seu pai e Carlos ligarem.

Alex voltou para a tevê e trocou para o canal com as notícias internacionais. O apresentador entrevistava um cientista de aparência distinta sobre quanto tempo levaria para as coisas voltarem ao normal.

— Pode ser que elas nunca voltem ao normal — disse o cientista. — Não quero causar alarme, mas não há nada que os seres humanos possam fazer para devolver a Lua à sua órbita.

— Mas é claro que deve haver alguma coisa — insistiu o apresentador. — A NASA deve estar trabalhando dia e noite para encontrar uma solução.

— Mesmo que consigam, pode levar meses e até anos antes que possam executá-la — respondeu o cientista. — O que aconteceu ontem não é nada perto do que nos aguarda.

— Mas o senhor não está sugerindo que entremos em pânico — disse o jornalista, naquela voz tranquila, calmante, que Alex associava à tevê sempre que as coisas iam mal. — Sem dúvida, entrar em pânico não é algo que deveríamos fazer agora.

Antes que Alex pudesse descobrir qual a alternativa do cientista para o pânico, a eletricidade acabou novamente.

Alex xingou baixinho. Estava sem telefone, sem energia elétrica, e com duas irmãs menores que dependiam dele até que os pais voltassem. Deus certamente não estava facilitando a sua vida.

Ou a de todas as outras pessoas, pensou. Alagamentos no metrô. Destruição por todo o mundo. Quantas pessoas tinham morrido nos últimos dois dias? Milhares? Milhões? Quanto tempo levaria para Carlos voltar para a base? Quanto tempo até seu pai retornar de Porto Rico? Seria antes que o hospital deixasse sua mãe voltar para casa?

Pare com isso, disse a si mesmo. Você está começando a parecer sua tia Lorraine. Uma *dramática* na família já é o suficiente. Não importava o quanto as coisas estivessem ruins, ele não podia se permitir ficar assustado. Não enquanto fosse o responsável pelo bem-estar de Briana e Julie.

Alex voltou para o quarto e pegou seu caderno. O conhecimento era inimigo do medo. Antes de cada debate, ele costumava escrever listas com os pontos fortes e fracos de seu argumento. Faria a mesma coisa agora.

OS VIVOS E OS MORTOS • 31

Desenhou três colunas, intitulando-as: O QUE EU SEI; O QUE EU ACHO; O QUE EU NÃO SEI.

Abaixo da coluna O QUE EU SEI, escreveu:

> *Sem metrô*
> *Inundações*
> *Lua mais perto da Terra*
> *Carlos está bem*
> *Bri e Julie estão bem*
> *Escola na segunda-feira*

Não parecia fazer muito sentido anotar o que ouvira sobre a Europa ou Massachusetts. Os habitantes de lá podiam fazer suas próprias listas.

Ele mordeu a caneta e pensou. Então, escreveu: *Comida no apartamento.*

É claro que isso era supondo que Julie empacotara outras coisas além de cogumelos e doces.

Mas as folgas de mamãe eram às quartas-feiras e, provavelmente, ela fora ao supermercado fazer compras. Alex decidiu que deveria se lembrar de checar os armários da cozinha, mas duvidava que houvesse motivo para se preocupar com comida.

Passou os olhos pelas listas. Embaixo de O QUE EU NÃO SEI, escreveu: *Quanto tempo levará até as coisas voltarem ao normal.*

Aparentemente, ninguém sabia. Mas só por que ninguém sabia não significava que as coisas não fossem voltar ao normal. Ele podia ter tido o azar de assistir ao único cientista pessimista na tevê.

E, pensou, Nova York sempre sobrevivia. Tinha que sobreviver. Os Estados Unidos, o mundo, não conseguiriam existir sem ela. Talvez levasse levar algum tempo e poderia haver um monte de politi-cagem envolvida, mas, por fim, Nova York se recuperava de qualquer contratempo. Ele morava na melhor cidade do mundo, e o que a tornava tão boa eram as pessoas. Ele era um porto-riquenho nova-iorquino, fortalecido pelo nascimento e pela criação que recebera.

Porto Rico. Bri tivera notícias do pai. Ele ergueu a caneta para escrever *Tudo bem com papai em Porto Rico* na coluna O QUE EU SEI, mas se deu conta de que realmente não sabia de nada disso.

O que exatamente Briana dissera? Que atendera um telefonema, que havia muita estática, que ela achava que ouvira um homem dizer "Porto Rico" e que tinha certeza de que era papai.

A família dele vivia em Milagro del Mar, uma pequena cidade entre San Juan e Fajardo, no litoral norte de Porto Rico. Quando sua avó morreu, no domingo, Alex ficara triste, mas não a conhecia muito bem. Mas a mãe de sua mãe morrera antes de ele nascer, e ela não tinha nenhum contato com o pai; portanto, a avó era a última de seus avós. Mas isso não era razão suficiente para ir ao seu enterro. Sua mãe não podia se afastar do emprego novo, e Carlos estava muito longe. Por isso, seu pai fora sozinho até Porto Rico para se encontrar com os dois irmãos e as famílias deles na cidadezinha litorânea.

Poderia não ter sido seu pai ao telefone. Poderia ter sido um de seus irmãos. Ou um engano, alguém perguntando por "Peter ou Ricky", e Bri simplesmente supôs que o homem dissera Porto Rico.

Alex disse a si mesmo para se acalmar. Talvez tivesse sido seu pai ao telefone, talvez não. Não importava. Não havia motivo para imaginar o pior, mas era seguro dizer que ele não conseguiria voltar para casa no sábado. Mesmo se, por um milagre, as coisas voltassem ao normal, haveria grandes atrasos, como acontecia quando nevava, e os voos não poderiam decolar. Se Nova York não tinha eletricidade nem telefones funcionando, San Juan também não teria.

A imagem de uma onda de seis metros passou por sua mente. Como Milagro del Mar poderia se defender contra isso? Será que alguém sobreviveria?

Ele balançou a cabeça. Era tão perigoso pensar nisso quanto pensar nos túneis inundando e nas pessoas se afogando no metrô. Até saber de algo diferente, acreditaria que seu pai estava seguro em Porto Rico, e sua mãe, no Queens. Não escreveria nada sobre eles.

Alex fitou a lista. Não escrevera nada na coluna O QUE EU ACHO. A verdade era que ele não queria achar nada. Queria acordar e ouvir o pai brigando com ele, enquanto a mãe o defendia, e Bri e Julie discutindo sobre quem passava mais tempo ocupando o banheiro. Ele queria que a Lua voltasse para o lugar e que os cientistas pessimistas voltassem para o buraco de onde vieram. Queria uma bolsa de estudos integral em Georgetown e estágios de verão com senadores norte-americanos. E queria ser o primeiro presidente dos Estados Unidos de origem porto-riquenha.

Mais que qualquer outra coisa, ele queria saber se os pais estavam bem. Não conseguia pensar em algo como "vivos e em segurança". Tinham que estar vivos. Eles simplesmente não estavam ali, só isso. Seu pai fora ao enterro da avó, e sua mãe saíra porque o hospital precisava dela. Estavam fora por um tempo, assim como Carlos. Ambos estavam preocupados com Alex e as garotas. Ambos tentavam voltar para casa.

Se não havia metrô, sua mãe teria que voltar para Manhattan de ônibus. Com todo aquele trânsito, poderia levar horas. No entanto, ela não ia gostar de ver todas aquelas sacolas de comida espalhadas pela casa. Alex resolveu pedir a Bri e Julie que guardassem tudo. Elas sabiam o lugar de cada coisa na cozinha melhor do que ele.

Seria mais difícil — mas não impossível — para seu pai retornar. Os aviões voltariam a voar em algum momento. Ele podia pegar um ônibus do aeroporto até a rodoviária e caminhar por alguns quilômetros se precisasse.

Alex olhou para o relógio e percebeu que, se ele se vestisse rapidamente, teria tempo de assistir à missa de 8h15 na igreja de Sta. Margarida. Pensou em acordar Bri e Julie para irem também, mas decidiu que não valia a pena o esforço. Todos iriam à missa no domingo; talvez até a sua mãe fosse, e podiam rezar para que o pai voltasse em segurança. Mas, hoje de manhã, ele iria sozinho.

Escreveu um bilhete para as irmãs, apesar de, provavelmente, elas ainda estarem dormindo quando voltasse, e caminhou até a Avenida Columbus, rezando pela sua segurança enquanto atravessava a Broadway e, então, dois quarteirões até a igreja. O sol brilhava, mas, mesmo assim, a Lua continuava visível, do modo como às vezes ficava durante o dia. Mas estava muito grande. Grande demais mesmo.

Alex sentiu-se aliviado ao ver a porta da igreja aberta e ficou surpreso com o número de pessoas lá dentro. Tinha mais homens do que esperava, e nem todos eram velhos. Muitas pessoas exibiam um olhar cheio de medo, e muitas outras choravam. Ficou feliz por ter deixado as irmãs em casa.

Imaginava que a missa fosse começar como o normal, mas, em vez disso, padre Franco afirmou que precisava fazer alguns anúncios. Alex viu que lia uma folha de papel. Isso o tranquilizou. Enquanto escrevessem listas, haveria ordem no mundo.

— Os gabinetes do prefeito e da arquidiocese estão em constante comunicação — começou o padre. — Sempre que a arquidiocese

OS VIVOS E OS MORTOS • 35

souber de alguma coisa, informará aos padres da paróquia para que possam dar notícias à congregação. — Por um momento, ele ergueu os olhos e sorriu. — Mais uma razão para vocês virem à missa nos dias de semana — completou.

Ouviu-se uma onda de risinhos nervosos.

— Muito bem — disse o padre Franco. — Fomos informados que o metrô ainda não voltou a funcionar e que o serviço de ônibus está extremamente limitado, portanto, a menos que seu trabalho seja essencial para a sobrevivência da comunidade, pedimos que não se afastem muito de casa. Não dirijam, a menos que seja uma emergência. Há um toque de recolher por toda a cidade, das 20h às 6h. — Ele voltou a erguer os olhos. — Essas regras podem parecer severas — explicou ele —, mas tenho certeza de que entenderão que estamos passando por um momento muito difícil. Sei que vocês devem estar se perguntando sobre a eletricidade. Eles esperam que grande parte de Manhattan volte a ter luz na segunda-feira.

— Ficaremos sem eletricidade durante todo o fim de semana? — gritou um homem ao fundo.

— Todos os serviços públicos municipais estão fazendo o que podem em condições extremamente difíceis — disse o padre Franco. — As interrupções no fornecimento estão acontecendo em todo o país.

— E quanto aos telefones? — indagou uma mulher.

Padre Franco consultou a lista.

— Não há previsão para o retorno do serviço telefônico — respondeu. — Mais uma vez, são problemas nacionais. A maior parte dos satélites de comunicação foi destruída. Vejamos o que mais temos aqui. Os aeroportos ficam fechados até segunda ordem.

Ainda não foi decidido quando as escolas públicas e paroquiais vão reabrir. — Ele ergueu os olhos. — Usaremos o quadro de avisos para divulgar as informações que recebermos da arquidiocese, portanto, fiquem atentos e verifiquem o quadro diariamente. Todas as igrejas estão funcionando com poucos funcionários. Tenho certeza de que vocês compreendem a razão disso. Mas a arquidiocese declarou que todas ficarão abertas das 6h às 20h. Pode ser que não haja um padre à disposição, mas Jesus Cristo, nosso salvador, ouvirá suas orações.

Alex acreditara que o ritual da missa, que ele conhecia tão bem, traria conforto, mas sua mente girava diante de tudo o que padre Franco dizia. Não que ele tivesse sido pego de surpresa. Sabia sobre os telefones, a eletricidade, o metrô. Só não sabia que todos sabiam. Por algum motivo, parecia que os problemas pertenciam à Rua 88 Oeste. Mas não era apenas seu pai que estava preso em Milagro del Mar; pessoas foram afetadas pelo fechamento dos aeroportos no mundo todo. E sua mãe não era a única pessoa presa no trabalho, sem poder tranquilizar a família de que estava bem.

Alex pediu a Cristo sabedoria para entender o que seria exigido dele e forças para fazê-lo. Rezou pelas almas dos que morreram e pelo retorno em segurança dos que estavam longe. E agradeceu a Deus pela Igreja, sem a qual estaria perdido.

Voltou para casa e encontrou as irmãs de pé, andando pelo apartamento.

— Você voltou! — gritou Bri, como se ele estivesse fora de casa há semanas e não há horas. — Onde estava?

— Na igreja de Sta. Margarida — respondeu. — Deixei um bilhete. Vocês não viram?

— Vimos, sim — admitiu Bri. — Estávamos preocupadas de não conseguir voltar logo.

— Bem, eu voltei — falou Alex. — E estou faminto. Vocês já tomaram café?

— Não — afirmou Bri. — Não queríamos comer até saber se você estava bem.

— Estou bem — respondeu Alex, tentando afastar o tom de irritação da voz. — Por que você não prepara o café para nós, Bri? Ficaremos mais felizes depois de comer.

— E que motivo temos para ficar felizes? — perguntou Julie. — Não sabemos onde mamãe e papai estão nem o que está acontecendo nem quando as coisas vão voltar ao normal.

— Bem, você poderia ficar feliz por não estar na escola, se dando mal no teste de inglês — disse Alex. — Poderia ficar feliz por termos comida em casa e termos uns aos outros. E poderia ficar feliz porque o sol está brilhando e você dormiu até tarde. Há muitos motivos para ficar feliz, se quiser.

— Quer cheirar o leite? — perguntou Bri da cozinha. — Eu acho que não azedou.

Alex foi até a cozinha e o cheirou.

— Está bom — decidiu. — Vamos comer cereal com leite enquanto der.

— O que quer dizer? — indagou Julie. — Quando não vamos mais poder comer cereal com leite?

— Padre Franco disse que não se sabe quando a energia elétrica vai voltar — respondeu Alex. — Só isso. Talvez volte na segunda-feira; então, não adianta comprar leite até lá.

Bri colocou os flocos de milho em três tigelas e despejou um pouco de leite na dela. Comeu uma colherada e sorriu.

— Está bom — disse, cortando uma banana em fatias e distribuindo-as.

— O que mais padre Franco falou? — perguntou Julie.

— Ele disse que os aeroportos estão fechados e que os telefones não vão funcionar por algum tempo — respondeu Alex. — Por isso que ainda não tivemos notícias de mamãe. Tentei ligar para o hospital hoje de manhã, mas o telefone estava mudo. Nós tivemos sorte de papai e Carlos conseguirem ligar ontem. E eles não sabem quando as escolas vão reabrir.

— Isso deve deixá-la feliz — disse Bri para Julie.

— Sinto falta da escola — retrucou Julie. — Estou entediada. Pelo menos, na escola, eu faço coisas e converso com meus amigos.

— Aqui tem coisas para você fazer também — afirmou Alex. — Para as duas fazerem. Depois do café, por que não arrumam toda a comida que ganhamos do tio Jimmy?

— Talvez não haja lugar nos armários — disse Bri.

— Vejam se conseguem arrumar um lugar — insistiu Alex. — Vocês sabem como papai e mamãe ficam quando o apartamento está bagunçado. Aliás, acabo de me lembrar de uma coisa. Julie, você se lembrou de pegar pilhas?

Julie negou com a cabeça.

— E você?

— Eu não ia perguntar se tivesse lembrado — retrucou Alex.

— Ficaremos bem sem pilhas — disse Bri. — As lanternas estão funcionando.

— Queria algumas para o rádio — comentou Alex. — Mas acho que isso vai ter que esperar.

— O que *você* vai fazer? — perguntou Julie.

— Tenho que checar umas coisas — respondeu Alex. — Você faz a sua parte, e eu faço a minha.

OS VIVOS E OS MORTOS • 39

— Sim, mestre — respondeu Julie.

Alex deixou as irmãs e foi até o quarto dos pais. Se sua mãe entrasse enquanto ele vasculhava as coisas deles, ela o mataria. Mas Alex concluiu que seria melhor ver se tinham algum dinheiro em casa. Ele tinha as gorjetas de quarta-feira à noite, um pouco mais que o habitual, graças ao 12B, mas não era muito.

Começou pelas gavetas da cômoda dos pais, caso houvesse um envelope com dinheiro embaixo das roupas. Depois, abriu as gavetas da mesinha de cabeceira da mãe. Também não havia dinheiro ali. Passou os dedos pelas suas contas do rosário e desejou que o objeto estivesse com ela.

Alex checou o guarda-roupa depois, mexendo nos bolsos das calças do pai. Sua recompensa foi um punhado de moedas e duas notas de dois dólares.

Na outra mesinha de cabeceira, Alex encontrou a chave do escritório de seu pai, onde ele guardava suas ferramentas. Era improvável que guardasse dinheiro lá, mas precisaria verificar. Seu pai nunca deixava que os filhos entrassem no escritório, a menos que ele estivesse lá, e, mesmo assim, somente Carlos costumava ter permissão.

Quando Alex passou pela sala de estar, encontrou Bri e Julie trabalhando duro.

— Aonde você está indo? — perguntou Bri.

— Ao escritório de papai — respondeu ele.

— Ele não vai gostar nada disso — comentou Julie.

— Ele vai entender — disse Bri. — Especialmente quando vir quantas latas de cogumelos você pegou para ele, Julie.

Alex sorriu ao pensar no pai comendo apenas cogumelos durante o mês seguinte. Saiu do apartamento e caminhou a pequena distância até o escritório. Não era muito maior que uma despensa, mas havia uma escrivaninha e, talvez, ele guardasse algum dinheiro lá.

Havia um frigobar no canto e, por curiosidade, Alex a abriu. Lá estavam latas de cerveja e um engradado intocado com mais seis latas. Bem, se Julie o enlouquecesse a ponto de precisar beber, não teria que ir muito longe.

Na gaveta da escrivaninha, Alex encontrou uma lista de todos os apartamentos, um baralho, além de dois envelopes. Eles estavam fechados, mas Alex viu que continham chaves. Em um envelope, estava escrito 11F, no outro, 14J. O 11F parecia ter dinheiro dentro. A curiosidade e o desespero superaram o medo, e Alex abriu o envelope. Encontrou duas notas de vinte dólares e uma amostra de tinta. Pelo visto, seu pai concordara em pintar o 11F e usaria o dinheiro para comprar material. Bem, se ele não conseguisse voltar para casa em alguns dias, era provável que as pessoas do 11F e do 14J não conseguissem também.

Alex guardou os envelopes no bolso da calça. Ficou em dúvida sobre as cervejas, e então decidiu que era mais seguro deixá-las no apartamento. Além disso, seu pai ia querer tomar uma assim que chegasse, quando isso acontecesse.

Juntando a gorjeta, o dinheiro da calça do pai e os quarenta dólares do apartamento 11F, Alex concluiu que tinha pouco mais de cinquenta dólares em dinheiro. Com a comida em casa, provavelmente ficariam bem até a mãe voltar.

Ele retornou ao apartamento, levando as cervejas.

— Agora sim, papai vai matar você — disse Julie.

— Peguei para ele — respondeu Alex. — Pode contar. Nove latas.

— Quando você acha que ele vai voltar para casa? — indagou Briana.

— Provavelmente no fim da próxima semana — respondeu Alex. — Os aeroportos precisam abrir primeiro; então vai demorar um pouco.

— Acha que mamãe voltará hoje à noite? — perguntou Bri.

— Ela deve estar presa no Queens — explicou Alex. — O padre Franco disse que o metrô não está funcionando.

— É engraçado pensar que ela está presa no Queens, e papai está preso em Porto Rico — comentou Bri. — Como se os dois estivessem muito longe.

— E o que isso tem de engraçado? — perguntou Julie. — Como vamos saber se estão bem?

— Nossa *Madre Santisima* está cuidando deles — disse Bri. — Não é verdade, Alex?

— Claro que é — afirmou Alex, rezando para que os braços da Santa Mãe de Deus fossem grandes o bastante para receber os milhões de almas, mortas e desaparecidas, que imploravam por sua compaixão.

Sábado, 21 de maio

Alex sabia que as irmãs queriam ir à missa no domingo, mas ele não tinha certeza de que queria que elas ouvissem o que o padre Franco poderia dizer. Também não ajudava o fato de que estava cada vez mais nervoso, e o pânico ficava mais incontrolável a cada minuto. Repetia para si mesmo que fora o pai quem telefonara, que Bri não estaria errada, que era apenas uma questão de tempo até ele voltar para casa. Porém, não conseguia apagar a imagem da pequena cidade costeira sendo varrida do mapa, seu pai gritando enquanto ondas de seis metros o levavam para a morte certa.

E sua mãe. Quanto mais tempo eles ficavam sem notícias dela, mais Alex temia que nunca mais soubesse do seu paradeiro. Será que teria se afogado no metrô, como milhares de outras pessoas?

Fazia apenas três dias, pensou Alex, e três dias não eram nada quando o mundo estava mergulhado no caos e a comunicação era impossível.

Eles tinham bastante comida. Tinham um lar. Tinham a Igreja. Tinham uns aos outros. E tinham tio Jimmy e tia Lorraine. E, se fosse o caso, tinham Carlos. Estavam em situação melhor do que milhões de pessoas. E não era como se não tivessem seus pais. Apenas não sabiam como eles estavam.

Tudo ficaria bem. Tinha que ficar.

Ainda assim, antes de deixar as irmãs irem à missa, queria saber o máximo possível sobre o que estava acontecendo, pelo menos na vizinhança. Por isso, decidiu caminhar.

— Aonde está indo? — perguntou Bri com uma pontada de medo que ele já esperava na sua voz.

— Vou só dar uma volta — disse.

— Podemos ir com você? — perguntou Julie.

— Não — respondeu Alex.

— Por que não? — insistiu ela. — Estou entediada. Não há nada para fazer aqui. Por que não podemos sair para dar uma volta também?

Porque estou tentando proteger vocês!, era o que Alex queria gritar, mas sabia que isso só serviria para assustar Bri.

— Amanhã vocês vão à igreja — disse ele. — E já fizeram algum dever de casa desde quarta-feira?

Elas negaram com a cabeça.

— Quero ver tudo feito quando voltar para casa — avisou Alex, do mesmo modo que sua mãe teria feito. — E tem mais: se eu descobrir que algum lugar está aberto, uma loja ou lanchonete, iremos assim que eu voltar. Está bem?

—Você não vai demorar, não é? — perguntou Bri.

— Não — respondeu Alex. — Prometo. Agora, comecem a fazer o dever de casa.

—Vamos, Julie — disse Bri. — Eu ajudo você com o trabalho de matemática.

— Não preciso de ajuda — resmungou Julie, mas seguiu a irmã mais velha até o quarto.

Alex soltou um suspiro de alívio. Ele não podia culpar as irmãs por desejarem sair de casa. Mas elas precisavam ser protegidas.

Ele iria checar o quadro de avisos da igreja de Sta. Margarida. Ao menos para ver se havia alguma notícia sobre a reabertura das escolas. No entanto, em vez de caminhar pelo leste até a igreja, foi para o oeste.

Alex disse a si mesmo, ao andar na direção da Estrada Riverside, que não haveria problemas com o rio Hudson, mas, mesmo assim, quando chegou ao rio, sentiu-se aliviado. Ele estava agitado, mas isso podia ser por causa das chuvas fortes de quinta-feira. Nova Jersey, do outro lado, estava no mesmo lugar de sempre. Se os rios tinham marés, e Alex tinha que admitir que não sabia se era o caso, elas não pareciam tão piores que o normal.

O rapaz deu meia-volta e começou a caminhar na direção da igreja de Sta. Margarida. Em comparação com os dias anteriores, mal havia trânsito, nem havia muitas pessoas nas ruas, mas o barulho vindo dos prédios era muito. Alex sorriu. Normalmente, quando o tempo estava quente assim, as pessoas deixavam o ar-condicionado ligado, mas, sem eletricidade, as janelas foram abertas. Ele ouviu discussões, risos, repreensões, e até pessoas fazendo sexo. Muitos sons eram semelhantes aos que ouvira na vizinhança do tio Jimmy, mas, agora, eram em inglês, não em espanhol.

Porém, apesar de todos os sons de vida da Rua 88, a Broadway parecia deserta. Nada estava aberto — nem o supermercado nem a lanchonete nem a padaria nem a mercearia coreana nem as tinturarias nem a lavanderia nem a loja de bebidas nem a floricultura nem o restaurante chinês nem o cinema. Ele viu alguns policiais, mas, além deles, pouquíssimas pessoas andavam por ali. Até mesmo os caminhões de bombeiro e as ambulâncias pareciam ter parado as corridas para o centro da cidade.

Pelo menos havia algumas pessoas na igreja. O quadro de avisos estava cheio de gente ao redor, e Alex precisou de alguns minutos até conseguir ver tudo o que fora divulgado.

Havia tantas folhas que as paredes ao redor do quadro de avisos eram usadas também. A primeira coisa que observou foi uma listagem dos mortos. Na verdade, não havia muitos nomes nela: eram duas folhas, com espaço simples, três colunas, em ordem alfabética.

Alex se forçou a olhar a letra M. Não havia ninguém com sobrenome Morales. Seus joelhos estremeceram de alívio. Se sua mãe não estava na lista, não havia razão para pensar que estava morta. Ele já tinha algo para contar às irmãs.

— Não há muitos nomes — constatou um homem, analisando a lista.

— A maior parte das vítimas não pode ser identificada — disse outro homem. — Muitos foram levados para o mar. E ainda estão retirando os corpos do metrô. Você está procurando alguém específico?

— Não — respondeu o primeiro. — Bem, algumas pessoas, mas nenhum parente. E você?

O segundo homem negou com a cabeça.

— Estamos preocupados com um amigo, mas é só isso. Temos sorte.

Alex afastou seu olhar da lista de mortos e viu diversas páginas com nomes escritos à mão e números de telefone ao lado deles.

VOCÊ VIU ALGUMA DESTAS PESSOAS?

Escreva o nome, a última vez em que foram vistas e o número de telefone para contato e informações

Fazendo um esforço para a mão não tremer, Alex escreveu o nome dos pais, acrescentando Porto Rico ao lado do nome do pai e trem 7 próximo ao da mãe. Em seguida, anotou o número do telefone de casa, fazendo uma breve oração para que suas irmãs não atendessem caso alguém ligasse para dar notícias ruins.

O primeiro homem olhou para Alex e leu o que escrevera.

— São seus pais? — perguntou ele.

Alex assentiu com a cabeça, sem saber ao certo se conseguiria falar.

— Você está bem? — indagou ele. — Tem alguém que possa tomar conta de você?

Alex assentiu com a cabeça mais uma vez.

— Porto Rico — leu o segundo homem. — No litoral ou no interior?

— No litoral — respondeu Alex, engasgando com as palavras.

O segundo homem balançou a cabeça.

— San Juan foi muito danificada — disse ele. — Todo o litoral. Você e sua família estarão em minhas orações.

— Nas minhas também — acrescentou o primeiro homem, pousando delicadamente a mão no ombro de Alex. — Se precisar de ajuda, sabe que alguém na igreja de Sta. Margarida vai estar aqui para isso. Somos uma família, não se esqueça.

— Não vou me esquecer — respondeu Alex. — Obrigado.

Os dois homens foram embora e, no mesmo instante, seus lugares foram ocupados por outras duas pessoas. Alex deu uma olhada no restante das notícias no quadro de avisos. Segunda-feira seria um dia nacional de luto. As escolas reabririam na terça. O toque de recolher ainda estava em vigor. Uma missa pelos mortos seria rezada diariamente às 18h até segunda ordem.

Alex saiu da igreja sem saber ao certo aonde iria, mas terminou na Avenida Amsterdam. Os poucos carros que estavam na rua corriam para o norte. Alex caminhou dois quarteirões até a Joey's Pizza. A porta estava trancada, mas ele olhou pela vitrine e avistou Joey atrás do balcão. Bateu no vidro e, quando Joey ergueu os olhos, acenou.

O homem foi até a porta e a abriu.

— Fico feliz em vê-lo — disse. — Queria ligar, mas estamos sem telefone.

— Eu sei — respondeu Alex. — Você vai abrir?

Joey fez que não com a cabeça.

— Está tudo bem com os fornos. Mas estamos sem a geladeira. Perdi todo o queijo, e não dá para fazer pizza sem queijo.

— A eletricidade deve voltar até segunda-feira — disse Alex.

— É o que estão dizendo — retrucou Joey. — Mas e se ela ficar indo e voltando? E se os telefones também não funcionarem? As pessoas ligam para pedir pizza. Não, estou acabado. As redes de pizzaria encontrarão um meio. Pagarão as pessoas certas, terão todo o serviço de que precisam. Mas nós, os pequenos, estamos ferrados.

— Acho que estou desempregado, então — observou Alex.

— Nós dois — respondeu Joey. — Minha esposa já está me perturbando para irmos embora. Ela diz que isso é só o começo.

— Você acha? — perguntou Alex. — Imagino que os cientistas estejam buscando soluções. E o governo também. Se a luz voltar, as coisas vão melhorar na hora.

Joey balançou a cabeça.

— Não estou disposto a desistir, mas minha esposa tem razão — retrucou ele. — As marés não subiram apenas na quarta-feira à noite, como um daqueles tsunamis, que só acontecem uma vez. Elas mudam duas vezes por dia, todos os dias. E, na lua cheia, vai ser terrível.

— Mas as pessoas só precisam sair do litoral — observou Alex, tentando parecer calmo e racional, e não pensar no pai. — Grande parte de Nova York fica fora da costa. Não seremos atingidos por ondas aqui.

— Foi o que eu disse para minha esposa — informou Joey. — Mas ela respondeu que a cidade inteira vai ruir. Acho que a questão é quanto tempo levará. Semanas, meses, séculos.

Alex deu um sorriso.

— Vou apostar em séculos — disse. — O Empire State não vai ruir tão cedo.

— Diga isso à minha esposa — respondeu Joey. — Enquanto isso, não sei como manter a pizzaria aberta e nem imagino o que fazer. Posso virar coveiro. Mas, já que está aqui, é melhor acertarmos as contas. Quando foi a última vez que lhe paguei?

— Na sexta-feira passada — respondeu Alex. — Trabalhei durante todo o sábado, três horas na segunda e na terça, e quatro horas na quarta-feira.

— É verdade — respondeu Joey. — Você estava aqui quando a tevê saiu do ar. Nunca descobri se os Yankees ganharam. Está bem, eu lhe devo dezoito horas. Você pegou toda a gorjeta?

Alex fez que sim com a cabeça.

— Fique com isso — disse Joey, entregando a Alex um maço de notas. — É tudo o que tenho na carteira.

O garoto contou o dinheiro.

— Tem muito — comentou, devolvendo uma nota de dez dólares para Joey, que negou com a cabeça.

— Fique com ela — respondeu. — Tenho dinheiro em casa.

— Obrigado — agradeceu Alex. — Quando você reabrir, traba-lharei algumas horas de graça.

— Fechado — retrucou Joey. — Olhe, Alex, cuide-se. Você é um bom garoto. O melhor funcionário que já tive. Jovens como você são o futuro. Ainda mais agora. E, nesse meio-tempo, reze por nós. Por todos nós.

Alex assentiu com a cabeça.

— Farei isso — falou. — Vejo você em breve, Joey.

— Espero que sim — respondeu o outro. — Que venham dias melhores.

— Que venham dias melhores — repetiu Alex.

No que lhe dizia respeito, eles poderiam vir imediatamente.

OS VIVOS E OS MORTOS • 49

Domingo, 22 de maio

Para alívio de Alex, o padre Franco não fez nenhum anúncio na missa. Após o fim da cerimônia, Briana e Julie encontraram alguns amigos e se juntaram a eles. Um ou dois minutos depois, Bri veio correndo até Alex.

— A mãe de Kayla nos convidou para almoçar — disse ela. — E falou que você podia vir também.

Alex olhou para o local em que Julie estava. Ela e os amigos riam como se nada tivesse mudado.

— Acho melhor não — respondeu Alex. — Mas pode agradecer a ela por mim.

— Tem certeza? — perguntou Bri.

Alex sorriu.

— Absoluta — assegurou. — De qualquer modo, obrigado. Divirtam-se.

Ele ficava feliz pelas irmãs terem amigos com quem conversar. Isso tornaria a segunda-feira sem escola muito mais fácil para todos eles. Mas também estava contente por ter um tempo para ficar sozinho.

Passou sua folga caminhando pelo West Side, sem saber ao certo o que estava procurando. Havia mais pessoas nas ruas, mas elas pareciam tão confusas quanto ele.

Justamente no momento em que Alex se convenceu de que nada nunca mais voltaria a funcionar, encontrou, por acaso, uma loja de ferramentas aberta. Ficou surpreso ao ver algo normal: latas de tinta, chaves de fenda, fitas isolantes, tudo em ordem.

Avistou algumas lanternas. Não seria ruim ter mais uma, pensou ele, caso os apagões continuassem.

— Trinta dólares — falou o homem atrás do balcão.

— Trinta dólares? — repetiu Alex. — Por uma lanterna?

— Sobraram apenas duas — retrucou ele. — Lei da oferta e procura. A última vai custar quarenta dólares.

Alex colocou a lanterna de volta ao lugar. Eles poderiam ficar sem ela. Mas, ao chegar à porta, virou-se.

— E quanto a pilhas? — perguntou ele. — Sobrou alguma?

— Elas vão custar um bocado de dinheiro — respondeu ele.

Alex pegou a carteira. Tinha 52 dólares.

— Preciso de pilhas C e D — disse.

O homem procurou atrás do balcão.

— Tenho uma embalagem com quatro pilhas tipo C por vinte dólares — respondeu o homem. — E duas D estão saindo a dez.

Eles tinham comida, pensou Alex, tinham muitos enlatados, e, a partir de terça-feira, quando voltassem para a escola, não teriam que se preocupar mais com o almoço. Mas quem podia prever quando a eletricidade voltaria ao normal?

— Vou levar — disse, entregando uma nota de vinte dólares e uma de dez.

O homem guardou as pilhas numa sacola.

— Você não vai se arrepender — comentou. — Vou cobrar o dobro para o próximo que entrar.

Aposto que vai, pensou Alex. Mas não é problema meu.

Quando abriu a porta do apartamento, notou o quanto tudo estava silencioso. Sempre havia alguém ali, com seis pessoas numa casa de cinco cômodos. Mesmo quando estavam dormindo, ouvia-se o barulho constante da rua, dos carros que passavam, das buzinas, das pessoas que riam ou gritavam. As máquinas de lavar e secadoras na lavanderia do porão faziam barulho muito depois da meia-noite, e, no inverno, o queimador de óleo que aquecia o edifício abafava todos os outros sons.

Mas, agora, até a Rua 88 estava em silêncio. Como a morte, pensou Alex.

Ele se sentou no sofá e disse a si mesmo que esta era a hora perfeita para chorar, pois as irmãs não iriam vê-lo. Sabia que não havia vergonha em chorar. Seu pai chorara no dia em que Carlos partira para o campo de treinamento. E, no outro dia, chorara ao saber que a mãe morrera. Alex, porém, não conseguia derramar nem uma lágrima. Talvez estivesse silêncio demais para chorar.

Ele fixou os olhos no rádio, colocou as pilhas C nele e girou o botão até chegar a uma estação de Nova York. Era bom saber que estava no ar, mesmo com notícias horríveis sendo transmitidas.

— Uma linha direta foi criada para ajudar a localizar parentes desaparecidos na cidade de Nova York — informou a mulher no rádio. — Se alguém da sua família está desaparecido desde a noite de quarta-feira, ligue para 212-555-CITY, isto é, 212-555-2489.

Um número de telefone. Isso significava que os telefones estavam funcionando? Alex desligou o rádio e tirou o fone do gancho. Como esperava, ouviu o tom de discagem.

Sua mão tremia quase incontrolavelmente ao discar o número do hospital. Será que conseguiria encontrar a mãe viva e bem em apenas alguns instantes? Imaginou as reações de Bri e Julie quando lhes desse as boas notícias.

Você ligou para o hospital S. João de Deus. Para informações sobre pacientes, tecle 1...

Alex esperou alguém atender, imaginando que conseguiriam ajudá-lo a encontrar sua mãe. Mas ouvir música no outro lado da linha era surreal. Alex escutou uma canção, depois outra, uma terceira, e ainda uma quarta — baladas suaves, parecidas com as que Bri gostava. Na sétima canção, começou a se perguntar por quanto tempo seria forçado a ouvi-las. Na décima segunda, imaginou a mãe entrando em casa — enquanto ele continuava esperando.

No meio da décima quinta música, uma voz feminina disse:

— Hospital S. João de Deus.

O coração de Alex disparou no peito.

— Olá — disse, tentando parecer calmo. — Minha mãe, Isabella Morales, trabalha como instrumentadora cirúrgica no S. João de Deus. Estou ligando para saber se posso falar com ela.

— Impossível — respondeu a mulher. — Estamos usando as linhas para emergências. Ligações pessoais não são permitidas.

— Tudo bem — disse Alex, com medo de que a mulher desligasse. — Eu não preciso falar com ela. Só preciso ter certeza de que está bem. Ela foi chamada na quarta-feira à noite. A senhora pode descobrir se ela está aí, se está trabalhando?

— Lamento — respondeu a mulher. — Não tenho como saber quem está trabalhando agora.

— Mas alguém do hospital deve saber — insistiu Alex. — Ela deve ter entrado no metrô por volta de 21h30, na quarta-feira à noite. E, desde então, não temos notícia dela.

— Entendo — disse a mulher. — Mas aqui está um caos, e tem estado assim desde quarta-feira. Todos estão dando plantão de 24 horas. Também não volto para casa desde quarta. E não posso parar para procurar por sua mãe.

— E não tem ninguém para quem a senhora possa me transferir? — indagou Alex, tentando não soar desesperado. — Alguém no setor de cirurgia?

OS VIVOS E OS MORTOS • 53

— Eles não estão recebendo ligações — informou a mulher. — E eu também não posso ficar no telefone com você.

— Só mais uma pergunta, por favor — implorou Alex. — Desde quando os telefones do hospital estão funcionando? As pessoas estão conseguindo fazer ligações?

— O serviço telefônico voltou ontem à tarde — respondeu a mulher. Ela ficou em silêncio por um momento. — Vou rezar por você e por sua mãe. O nome dela é Isabella Morales?

— Sim, é, sim — respondeu Alex.

— Fale o número do seu telefone — pediu ela. — Se encontrar alguém que tenha notícias dela, ligarei.

— Obrigado — respondeu Alex. — Muito obrigado mesmo.

Ele deu o número de telefone e só colocou o fone de volta no gancho depois de ouvir o som da mulher desligando, no outro lado da linha.

Ontem, os telefones estavam funcionando. Em algum momento, nas últimas 24 horas, sua mãe deve ter tido chance de ligar para casa. Alex pegou o telefone para acessar o correio de voz. Não havia mensagens novas. Somente para ter certeza, teclou o 1, mas também não havia mensagens armazenadas.

Ela já teria ligado. De algum modo, conseguiria arranjar tempo.

Talvez tivesse telefonado para tio Jimmy. Ele discou o número, e tia Lorraine atendeu.

— Oi — disse ele. — É Alex. Como estão indo as coisas?

— Como você imagina que estejam indo as coisas? — respondeu tia Lorraine. — O mundo está acabando. Meus bebês não viverão o suficiente para terem seus próprios bebês. Deus virou as costas para nós, e você ainda me pergunta como as coisas estão indo?

Alex esperou até ter certeza de que ela tinha acabado.

— Bri, Julie e eu fomos à igreja hoje de manhã, então não estávamos em casa para atender o telefone caso alguém ligasse. — falou. — Não temos notícias de mamãe desde quarta-feira. Ela ligou para vocês?

— Eu fui à igreja, mas Jimmy ficou em casa — respondeu tia Lorraine. — Espere, vou perguntar a ele. Jimmy! Você teve notícias de sua irmã hoje de manhã? É Alex. Isabella está desaparecida.

— Eu não disse que ela está desaparecida — retrucou Alex, mas isso já não importava.

Jimmy pegou o telefone da mão da esposa.

— Alex — disse ele —, a Isabella está desaparecida?

— Não sei se está desaparecida. Ela saiu para o hospital na quarta-feira e não tivemos notícias desde então. Acabo de ligar para o hospital, mas não há como saber quem está lá; por isso, pode ser que esteja lá desde quarta e não tenha conseguido telefonar.

— Não temos notícias dela — disse Jimmy. — Seu pai já voltou?

— Não — respondeu Alex. — Mas ele ligou quando estávamos no armazém. Bri falou com ele.

— O que foi que ele disse? — indagou Jimmy.

Não disse nada, pensou Alex, e, talvez, nem tivesse sido ele. Mas Jimmy também tinha suas preocupações, e Alex era o homem da casa.

— A ligação não estava boa — contou. — E Bri não entendeu muita coisa.

— Mas, se ele ligou, é porque está tudo bem — disse o tio. — E Carlos?

OS VIVOS E OS MORTOS • 55

Alex ficou aliviado por poder falar a verdade.

— Conversei com ele na quinta-feira — informou. — A unidade foi transferida, mas está tudo bem.

— Ótimo. É uma ótima notícia — disse Jimmy. — Luis e Carlos estão bem! — gritou para Lorraine. — Mas ninguém tem notícias de Isabella.

— Provavelmente saberemos de alguma coisa antes de vocês — disse Alex. — Eu só queria saber se tinham falado com ela.

— Não — respondeu Jimmy. — Olhe, Alex, você está bem? Está cuidando direitinho das suas irmãs? Quer deixá-las conosco até Luis ou Isabella voltarem?

Alex achou melhor não fazer isso. Julie e Lorraine não se davam muito bem, e Bri ficaria mais feliz em casa.

— Não, estamos bem — respondeu Alex. — De qualquer modo, obrigado.

— Muito bem — disse Jimmy. — Cuide-se. Estaremos rezando por todos vocês. E, quando tiver notícias de Isabella, telefone.

— É claro — respondeu Alex, e desligou.

Ele voltou para o sofá e pensou em fazer uma lista, anotando de forma organizada os argumentos contra e a favor da possibilidade de a mãe ainda estar viva.

Olhou para o relógio. Faltava pouco para 14h, e não havia como saber a que horas as irmãs voltariam. Se fosse fazer mais algumas ligações, era melhor não perder tempo.

212-555-CITY.

— Você ligou para a Linha Direta de Emergência de Nova York para parentes de moradores de Nova York que estão desaparecidos ou supostamente mortos. Se o seu parente desaparecido é do sexo masculino, tecle 1. Se for do sexo feminino, tecle 2. Para crianças com menos de 12 anos, tecle 3.

Alex quase teclou 1 por causa do pai, mas percebeu que o governo de Nova York não teria como saber o que acontecera em Milagro del Mar. Teclou 2.

— As informações a seguir são apenas para parentes de moradoras de Nova York do sexo feminino desaparecidas desde a noite de quarta-feira, 18 de maio — informou uma monótona voz feminina. — Se você é parente de uma mulher desaparecida em Nova York, tecle 1.

Alex teclou 1.

— Se sua parente desaparecida é do Brooklyn ou de Staten Island, tecle 1. Se é de Manhattan, do Bronx ou do Queens, tecle 2.

Alex teclou 2.

— Os corpos de mulheres não identificadas encontram-se no Yankee Stadium — continuou a voz. — Se deseja ir ao Yankee Stadium procurar por uma parente desaparecida, tecle 1.

Alex teclou 1.

— A próxima visita disponível será na terça-feira, dia 26 de maio, às 11h30 — informou a voz, e o tom mudou ao fornecer a hora e a data específicas. — Se deseja comparecer à próxima visita disponível, tecle 1.

Sem pensar duas vezes, Alex teclou 1.

— O ônibus para sua visita sairá da rodoviária às 11h30, na quinta-feira, dia 26 de maio. Pedimos que esteja na rodoviária uma hora antes. Somente um parente poderá entrar no ônibus. Somente as pessoas que se apresentarem ao ônibus designado poderão entrar no Yankee Stadium para a visita. Se deseja reservar um assento no ônibus do dia 26 de maio, às 11h30, informe e soletre seu nome.

Alex fez isso.

A voz repetiu seu nome e lhe disse para teclar 1 e confirmar as informações. Alex teclou 1.

— Obrigada — disse a voz. — Você reservou um assento no ônibus do dia 26 de maio, que deixará a rodoviária às 11h30. Se desejar fazer uma reserva em um ônibus diferente para procurar um homem, uma criança ou uma mulher desaparecida na região do Brooklyn ou de Staten Island, tecle 1. Caso contrário, desligue.

Alex desligou. O que acabara de fazer?, perguntou a si mesmo. Por que concordara em ir ao Yankee Stadium, entre tantos lugares, para procurar pela mãe, que, provavelmente, estava trabalhando no Queens? É claro que ela voltaria para casa até quinta-feira. Por que considerar que poderia estar morta — um corpo anônimo num necrotério improvisado?

Não tinha importância. Se sua mãe voltasse para casa ou se telefonasse, ele simplesmente não entraria no ônibus. Mas, se não tivessem notícias dela até quinta-feira, precisaria procurá-la.

Alex concluiu, então, que era uma loucura ainda não ter tentado ligar para o pai, por mais cara que fosse a ligação. Encontrou a agenda da mãe e discou o número da avó.

— Desculpe. Ligações para Porto Rico não podem ser realizadas neste momento.

Isso não queria dizer nada, pensou Alex. As linhas telefônicas de Porto Rico voltariam a funcionar em algum momento, e então ele falaria com o pai.

Só precisavam de tempo, disse a si mesmo. De tempo e de um milagre.

Segunda-feira, 23 de maio

A eletricidade voltou por volta das 11h, e Bri e Julie imediatamente começaram a brigar pelo controle remoto, apenas para descobrirem que era o dia nacional de luto e que todas as emissoras estavam transmitindo tributos, com sermões, corais cantando e discursos políticos.

— Assistam a um DVD — disse Alex. — Vou dar uma volta.

Ele deixou as irmãs discutindo sobre qual DVD iriam assistir. Esperava que elas decidissem ver algo engraçado.

Alex foi até a igreja de Sta. Margarida, sem saber aonde mais ir. A maior parte da cidade permanecia fechada, mas ele imaginava que as coisas fossem reabrir no dia seguinte, após o dia nacional de luto.

A igreja estava praticamente lotada, mas Alex descobriu que padre Franco estava em seu gabinete. Cinco pessoas esperavam para falar com ele. O garoto achou que deveria pegar uma senha, mas elas respeitavam a ordem de chegada, lembrando-se de quem chegara primeiro e quem chegara depois. Duas mulheres estavam fungando, e um homem olhava fixamente para os sapatos, como se esperasse que eles se desamarrassem sozinhos.

Uma hora depois, havia mais seis pessoas novas, e foi a vez de Alex conversar com o padre. Ele o encontrou sem a batina, com a barba por fazer e sentado atrás de uma mesa amontoada de coisas.

— Obrigado por me receber, padre — disse Alex. — Sei que o senhor está muito ocupado.

— Por favor, sente-se — pediu padre Franco. — Você é um dos filhos de Isabella Morales, não é?

— Sim, padre — respondeu. — Sou Alex Morales.

— Sua mãe está bem? — indagou o padre. — Não a vi por aqui nos últimos dias.

— Não sabemos — disse Alex. — Ela foi para o trabalho na quarta-feira e, desde então, não temos notícias dela.

O sacerdote estremeceu.

— Tenho ouvido histórias como essa durante toda a semana — disse. — Posso fazer alguma coisa para ajudar sua família?

— Espero que sim — respondeu Alex. — Não sei a quem mais recorrer. É o meu pai. Ele foi a Porto Rico para o enterro de minha avó e não estamos conseguindo falar com ele. Queria saber se o senhor tem alguma notícia de Porto Rico, de como as coisas estão por lá.

— Onde ele está em Porto Rico? — perguntou o padre.

— Milagro del Mar — respondeu Alex. — Fica entre San Juan e Fajardo, no litoral norte.

Padre Franco assentiu com a cabeça.

— Vou telefonar para o gabinete da diocese — afirmou ele. — Talvez tenham recebido notícias de San Juan. — O padre discou um número e sorriu quando alguém atendeu no segundo toque. — Sim, alô. Aqui é o padre Michael Franco, da igreja de Sta. Margarida. Preciso de informações sobre a cidade de Milagro del Mar, em Porto Rico. Fica no litoral norte, a leste de San Juan. — Virou-se para Alex. — Fica a leste, não é?

— Sim, padre — respondeu Alex, e cerrou os punhos com tanta força que as unhas estavam cortando a palma de sua mão.

— Sim, sim, entendo. Sim, vou aguardar. — Cobriu o fone com a mão e sorriu, pesaroso, para Alex. — A pessoa com quem estou falando não tem informações sobre Porto Rico, mas tem certeza de que alguém por lá sabe de algo; então está checando.

Alex assentiu com a cabeça.

— Onde você estuda? — indagou padre Franco.

— Vicente de Paula — respondeu Alex.

Ele nem se lembrava de como era frequentar a escola.

— Estou impressionado — respondeu padre Franco. — Não consegui entrar lá. Você está no segundo ano?

— Sim, padre.

— Seus pais devem estar muito orgulhosos — respondeu o sacerdote. — Sim, sim, Milagro del Mar, no litoral norte. Sim, compreendo. Entendo. Claro. Obrigado. Muito obrigado.

— A situação está muito ruim? — indagou Alex, esforçando-se para que a pergunta não soasse tão preocupada.

— É difícil dizer — respondeu o padre. — As informações estão muito escassas. Pelo que falaram, o litoral de Porto Rico foi muito atingido. — Ele fez uma pausa. — Muito. Destruído. A pessoa com quem falei não sabe sobre Milagro del Mar, mas as coisas estão muito ruins ao longo de todo o litoral. Houve muitos danos à infraestrutura, por isso, a comunicação está difícil. Lamento. Gostaria de poder lhe dizer com certeza que a aldeia de seu pai sobreviveu, mas parece não haver nenhum modo de descobrir isso.

— Eles sabem quanto tempo vai levar até que as coisas voltem ao normal? — perguntou Alex. — Quer dizer, até que os telefones estejam funcionando e os aviões possam deixar Porto Rico?

Padre Franco negou com a cabeça.

— Devemos pedir pela piedade de Cristo — respondeu ele. — Não sei o que mais posso dizer.

Alex levantou-se e tentou sorrir.

— Obrigado.

— Rezarei por você e por sua família — respondeu o padre. — E me dê notícias quando souber alguma coisa de seus pais.

— Darei — assentiu Alex, saindo do gabinete.

Agora, havia dez pessoas do lado de fora, e todas tinham os próprios pesadelos. Ele caminhou até o quadro de avisos, mas não havia nenhuma informação nova, apenas mais nomes nas listagens de desaparecidos e mortos. Tentou rezar por suas almas, mas as palavras haviam perdido o sentido.

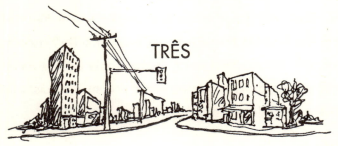

TRÊS

Terça-feira, 24 de maio

Quando Alex chegou à escola, no dia seguinte, encontrou um bilhete preso na porta da frente, informando aos alunos que deveriam se dirigir à capela. Ele seguiu os outros garotos. Era um alívio voltar à escola. Antes, acompanhara Bri e Julie até a Anjos Sagrados por precaução. Por alguma razão, com menos pessoas, Nova York, parecia mais ameaçadora.

Alex foi até a parte da capela reservada para o segundo ano. Era proibido conversar lá dentro, mas ele podia perceber a atmosfera pesada. Chris Flynn sentara-se entre os amigos, Tony Loretto e Kevin Daley, e fez um gesto para ele se juntar ao grupo, mas Alex negou com a cabeça e sentou-se sozinho. Normalmente, teria sentado com eles, mas não estava pronto para conversar sobre o que acontecera nos últimos cinco dias.

Olhou ao redor para ver se havia mais lugares vazios que o normal, e notou que havia. Não eram muitos, mas uma quantidade razoável. Em seguida, viu que nenhum dos três padres do corpo docente estava lá. Outros professores também estavam ausentes, mas talvez apenas não tivessem ido à capela; nem sempre compareciam. Mas os padres deveriam estar ali.

O murmúrio proibido aumentou à medida que outros garotos perceberam a ausência deles. Alex notou que poucos pareciam preocupados, ou mesmo assustados. Alguns dos alunos do sétimo ano do ensino fundamental começaram a fungar, como se, de repente, tivessem se dado conta de que algo ruim acontecera. Alex sentiu uma onda familiar de ressentimento, que geralmente lutava para manter sob controle, mas, naquela manhã, saudou-a como uma velha presença tranquilizadora. Riquinhos mimados, pensou. Eles não sabiam nada sobre pais desaparecidos, irmãs carentes e lanternas de trinta dólares. Suas mamães, babás e empregadas os protegiam. Mas as babás e as empregadas sabiam. Alex tinha certeza disso.

— Silêncio!

O murmúrio cessou. Era a voz da autoridade falando. Alex ergueu os olhos para fitar um padre idoso. Era muito alto e esquálido, com cabelos brancos ralos, sobrancelhas grossas negras e uma boca que parecia nunca ter sorrido.

— Ai, meu, Deus — murmurou Kevin. — É um morto-vivo.

— Meu nome é padre Francis Patrick Xavier Mulrooney — anunciou com uma voz tão fria que fez com que Alex sentisse calafrios pela espinha, apesar da atmosfera de estufa da capela. — Por causa das circunstâncias extraordinárias nas quais se encontra a arquidiocese, fui chamado, apesar de estar aposentado, para assumir a direção da Academia S. Vicente de Paula. Os padres Shea, Donnelly e Delveccio foram temporariamente transferidos.

Nem mesmo o olhar rígido do padre Mulrooney conseguiu evitar que os garotos reagissem às notícias de que três dos mais importantes membros do corpo docente — incluindo o padre Shea, o diretor, e o padre Donnelly, o vice-diretor — se ausentariam.

— Quietos — ordenou padre Mulrooney. — Dois outros membros do corpo docente, o sr. Davis e o sr. Vanich, não retornarão. Eles não serão substituídos durante o restante do ano letivo.

Se tiverem alguma dúvida sobre as aulas, podem levá-las a mim durante o horário escolar. Além de ser o diretor, ensinarei latim e teologia avançada. Antes de me aposentar, lecionei essas matérias na Academia S. Vicente de Paula. Pode até ser que tenha sido professor dos seus pais.

Não do meu, pensou Alex.

— Além disso, dois supervisores e uma das cozinheiras também não retornarão — continuou padre Mulrooney. — Foi impossível entrar em contato com a outra cozinheira, portanto, presumimos que ela não retornará. Como temos poucos funcionários, responsabilidades adicionais recairão sobre o corpo estudantil. Após a celebração da missa, os representantes de turma estão convidados a ir até a sala 25 para discutir o que será solicitado dos colegas.

Alex lançou um olhar rápido a Chris Flynn, que, pressentindo sua ação, olhou de volta para ele e deu de ombros.

— A arquidiocese acredita que os eventos dos últimos dias são apenas um sinal do que está por vir — prosseguiu o sacerdote. — Embora seja desagradável pensar nisso, devemos supor que privações e morte nos aguardam. — A expressão carrancuda em seu rosto fez com que vários garotos começassem a chorar. — Inspirem-se na vida dos primeiros mártires cristãos — disse padre Mulrooney. — Eles marcharam corajosamente rumo à morte, na certeza da vida eterna.

— Mas eles morreram por uma causa! — gritou um dos garotos do primeiro ano.

— Silêncio! — esbravejou padre Mulrooney. — Estamos em uma capela, não num fórum romano. Nenhum de nós tem o direito de questionar as decisões divinas.

Até os garotos que estavam chorando pararam, como se as lágrimas tivessem sido proclamadas um pecado.

— Enquanto eu for o diretor, será obrigatório participar da missa pela manhã — declarou padre Mulrooney. — Durante o restante desta semana, se vocês tiverem um horário de aula vago devido à ausência dos membros de nosso corpo docente, devem vir até a capela para rezar e refletir. *A cruce salus.*

Alex ficou imaginando se padre Mulrooney rezaria a missa em latim, mas, em vez disso, ele entoou as palavras habituais em inglês. Era bom ouvi-las em um ambiente tão familiar. Sabia que o sacerdote estava certo. Não cabia a ele — não cabia a nenhum deles — questionar a sabedoria divina.

— Seja feita a vossa vontade — murmurou baixinho. — Seja feita a vossa vontade.

Quarta-feira, 25 de maio

No fim do dia letivo, Alex foi até a sala do diretor. Nenhum dos dois secretários que ele costumava ver estava por ali. Sem ter quem lhe orientasse sobre o que devia fazer, simplesmente bateu à porta.

— Entre.

Alex abriu a porta. Era estranho ver padre Mulrooney sentado à escrivaninha do padre Shea. Ele percebeu, admirado, que sentiria falta do outro sacerdote, que encorajava seus sonhos mais que qualquer outra pessoa, a não ser por sua mãe.

— Com licença, padre — disse Alex. — Só queria informar ao senhor que não virei à escola amanhã de manhã. E ainda não sei se virei à tarde.

Padre Mulrooney levantou suas formidáveis sobrancelhas.

— Se você já sabe que ficará doente amanhã, deve ser capaz de dizer quando vai melhorar — retrucou.

— Não vou adoecer — explicou Alex. — É um problema pessoal.

— Esse não é um motivo aceitável — disse padre Mulrooney. —Todos temos problemas pessoais, como afirma de modo tão dramático. Não importa o que esteja acontecendo agora, a escola deve ser sua prioridade. Embora aprecie o fato de você querer permissão para cabular aula, lamento não poder dá-la.

Alex engoliu a raiva.

— Preciso ir ao Yankee Stadium — respondeu. — Fiz uma reserva. Eles estão mantendo os corpos não identificados lá. Minha mãe está desaparecida desde quarta-feira e vou procurá-la. — Fixou os olhos no padre Mulrooney, desafiando-o a reclamar.

— Entendo — disse o padre, ao invés de outro comentário maldoso. — Não há mais ninguém na sua família que possa fazer isso?

— Não, padre — respondeu Alex.

— Está bem, então — disse padre Mulrooney. — Aprecio o fato de me avisar sobre sua ausência, sr. Morales. Se não puder voltar para as aulas da tarde, compreenderei.

— Obrigado, padre.

O sacerdote assentiu com a cabeça.

— Espero vê-lo na escola na sexta-feira — disse ele. — A menos que, é claro...

A menos que sua mãe esteja morta, pensou Alex. A menos que eu encontre o corpo dela junto com os outros cadáveres não identificados.

— Sim, padre — retrucou. — A menos que...

Quinta-feira, 26 de maio

Alex saiu de casa rumo à Rua 42 na manhã de quinta-feira, na mesma hora em que costumava sair para a escola — muito mais cedo do que precisava —, mas ele não podia se arriscar a perder o ônibus.

Não contara a Bri nem a Julie; em vez disso, fingiria que ia à escola. Se ele encontrasse a mãe, então, contaria a elas. Não sabia ao certo o que diria caso ela não estivesse lá. Poderiam manter as esperanças, mas ele não sabia se isso era uma coisa boa ou não.

Nova York não era mais uma cidade-fantasma, porém, havia poucos sinais de vida. Ônibus, viaturas, carros de bombeiro e ambulâncias passavam com rapidez, e não havia caminhões, carros nem multidões de pedestres obrigando-os a diminuir a velocidade. A maioria das lojas ainda estava fechada, e portões de ferro trancados protegiam o que sobrara dos dias e das noites de roubos. Quanto mais se aproximava do centro da cidade, mais policiais via. Eles pareciam perdidos e entediados, como se não soubessem direito o que estavam protegendo.

Era um dia agradável, mas ninguém sorria. Alex percebeu que quase não ouvia conversas. As pessoas caminhavam, pois não havia outro modo de chegar aos lugares. E fitavam apenas os pés, como se não quisessem ver o que as outras pessoas estavam sentindo.

Ele viu o Empire State ao longe, e saber que o edifício ainda estava lá o tranquilizou. Alex ouvira dizer que a Estátua da Liberdade se fora. Ele estivera lá uma vez em uma excursão da escola. Mas nunca fora ao Empire State. Ficou feliz por ainda ter uma chance.

Não tomara o café da manhã e, embora ainda houvesse muita comida, já começara a ficar nervoso, pensando em quando ela acabaria, e no que fariam quando isso acontecesse. Mas a caminhada o deixara faminto, e foi então que ele se deu conta de que não havia ninguém na rua vendendo pretzels, cachorros-quentes, castanhas assadas ou souvlaki. Era estranho viver em uma Nova York onde não se podia comprar uma refeição completa na rua.

Quando chegou à rodoviária, viu uma barraquinha na esquina, vendendo saquinhos de castanhas. A fila devia ter umas cinquenta pessoas. Não valia a pena, decidiu, percebendo que havia empurrões e gritos. Depois que voltasse, encontraria alguma coisa.

A fila da barraquinha apenas aumentava o caos. Parecia que todas as pessoas que sobraram em Manhattan estavam tentando entrar no terminal de ônibus. Arrastavam crianças pequenas, cães ou gatos em bolsas. Carregavam malas, mochilas e bolsas de viagem, tudo cheio a ponto de explodir. Algumas dessas pessoas deviam estar indo se encontrar com amigos ou parentes que viviam no interior. Outras deviam simplesmente estar indo para onde um ônibus as levasse.

Havia muitos guardas, e Alex foi até um deles para perguntar de onde saíam os ônibus para o Yankee Stadium.

— Ali na esquina — informou o guarda. — Você fez reserva?

Alex assentiu com a cabeça.

— Está preparado para aquilo? — indagou o policial. — Lá está um verdadeiro inferno.

— Não sei — admitiu Alex. — Estou procurando minha mãe. Não temos notícias dela desde que tudo aconteceu.

— Boa sorte, garoto — disse o guarda. — Ei, você aí! Preste atenção!

Alex dobrou a esquina. Muitos policiais estavam ali, indicando onde as pessoas deveriam ir, oferecendo folhetos. Alex foi até um deles e disse que tinha reserva para o ônibus das 11h30.

OS VIVOS E OS MORTOS • 69

— É aquela fila ali — apontou o policial, entregando-lhe um panfleto.

Embora Alex tivesse chegado muito cedo, já havia trinta pessoas na fila para o ônibus. Elas estavam ali, inquietas, lendo o panfleto, examinando as bolsas. Algumas comiam. A maioria parecia apavorada, zangada ou simplesmente infeliz.

Alex olhou para a folha de papel que recebera.

VOCÊ DEVE RESPEITAR AS SEGUINTES REGRAS

1. **Não tente entrar em um ônibus para o qual não tenha reserva.** Observe o número do veículo ao embarcar.

2. **Você receberá um bilhete numerado ao embarcar no ônibus.** É necessário apresentá-lo para entrar no Yankee Stadium.

3. **Você não poderá sair sozinho do ônibus sob quaisquer circunstâncias.**

4. **Ao entrar no estádio, percorra cada fileira em fila única.**

5. **Observe cuidadosamente cada um dos corpos. Dê atenção às joias, pois esse pode ser o melhor meio de identificar a pessoa que procura.**

6. **Se encontrar a pessoa que buscava, continue andando até ver uma Cabine de Identificação da Polícia.** Vá até lá e informe ao policial a localização aproximada do corpo identificado. Você somente poderá retornar ao corpo acompanhado por um policial. Qualquer tentativa de retornar por conta própria resultará em expulsão do Yankee Stadium.

7. Ao se deparar com alguém precisando de assistência física, continue na fila e notifique um policial na primeira oportunidade. **Não pare para ajudar a pessoa que precisa de assistência.**

8. Não é permitido comer ou beber no Yankee Stadium. Todas as bolsas devem ser deixadas no ônibus. Aqueles que entrarem com qualquer pertence no Yankee Stadium serão expulsos.

9. Se encontrar a pessoa que está procurando, permaneça no estádio para preencher a documentação apropriada. Caso contrário, você deve partir no ônibus no qual veio. **Não será permitido embarcar em outro ônibus.**

ESTAS REGRAS SÃO PARA A SUA PRÓPRIA SEGURANÇA. ELAS DEVEM SER RESPEITADAS.

Alex pensou que as regras eram rigorosas, mas que faziam sentido; ficou aliviado por estarem definidas de modo tão explícito. Ele gostava de regras. Carlos sempre tentava encontrar uma forma de burlá-las, ou, pelo menos, costumava ser assim antes de se alistar. Alex, porém, achava que elas impunham uma estrutura e preferia assim. Ele sempre se saía melhor quando sabia exatamente o que esperavam de seu comportamento.

No entanto, preferia que o folheto não ficasse fazendo referência a corpos. Não podia aguentar a ideia da mãe sendo nada além de um corpo anônimo.

Lembrou-se dela sentada à mesa, fazendo a lição de casa enquanto os filhos faziam as deles. De como todos ficaram muito orgulhosos quando terminou o supletivo. Pensou nela ao fogão, preparando o jantar para a família. Lembrou-se de uma vez em que tivera febre, e a mãe colocara uma toalha molhada em sua testa e segurara sua mão até que ele dormisse. Visualizou-a na igreja, pedindo que elas fizessem silêncio enquanto o padre Franco dava o sermão.

Ele passara a última semana se recusando a pensar nela, mas agora fora tomado por milhares de lembranças diferentes. E se encontrasse sua mãe no Yankee Stadium? E se não encontrasse?

Ele notou, então, que todos na fila para o ônibus das 11h30, e todos que esperavam por qualquer ônibus, estavam tão imersos em pensamentos e memórias sobre aqueles que se foram de suas vidas quanto ele. Não era de se admirar que ninguém falasse. As únicas proteções contra a dor eram o silêncio e as regras.

Finalmente, começaram a embarcar no ônibus. Número 22, observou ele. Disse seu nome para o motorista e recebeu um cartão com o número 33. Sentou-se no corredor, próximo a uma mulher robusta que apertava uma embalagem de lenços de papel.

— Vocês estão com os bilhetes? — indagou o motorista, antes de começar a viagem.

Todos disseram que sim.

— Estão com a lista de regras?

— Sim — responderam.

— Lembrem-se de seguir as instruções — advertiu o motorista. — Fiquem na fila ao chegarem lá. E que Deus os proteja.

Alex olhou ao redor do ônibus. Ele era a pessoa mais jovem ali, mas alguns pareciam ter vinte e poucos anos. Como apenas um membro de cada família tinha permissão para ir, os passageiros não se conheciam. Muitos estavam rezando. Outros olhavam para a frente ou pela janela. Uns poucos mantinham os olhos fechados e alguns choravam.

Alex fitou pela janela os apartamentos da Estrada Riverside enquanto o ônibus corria pela autoestrada do West Side. Os edifícios pareciam estáveis, improváveis de desmoronar. Enquanto passavam pela Rua 88, resistiu à tentação de pedir para descer. Sabia o que precisava fazer e quais regras deveria seguir.

Depois de algum tempo, o ônibus parou no estacionamento, e os passageiros foram informados para descer de maneira ordenada, lembrando-se de levar os bilhetes e de gravar a localização e o número do ônibus, que era 22. Alex saiu e apresentou o cartão ao encarregado. Do lado de fora, o Yankee Stadium parecia o de sempre. Ele se recordava de meia dúzia de vezes em que assistira a um jogo com seu pai e Carlos, sentado na arquibancada, preocupando-se, gritando e comendo, feliz por estar ali com o pai e o irmão mais velho. Durante um jogo — ele devia ter 9 ou 10 anos — o placar estava apertado no início do 11º tempo, e um dos jogadores do Yankees conseguiu um *home run* no último minuto. Parecia que testemunhara um feito histórico, de tão animado que ficara.

— Fiquem na fila. Não saiam vagando por aí — falou o policial. — Fiquem na fila. Não saiam vagando por aí. Se saírem do lugar, não poderão entrar. Fiquem na fila. Não saiam vagando por aí.

Alex esticou as costas, como se sua postura demonstrasse que ele não era do tipo que sairia andando a esmo.

A fila se aproximava aos poucos da entrada. Duas mulheres percorreram-na do início ao fim: uma segurava um pote de gel com aroma mentolado, e a outra trazia máscaras faciais e sacos para vômito.

— Passem o gel sob o nariz — instruiu a mulher. — Isso vai ajudar com o cheiro.

— Usem a máscara facial durante o tempo todo — disse a outra mulher. — Ponham-na no rosto. Apenas a retirem se sentirem vontade de vomitar. Usem o saco; em seguida, voltem a pôr a máscara. Não deixem o saco no chão. Devem levá-lo com vocês até saírem.

O cheiro de mentol era forte. As pessoas ficavam estranhas usando as máscaras, como se uma convenção de cirurgiões tivesse se reunido acidentalmente em frente a um estádio de beisebol. Alex recordou-se de quando a mãe lhes mostrara uma máscara facial e dissera que todos instrumentadores cirúrgicos deveriam usar uma. Se ela não fosse tão ambiciosa, querendo melhorar a situação da família, não teria feito o curso técnico, o hospital no Queens não teria telefonado para trabalhar durante uma emergência, ela não pegaria o trem 7 para o Queens, e Alex não estaria parado diante do Yankee Stadium com gel mentolado sob o nariz.

— Lembrem-se de sempre ficarem em fila — falou uma voz por um megafone. — Se virem alguém precisando de assistência física, informem ao policial mais próximo. Não saiam da fila. Se saírem, serão expulsos. Continuem andando. Apenas saiam da fila se identificarem o corpo da pessoa que estão procurando. Observem a pessoa à sua frente e a pessoa atrás de você. Não se afastem dessas pessoas.

Alex fez o que disseram e olhou para o homem à sua frente e para a mulher atrás dele. A mulher usava óculos escuros. O homem estava ficando careca.

A porta abriu.

— Fiquem na fila! Fiquem na fila! — gritava o policial.

Todos avançaram, mantendo-se enfileirados. Passaram pela entrada, seguiram pelo corredor e, finalmente, desceram os lances de escada que conduziam ao campo.

O barulho foi a primeira coisa que o atingiu — uma cacofonia de gritos e soluços. Ele ouviu xingamentos, orações, porém, em sua maior parte, o barulho era apenas o som da agonia.

Depois, vieram os cheiros, diferente de tudo o que já sentira, uma combinação nauseante de vômito, odores corporais e carne em decomposição. O mentol disfarçava levemente o cheiro, mas ainda assim sentiu vontade de vomitar e ficou aliviado por não ter comido de manhã. Ao inalar o odor da carne em decomposição, ele também conseguia sentir seu gosto.

Era uma cena diferente de tudo o que Alex havia imaginado. Se erguesse os olhos, era o Yankee Stadium com assentos vazios. Mas, se olhasse para a frente, era a visão do inferno.

Alex fez o sinal da cruz e rezou pedindo forças. Os corpos estavam dispostos em todo o campo, deitados e esticados em fileiras organizadas com espaço suficiente para apenas uma pessoa passar entre elas. Quantos corpos havia ali? Centenas? Milhares?

Alguns cadáveres estavam vestidos, outros, nus. Os corpos pelados estavam cobertos por lençóis, os braços esticados, as mãos à vista, seus anéis reluzindo à luz do sol. Os rostos estavam inchados, muitos a ponto de não serem reconhecíveis. Moscas, milhões de moscas, os cobriam, e o zumbido delas oferecia um barulho de fundo para os gritos e lamentos. O inferno dele era o paraíso das moscas, pensou Alex.

— Fiquem na fila! Fiquem na fila! Sair da fila implicará expulsão!

Alex desejava ser expulso, ser lançado fisicamente para longe do Yankee Stadium, do Bronx, de Nova York, do próprio planeta Terra. Ser atirado para o tranquilizador vácuo espacial. Em vez disso, concentrou-se em encontrar as Cabines de Identificação da Polícia. Havia dezenas delas, com policiais e médicos. Ele também viu padres e pessoas que imaginou serem pastores, rabinos e religiosos islâmicos.

Fazendo um esforço para seguir na fila, Alex começou a caminhada da morte. A maioria dos corpos não podia ser de sua mãe. Eram negros, brancos ou asiáticos. Jovens demais ou velhos demais, muito gordos ou muito magros. Os cabelos eram grisalhos, brancos, louros, muito curtos ou muito compridos. Uma das mulheres — praticamente uma menina — tinha cabelos verdes e roxos. Outra tinha a cabeça lisa, como pacientes de quimioterapia. Uma terceira estava grávida. Em geral, os olhos estavam abertos e fitavam a Lua que as matara.

Algumas vezes, a fila parava abruptamente, quando alguém à frente precisava analisar um rosto, um corpo, uma joia. Um grito irrompia no ar quando um ente querido era identificado. Uma mulher muito atrás de Alex gritou: "Santa mãe de Deus!", e ele imaginou que deveria ter encontrado quem estava procurando, mas ela ficou na fila até fazerem a volta seguinte e então saiu, indo à Cabine de Identificação da Polícia.

Alex sentiu-se incomodado, e se surpreendeu ao perceber que aquilo era inveja. Odiou a si mesmo por se sentir assim. De qualquer modo, era melhor não encontrar a mãe ali. Enquanto ela estivesse simplesmente desaparecida, havia uma chance de que as orações deles, pedindo sua volta, fossem atendidas. Mas se estivesse ali...

— Fiquem na fila! Fiquem na fila!

Alex viu duas mulheres que poderiam ser sua mãe. Alguma coisa no formato dos rostos, no tom da pele, fez com que ele parasse abruptamente. Mas uma delas tinha um anel de noivado de diamante, enquanto a outra usava um pingente com a estrela de davi. Ao olhar com mais atenção, notou que não se pareciam em nada com sua mãe. Ela riria se soubesse que Alex a confundira com uma mulher usando uma estrela de davi. Tentou se lembrar do som de sua risada, mas era impossível. Disse a si mesmo que voltaria a ouvi-la rindo, que não precisava se lembrar do som da risada dela naquele momento.

Quando terminou de marchar ao redor do Yankee Stadium, duas outras pessoas do seu ônibus tinham ido até as Cabines de Identificação da Polícia. O restante saiu na mesma ordem em que entrou. Jogaram os sacos de vômito e as máscaras faciais nas lixeiras apropriadas.

Ninguém disse uma palavra enquanto mostravam os bilhetes e embarcavam no ônibus 22. Finalmente, o ônibus partiu. Uma mulher, que deixara sua Bíblia no assento, pegou-a e começou a ler com os lábios se movendo em silêncio. Uma dezena ou mais chorava. Um homem murmurava algo que Alex supôs ser hebraico. Uma mulher ria histericamente. A que estava sentada ao lado de Alex tirava um lenço atrás do outro da embalagem, cortando-os metodicamente em pedaços.

Deus, salve suas almas, rezou Alex. Deus, salve as nossas. Era a única oração em que conseguia pensar, e não importava se era inadequada. Ela não oferecia conforto, mas a repetiu sem cessar. Enquanto rezava, não tinha que pensar. Não precisava recordar. Não precisava decidir. Não precisava reconhecer que estava entrando em um mundo onde não havia regras para ele seguir — um mundo onde, talvez, não houvesse regras para ninguém seguir.

QUATRO

Sexta-feira, 27 de maio

Danny O'Brien jogou um pedaço de papel amassado no corredor do primeiro andar na hora da saída.

— Coloque-o na lixeira — alertou Alex. — Você ouviu o que o padre Mulrooney disse.

— Coloque você — retrucou Danny. — Eu pago mensalidade para estudar aqui.

Ele começou a se afastar quando Chris Flynn se aproximou.

— Você ouviu o que ele disse — disse Chris a Danny. — Coloque na lixeira. E depois peça desculpas.

— Está tudo bem — respondeu Alex, abaixando-se para pegar o papel do chão. — É o que eu deveria ter feito desde o início.

Ele sentiu raiva ao pensar que Chris precisava defendê-lo.

— Sinto muito — disse Danny. — Muito mesmo, Morales. A culpa é da Lua. Ela está me deixando maluco.

— Esqueça — disse Alex.

Jogou o papel na cesta de lixo mais próxima e foi embora. Ele não tinha tempo a perder com pessoas como Danny O'Brien.

Mas o incidente continuou a aborrecê-lo à tarde, quando foi até a igreja de Sta. Margarida, e não conseguiu tirá-lo da mente enquanto esperava por uma oportunidade de conversar com padre

Franco. Ele e Danny eram amigáveis um com o outro. Estavam na equipe de debates. Ele até já fora à casa do garoto quando fizeram um trabalho de história juntos.

Tinha que ser a Lua, pensou Alex. Ela realmente estava deixando todos loucos.

Depois de esperar por uma hora, entrou para falar com padre Franco. O sacerdote parecia exausto, muito mais do que parecera na semana anterior.

— Eu queria saber se o senhor teve notícias de Porto Rico — indagou Alex.

— Não muitas — respondeu o padre. — A situação é muito, muito ruim. Ninguém sabe nada sobre a aldeia pesqueira onde seu pai estava, mas, pelo pouco que descobri, todas as aldeias e cidades pequenas do litoral norte foram dizimadas. Lamento. Sei que deseja detalhes mais específicos, mas as informações são muito escassas. Continuarei procurando saber. A arquidiocese já se acostumou com minhas perguntas.

— Obrigado, padre — disse Alex. — Só mais uma coisa, se o senhor não se importar.

— Claro que não — respondeu padre Franco. — Em que posso ajudá-lo?

Alex não queria fazer a pergunta nem ouvir a resposta.

— É sobre os corpos que foram encontrados — começou Alex. — O senhor sabe se já acharam todos? Como no Yankee Stadium. Aqueles são todos os corpos encontrados?

Padre Franco negou com a cabeça.

— Muitos ainda não foram resgatados — disse. — E, pelo que sei, aquelas pobres mulheres são mantidas no Yankee Stadium apenas por alguns dias, e então são substituídas por outras.

— Então é possível ir até lá, procurar e, mesmo se não encontrar a pessoa que procura, isso não significa que ela ainda esteja viva — concluiu Alex.

— Temo que sim — respondeu o sacerdote.

— E quem não for identificado? — disse Alex. — Vai ser enterrado mesmo assim?

Padre Franco pareceu incomodado.

— Eles são obrigados a cremá-los — disse.

— Eu achei que a Igreja não aprovasse cremação — respondeu Alex.

— São circunstâncias extraordinárias — comentou o sacerdote. — Tenho certeza de que Deus será compreensivo e misericordioso.

Alex assentiu com a cabeça, forçando-se a não imaginar o corpo da mãe jogado em uma pilha de cadáveres num crematório.

— Obrigado, padre — agradeceu, levantando.

— Minhas orações estão com você — disse padre Franco. — Com você e com toda a sua família.

Por mais quantas pessoas ele estaria rezando?, perguntou-se Alex, ao deixar a igreja de Sta. Margarida. Será que encontrava tempo para rezar para si mesmo?

Sábado, 28 de maio

— Este lugar está uma bagunça — disse Alex, zangado, enquanto examinava a sala de estar. — Vocês não sabem catar as coisas que espalham? E por que estão assistindo à tevê no meio da tarde? Seus professores não passam lição de casa?

Julie e Bri estavam sentadas no sofá da sala de estar, assistindo a uma reprise de I Love Lucy. Julie bocejou.

— Desculpe... — começou Bri, mas Julie socou seu braço.

Alex foi até a tevê e a desligou. A irmã mais nova voltou a ligá-la com o controle remoto.

Ele se aproximou da garota e arrancou o controle da sua mão.

— Levantem! — gritou. — Agora! E podem começar a arrumar sua bagunça.

— Não vou fazer nada até nos dizer onde estão mamãe e papai — retrucou Julie. — E Bri também não. Não é, Bri? — Aquilo parecia mais uma ameaça do que uma pergunta.

Bri parecia infeliz, mas negou com a cabeça.

— O que está acontecendo? Algum tipo de greve? — indagou Alex. — São do sindicato agora? Bem, isso não vai funcionar. E parem de ver tevê e reclamar.

— Alguém morreu para você virar chefe? — indagou Julie.

Sem pensar, Alex deu um tapa no rosto da irmã. A garota gritou de dor e saiu correndo da sala de estar, com Bri atrás dela. Julie bateu a porta do quarto assim que entraram.

— Idiota — resmungou Alex.

Ele odiava quando o pai batia num deles e jurara nunca fazer isso com nenhum de seus filhos, mas, agora, no momento em que as irmãs mais precisavam dele, agira como um covarde da pior espécie.

Deu a elas alguns minutos para gritar, chorar e fazer o que quisessem na privacidade do próprio quarto; em seguida, bateu à porta. Sem esperar por permissão, entrou.

Julie estava sentada na cama superior do beliche, e sua bochecha ainda estava vermelha com a marca da mão de Alex. Bri estava ao lado dela.

Alex tentou imaginar o pai se desculpando, mas não conseguiu. Talvez ele pedisse desculpas à mãe deles, mas nunca aos filhos.

OS VIVOS E OS MORTOS • 81

— Desculpe — pediu. — Eu não devia ter batido em você.

Julie virou a cabeça para o outro lado.

— Onde eles estão? — indagou Bri. — Por que não temos notícias deles?

— Eu não sei — disse Alex. — Não sei, juro.

— Você ao menos tentou encontrá-los? — perguntou Julie.

— Sim, claro — disse ele, estremecendo ao se recordar das fileiras de corpos no Yankee Stadium. — Simplesmente se foram. Não estou dizendo que morreram. Mas não acho que deveríamos esperar que voltem para casa.

— Não! — gritou Bri. — Não acredito nisso. Não vou acreditar. Eu conversei com papai. Estava vivo. E falou Porto Rico. Eu ouvi! — Ela começou a chorar.

— Olhe — disse Alex, sentindo-se impotente e solitário —, Bri, mesmo que fosse papai, ele não pode sair de Porto Rico. Os aviões não estão mais voando. E os telefones não funcionam lá. Tento todos os dias, quando acordo e antes de dormir, mas a ligação não completa. Talvez você esteja certa e tenha realmente falado com papai, mas não podemos contar que ele volte. Não, por um longo tempo.

— E quanto à mamãe? — indagou Julie. — Por que ela não está em casa?

— O metrô inundou naquela noite — contou Alex. — Liguei para o hospital há alguns dias, e eles não sabiam se ela estava lá. Eu acho que, se estivesse, teria telefonado, mas não posso ter certeza disso. Eu procurei, Julie. Peguei um ônibus até o Yankee Stadium na quinta-feira e analisei centenas de corpos lá, mas nenhum deles era de mamãe.

— Então ela deve estar viva — disse Bri, soluçando.

— Talvez — considerou Alex. — Mas acho que ela ligaria se estivesse bem.

— Então estamos sozinhos — concluiu Julie.

Alex fez que sim com a cabeça.

— Da próxima vez que Carlos telefonar, contaremos a ele — disse. — Talvez deixem que volte para casa. Mas até lá somos só nós três. Então, precisamos ficar unidos. Temos que nos comportar da forma como mamãe e papai esperam de nós. Temos que ir à escola, manter a casa arrumada e frequentar a missa. Mas juro que nunca mais vou bater em você, Julie. Nunca mais.

Julie virou o rosto para fitá-lo.

— O que vai ser de nós? — indagou. — E se o serviço social descobrir? Podemos ficar aqui sem papai? Temos dinheiro suficiente? Quem vai cuidar de nós?

— Nós cuidaremos de nós mesmos — afirmou Alex. — Temos feito um bom trabalho até agora. Ninguém se importa tanto assim para nos denunciar ao serviço social, e acho que podemos ficar aqui por algum tempo antes que alguém perceba. Não sei o que faremos quanto ao dinheiro, mas ainda temos comida. Imagino que, se as coisas ficarem muito ruins, nós podemos ir morar com tio Jimmy e tia Lorraine. — Ele pegou uma caixa de lenços de papel e a entregou a Bri. — Mais alguma pergunta?

— Desculpe pelo que disse — lamentou Julie. — É que sinto tanto a falta deles.

— Eu sei — respondeu Alex. — Rezo por eles o tempo todo. — E por nós também, pensou.

Bri assoou o nariz, depois jogou um bolo de lenços de papel na lixeira.

— A *madre* nos ouvirá — disse ela.

A garota pegou as contas do rosário que mantinha próximo à imagem da Virgem, sobre a cômoda, e ajoelhou-se para rezar.

OS VIVOS E OS MORTOS • 83

Sinto muito, Alex articulou com os lábios para Julie mas, se ela viu, ignorou. Saiu do quarto delas e foi para o dele.

— Mãe misericordiosa e cheia de graça, ouça nossas orações — murmurou, na esperança de que ela pudesse ouvi-lo em meio ao coro das almas perdidas.

Quarta-feira, 1º de junho

Alex estava parado diante do armário, tentando decidir que livros devia levar para casa, quando sentiu um tapinha no ombro. Sua reação imediata foi aquela mistura desconcertante de raiva e pânico que sentia com tanta frequência nas últimas duas semanas. Ver Chris Flynn parado atrás dele não ajudou muito.

— Precisamos conversar — disse Chris. — Em particular. — Ele gesticulou para a sala de aula mais próxima.

Alex seguiu o garoto. Pensou em quantas vezes Chris fora reconhecido como um líder nato. Pelo visto até Alex estava disposto a obedecê-lo.

Chris fechou a porta atrás deles.

— Queria que você soubesse que não voltarei à escola depois de hoje — contou. — É uma longa história e vou poupá-lo da maior parte dos detalhes, mas estávamos esperando minha irmã voltar de Notre Dame. Ela está em casa agora, então vamos embora.

— Para onde? — perguntou Alex.

— Carolina do Sul — informou Chris. — A família da minha mãe é de lá. Meu pai ficará na cidade por enquanto.

— Não entendo — disse Alex. Por alguma razão, aquilo parecia pior pelo fato de Chris estar saindo no meio da semana. — E quanto às provas finais?

— Eu já fiz — disse Chris. — Isso precisou ser providenciado, mas, oficialmente, sou aluno do último ano agora. — Ele riu. — Parabéns. Você é o representante do segundo ano. Isso vai ficar bem no seu currículo para a faculdade, se ainda existirem faculdades daqui a um ano.

— Era isso o que você queria me contar? — indagou Alex. — Por que o mistério? As pessoas perceberão a sua ausência, sabia?

— Espero que sim — falou Chris. — Caso contrário, todos esses anos aqui terão sido em vão.

Alex olhou para o colega de cima a baixo. Ele tinha a arrogância natural das pessoas que conseguem tudo com facilidade. Ambos usavam o mesmo uniforme, mas, por alguma razão, ele parecia cair melhor em Chris; parecia mais natural. Alex o conhecia há quase cinco anos e, durante todo esse tempo, Chris fora a única pessoa que sempre precisara vencer. Mesmo quando ganhava, isso não parecia ser suficiente. Sempre havia outra batalha, outra luta para provar que Alex era tão inteligente e competente quanto Chris, e que teria praticamente tantas chances quanto ele de ser bem-sucedido. Carlos nunca fora um rival tão forte.

— Espero que tudo dê certo para você — desejou Alex. — A Vicente de Paula sentirá sua falta.

— Obrigado — respondeu Chris. — Vou sentir sua falta, na verdade. Você sempre faz eu me esforçar para ser melhor. Mas não é por isso que estou lhe contando. Não gosto de despedidas. Estou evitando dizer às pessoas que vamos partir.

— E qual é o motivo, então? — indagou Alex.

Chris pareceu sem graça. Alex tentou lembrar se já o vira desse jeito antes.

— Sei que o que está acontecendo com sua família não é da minha conta — disse Chris —, mas você sabe como é. Ouvem-se muitas histórias. O seu pai... ele não está em Nova York, está?

Alex negou com a cabeça.

— Foi o que pensei — afirmou Chris. — Lembrei que, antes disso tudo acontecer, você tinha dito que ele ia a Porto Rico para um enterro. Teve notícias? Está tudo bem?

— Achamos que sim — disse Alex. — Não dá para ter certeza.

— Não — respondeu Chris. — É difícil ter certeza sobre qualquer coisa atualmente. Meu pai diz que a situação vai piorar muito. Sabe de muitas histórias. Ele e o prefeito são muito próximos, então descobre as coisas. E, como trabalha com seguros, tem muitas informações. Vamos apenas dizer que sabe mais sobre o que está acontecendo do que padre Mulrooney, e vai tirar minha mãe, minha irmã e eu daqui.

— Como vocês vão chegar até a Carolina do Sul? — perguntou Alex. — Os aviões voltaram a voar?

— Não, vamos de carro — respondeu Chris.

— Isso é possível? — insistiu Alex. — O rádio está dizendo que há falta de gasolina.

— Sempre há gasolina quando se tem dinheiro suficiente — disse Chris. — Gasolina, comida, alojamento. Dinheiro e conhecidos.

— Por um instante, Alex achou que ele parecia envergonhado.

— Meu pai diz que isso não vai durar muito também — contou ele. — Ele diz que logo estaremos fazendo escambo. Mas, por enquanto, dinheiro é suficiente. Essa era uma das coisas que eu queria lhe perguntar. Como vocês estão? Têm dinheiro? Sua mãe está trabalhando?

Alex imaginou Chris tirando a carteira do bolso e entregando-lhe uma nota de vinte dólares. A imagem o deixou enjoado.

— Estamos bem — respondeu. — Provavelmente melhor do que muitos aqui.

— Que bom — disse Chris. — Fico feliz em ouvir isso. Olhe, quero que fique com o cartão do meu pai. Ele sabe tudo sobre você. Depois de cinco anos competindo, pode ter certeza de que ele ouviu falar de você. Sinceramente, fiquei um pouco cansado dos sermões sobre o grande Alex Morales, e por que eu deveria ser mais parecido com ele. Meu pai presta atenção em você há um tempo. Por isso, me pediu para lhe dizer que se você ou alguém de sua família precisar de alguma coisa, alguma coisa importante, deve procurá-lo. Não o incomode com coisas bobas. Mas se for muito sério, e você saberá que é muito sério, deve procurá-lo no escritório e ver se pode ajudar. Mas não diga isso a ninguém. Papai tem muito o que fazer atualmente, e me disse que a oferta é apenas para você. Já que seu pai não está aqui. E porque ele queria que eu fosse mais parecido com você.

— Obrigado — agradeceu Alex e pegou o cartão da mão de Chris. — Tenho certeza de que não vou ter que incomodar seu pai. Estamos realmente bem.

— Ótimo — disse Chris. — E mais uma coisa. Espero que você não leve isto para o lado pessoal. — Ele sorriu. — Bem, você vai levar, mas vou dizer de qualquer modo. Percebi que é um cara que todo mundo gosta e respeita, mas não parece ter muitos amigos aqui. Talvez você seja mais próximo dos caras da sua vizinhança, e seja esse o motivo para isso. De qualquer modo, falei para Kevin tomar conta de você.

— Kevin Daley? — indagou Alex.

Kevin era franzino e cínico, e Alex sempre pensou que Chris o mantinha por perto para rir dele. Não era capaz de imaginar uma companhia menos útil.

— Kevin sabe das coisas — disse Chris. — É um dom dele. Não sei como faz, mas sempre parece saber o que está acontecendo antes dos outros. Não apenas na escola. Na cidade. Ele é seu agora. Não vou conseguir usá-lo na Carolina do Sul.

— Obrigado, eu acho — disse Alex. — E obrigado por falar para o seu pai sobre mim. Sobre a minha família.

— Espero que ele possa ajudar — afirmou Chris. — Por alguma razão, acho que Kevin vai ser mais útil. — Ele parecia sério de uma maneira desconcertante. — Bem, adeus, Alex. Espero que tudo dê certo para você. Espero que seu pai volte para casa em segurança. Rezarei por você.

—Também rezarei por você — murmurou Alex.

Olhou Chris Flynn, o garoto que tinha tudo, pela última vez. Guardou o cartão no bolso e saiu da sala. Ele era representante do segundo ano agora; com certeza, seria eleito representante do último ano, e nada disso importava mais. Nada importava, pensou, caminhando rapidamente para o banheiro masculino. Sem se preocupar se havia mais alguém lá, entrou em uma das cabines e começou a chorar incontrolavelmente.

CINCO

Quinta-feira, 2 de junho

O telefone tocou no momento em que Alex estava quase passando pela porta para ir à Vicente de Paula. Com o coração disparando de medo e a agitação, atravessou a sala num salto e alcançou o aparelho no segundo toque.

— Luis? É do apartamento 3J. A pia do banheiro está vazando de novo. Você precisa trocar a borracha.

Morra, velha *bruja*, pensou Alex, batendo o telefone sem dizer uma palavra.

Sexta-feira, 3 de junho

— Pensei em algo sobre mamãe — disse Bri, orgulhosa e ansiosa, quando ela, Alex e Julie começaram a comer espaguete com molho de mariscos vermelhos. — Sobre por que não ligou.

— Talvez os telefones não estejam funcionando onde ela está — suspeitou Julie. — Lauren falou que, às vezes, os telefones funcionam e, às vezes, não. Talvez mamãe só ligue quando eles não estão funcionando.

— Quem é Lauren? — indagou Alex, tentando não pegar muito espaguete.

Eles ainda tinham comida em casa, mas os suprimentos estavam diminuindo, e ele não sabia quando conseguiriam reabastecer seu estoque nem como. Todos almoçavam na escola diariamente, porém, com a chegada do fim de semana e o fim do ano letivo se aproximando, ele nem imaginava como iam se virar.

— É a minha melhor amiga — respondeu Julie, ignorando a escassez de comida e pegando mais macarrão.

— Não acho que seja o telefone — disse Briana — Não sei se os telefones estão funcionando o tempo todo ou não, mas não é por isso que não temos notícias de mamãe.

— Por que, então? — indagou Julie. — Não é como se ela não soubesse nosso número.

— É justamente isso! — exclamou Bri, parecendo mais feliz e animada do que estivera nas últimas semanas. — Talvez mamãe esteja com amnésia.

— Amnésia? — repetiu Julie, em tom irônico.

Ou Bri não percebeu ou não se importou com o ceticismo de Julie.

— Ela pode ter batido a cabeça naquela noite — disse. — Ou talvez tenha entrado em choque ao ver todas aquelas coisas horríveis. Não sei. Mas as pessoas têm amnésia. Isso acontece o tempo todo nas novelas. Então, mamãe está bem, não está ferida, mas não se lembra de quem é nem de onde mora. Você não pode telefonar para casa quando tem amnésia e é por isso que não tivemos notícias dela. Mas, um dia, sua memória voltará. Talvez alguém a hipnotize ou talvez ela bata a cabeça de novo, ou pode ir ao Hospital Bellevue e alguém do S. João de Deus estará lá e a reconhecerá, e então nós saberemos o que houve. Isso pode acontecer, não pode, Alex?

Ele fixou os olhos em Bri, mas não teve forças para discutir.

— Seria um milagre — concluiu.

— Mas milagres acontecem — insistiu Bri. — E é isso que peço nas minhas orações. Rezo para *la madre* e para São Judas Tadeu para que mamãe esteja com amnésia, recupere a memória e volte para casa.

— Estou rezando para Joana d'Arc — disse Julie. — Não tem mais espaguete? Ainda estou com fome.

— Hoje, não — informou Alex. — Você comeu a sua parte e mais um pouco.

— Sobrou um restinho no meu prato — disse Bri. — Pode comer, Julie.

— Não — ordenou o garoto. — Coma o que está aí, Bri. Então, Julie, por que está rezando para Joana d'Arc?

— Ela também é uma santa — resmungou Julie. — Se Bri não está com fome, por que não posso ficar com a comida dela?

Porque você não pegou o suficiente no armazém!, queria gritar Alex. *Porque Bri não vai ficar faminta para você não sentir um pouco de fome.*

— Porque já repetiu o prato — insistiu. — Nunca pensei em amnésia, Bri. Provavelmente há um monte de gente vagando por Nova York, em choque pelo que aconteceu. Como os soldados com estresse pós-traumático. São Judas Tadeu deve estar muito ocupado agora, intercedendo por todos que estão rezando para ele, então pode levar algum tempo até nosso milagre. Mas o importante é sermos fortes e não perdermos a esperança.

— São Judas Tadeu deve estar muito ocupado para ouvir as orações de todo mundo — concluiu Julie. — Acho que Joana d'Arc é uma santa muito melhor para se rezar.

— Mas São Judas Tadeu é o santo padroeiro das causas perdidas — retrucou Bri. — E mamãe está perdida, então ele deve estar especialmente interessado nela. Em todos como ela. As pessoas com amnésia e traumatizadas.

— Joana d'Arc é a santa padroeira dos soldados — falou Julie. — Fiz um trabalho sobre ela no ano passado. Aposto que é a santa para a qual se deve rezar quando se tem estresse pós-traumático.

— Mas mamãe não tem estresse pós-traumático — insistiu Bri. — Ela está com amnésia.

Alex sentiu uma onda de culpa por achar que uma discussão profunda sobre santos fosse algo tão idiota.

— Julie, tire os pratos da mesa — disse. — Depois, você e Bri lavam a louça. Eu vou para o meu quarto.

— O que vai fazer? — indagou Julie.

— Rezar — respondeu Alex, saindo rapidamente da sala para não ter que dizer às irmãs que pediria forças para lidar com elas e perdão por não querer fazer isso.

Sábado, 4 de junho

A eletricidade acabara de novo, mas, mesmo no apartamento do porão, a claridade do fim de tarde era suficiente, e velas ou lanternas não eram necessárias. Bri e Julie estavam sentadas no sofá lendo uma revista, enquanto Alex sentara na poltrona para ouvir o rádio transmitindo as notícias. A parte sul de Manhattan, até a Rua Houston, fora evacuada por causa das inundações constantes. Os corpos de 112 homens, mulheres e crianças foram encontrados em uma igreja em Northridge, Califórnia, aparentando ser o terceiro suicídio em massa na área de Los Angeles, na última semana. Uma revolta por comida em Tóquio causara pelo menos seis mortes, e havia rumores de uma revolução na Rússia.

—Você gosta mesmo dele? — perguntou Bri a Julie.— Realmente acha ele bonito?

Julie fez que sim com a cabeça.

— Pensei que você também achava — disse. — Lembro quando o vimos na tevê e você gostou bastante dele.

— Não gostei tanto assim — declarou Bri. — Além do mais, eu era bem mais nova na época.

— O quê? — indagou Julie, elevando a voz. — Você está dizendo que sou uma criança? Está dizendo que só crianças gostam dele?

— Querem fazer o favor de calar a boca? — interrompeu Alex. — Estou tentando ouvir o rádio!

— Não quero, não! — gritou Julie. — Não quero mesmo. Por que você precisa ouvir isso o tempo todo? Odeio o rádio. Odeio. — Ela saiu correndo para o quarto.

— O quê? — perguntou Alex, quando Bri lançou-lhe um olhar severo.

— Nada — respondeu ela. — É só que Julie fica incomodada por saber o que está acontecendo no mundo. Eu não me importo tanto porque sei que, um dia, Deus vai devolver mamãe e papai para nós. Mas Julie não se sente assim. Não quer que você saiba que está apavorada. E tem tido pesadelos horríveis ultimamente.

Alex achava que Julie parecia muito mais aborrecida por Bri não gostar de um ator qualquer do que por causa das revoltas por comida e revoluções.

— É importante que eu saiba o que está acontecendo — disse ele.

— Por quê? — indagou Bri.

Alex não sabia ao certo se conseguiria explicar. Quando tudo começara, ele ficara feliz em não saber o que acontecia. No entanto, ultimamente, sentia uma necessidade desesperada de saber, e o rádio era o único meio de descobrir as coisas. O quadro de avisos da igreja de Sta. Margarida somente informava sobre o que acontecia em Nova York. Mas havia um mundo lá fora, um mundo que Alex sonhara explorar.

Mesmo que pudesse explicar seus sentimentos a Bri, ela acharia que proteger Julie era mais importante. Talvez até tivesse razão.

— Tudo bem — disse. — Só vou ouvir rádio à noite, no meu quarto.

— Conseguimos ouvir quando você faz isso — contou Bri. — Sei que deixa o volume baixo, mas o som atravessa a parede.

— Ótimo — resmungou Alex.

— Acho que temos fones de ouvido — disse a irmã. — Se quiser, posso procurá-los.

Alex assentiu com a cabeça.

— Procure — concordou. — Vou falar com Julie.

Ele deixou Bri procurando nas gavetas da cozinha e se dirigiu ao quarto das irmãs.

Julie estava sentada com as pernas cruzadas no beliche.

— Veio me bater de novo? — indagou.

— Não, claro que não — respondeu Alex, resistindo à tentação de fazer justamente isso. — Não sabia que o rádio a incomodava tanto. Você nunca me disse.

— Você não ia se importar — respondeu Julie. — Ninguém se importa com o que quero, a não ser pelo Carlos, e ele não está aqui.

— Bri se importa — retrucou Alex. — Ela diz que está tendo pesadelos.

— Você não está? — perguntou Julie. — O mundo inteiro não está?

Alex começou a gargalhar.

— Apenas as pessoas sãs — disse. — Quer dizer, Bri talvez não tenha. Mas o resto, sim.

— As coisas vão melhorar? — quis saber Julie. — É por isso que você ouve o noticiário o tempo todo, porque um dia as coisas vão melhorar?

Alex negou com a cabeça.

— Não é por isso que escuto — respondeu. — É por isso que eu rezo.

— Você acha que Deus nos ouve? — perguntou ela.

— Bri acha que sim — disse Alex. — Padre Franco também.

— Tantas pessoas se matando — comentou Julie. — E numa igreja.

— Preciso saber o que está acontecendo — insistiu Alex. — Para o nosso bem. Bri está procurando fones de ouvido. Se ela os encontrar, vou usá-los sempre que ouvir as notícias.

— E não vai me contar o que está acontecendo? — perguntou ela.

— Só se quiser que eu conte — respondeu.

Bri entrou no quarto.

— Não encontrei os fones — disse. — Mas o rádio tem uma entrada para conectá-los, então devem estar em algum lugar.

— Vamos, Julie — chamou Alex. — Se todos procurarmos, vamos encontrar bem mais rápido.

Terça-feira, 7 de junho

— O governo sabia — declarou Kevin Daley. — Tinha que saber. Mas o público não foi informado sobre o quanto as coisas ficariam ruins.

— Mas por que não dar tempo para as pessoas se prepararem? — indagou James Flaherty. — Não, acho que foi mesmo uma fatalidade e os cientistas foram pegos de surpresa, como todos nós.

OS VIVOS E OS MORTOS • 95

Alex estava sentado entre os dois colegas à mesa da cantina, prestando atenção enquanto discutiam o mesmo assunto que debatiam diariamente havia três semanas. A essa altura, que diferença fazia? Alex engolia cada colherada do almoço que a Vicente de Paula lhe oferecia com gratidão, mas notara que Kevin e James reclamavam das refeições. Ainda devem ter comida em casa, pensou. Caso contrário, também seriam gratos como ele por ter alguma coisa para alimentá-los.

Alex sentiu um tapinha no ombro e ergueu os olhos, deparando-se com padre Mulrooney parado atrás dele. Todos os garotos da mesa se puseram de pé.

— Sentem-se — disse o padre. — Sr. Morales, tenho um recado do padre Franco, da igreja de Sta. Margarida. Ele pediu que fosse ao seu gabinete assim que for possível.

— Vou agora — respondeu Alex, com o estômago embrulhado.

Padre Franco deve ter tido alguma notícia de Porto Rico, de Milagro del Mar. Seria bom Alex ouvir o que era primeiro. Então, poderia pensar em como contar às irmãs.

O padre Mulrooney ergueu a sobrancelha.

— Você tem permissão para sair da escola? — indagou.

— Não, senhor — respondeu Alex. — Mas vou mesmo assim.

Kevin deu um risinho abafado.

— Não estou gostando da atitude de alguns de vocês — declarou o sacerdote. — Isto é uma escola, não um clube. Você não pode entrar e sair quando quiser.

— Lamento — respondeu Alex —, mas tenho que ir. Voltarei assim que puder. Com licença.

Pegou os livros e saiu da cantina, ciente de que os olhos dos outros alunos estavam sobre ele. Alex Morales, que nunca perdera um dia de aula, que nunca respondera a um professor, muito menos a um padre, acabara de desafiar o diretor. Bem, que olhassem. O que eles sabiam? Nem o padre Mulrooney, que sabia sobre sua mãe, tinha conhecimento de que seu pai também estava longe.

Alex jogou os livros no armário, saiu da escola e começou a correr na direção da igreja de Sta. Margarida. Ele não prestou atenção nos sinais de trânsito, pois mal havia carros nas ruas. Fora uma primavera mais quente que o normal, e Alex suava quando chegou à igreja, mas nada disso tinha importância. O que importava era que padre Franco sabia de alguma coisa. Após três semanas, finalmente, havia notícias.

Como sempre, havia meia dúzia de pessoas sentadas do lado de fora do gabinete, esperando sua vez de falar com o padre. Alex pegou um lugar, irritado. Se padre Franco queria lhe contar algo tão urgente, por que precisava esperar uma hora para saber o que era?

Devia ter olhado o quadro de avisos primeiro, pensou. Se levantasse agora, perderia o lugar, o que acrescentaria meia hora ou mais à sua espera. Devia ter trazido, um livro escolar, pelo menos, já que, agora, a única coisa que podia fazer era olhar para os rostos sofredores das pessoas sentadas ao seu lado. Uma distração seria bemvinda, pois percebeu que começara a ter esperanças. Talvez Milagro del Mar tivesse sido poupada dos tsunamis e o pai estivesse bem.

Ou, talvez, Bri estivesse certa, e a mãe sofrera algum tipo de acidente e somente agora conseguia contar às pessoas quem era e onde morava.

Ou, talvez, o padre Franco tivera notícias de Carlos por meio do capelão da infantaria naval. Havia opções boas e ruins, mas Alex sabia que as boas eram mais perigosas. Uma coisa era dizer a si mesmo para não perder as esperanças, outra era ter suas esperanças destruídas repetidas vezes.

OS VIVOS E OS MORTOS • 97

Finalmente, chegou sua vez. Rezou, pedindo forças para ouvir o que o padre Franco tinha para lhe contar.

— Alex — disse ele. — Pensei que viesse depois da escola.

—'Padre Mulrooney falou que eu deveria vir assim que pudesse — respondeu Alex, sentando-se. Ele vira padre Franco na missa havia apenas dois dias, mas o sacerdote já parecia mais velho. — O senhor soube de alguma coisa?

— Sim — respondeu o padre. — Ah, você se refere a seu pai. Não, filho. Temo que não. Nenhuma novidade, pelo menos. San Juan agora tem alguma comunicação com o continente, mas a situação das pequenas aldeias ainda é desconhecida. Não, não é por isso que pedi que viesse.

Alex aguardou a próxima decepção: o corpo de sua mãe fora identificado. Mas o padre Franco o surpreendeu.

— É sobre sua irmã, Briana — contou. — Tenho boas notícias para variar.

Alex tentou sorrir.

— Eu gostaria de boas notícias — disse.

— Há um pequeno convento ao norte de Nova York — continuou o padre. — É realmente um lugar notável. Lá, vivem seis irmãs, e elas têm uma fazenda. Decidiram convidar dez garotas católicas no ensino médio para ficar no convento indefinidamente. As garotas trabalharão na fazenda, mas também serão educadas pelas irmãs. Será uma espécie de colônia de férias misturada com internato. A maioria das meninas convidadas vem de famílias que têm ligação com o convento, mas conheço uma das irmãs e lhe disse que tenho a candidata perfeita. Eu não tinha certeza da idade de Briana, mas falei que tinha 15 anos e iria para o segundo ano do ensino médio no ano que vem.

— Ela vai completar 15 anos no próximo mês — disse Alex, tentando entender o que o sacerdote contava. — E, sim, ela estará no segundo ano.

Padre Franco pareceu muito satisfeito consigo mesmo.

— As irmãs estão convidando somente meninas que estudam em escolas católicas, mas isso não será problema — continuou. — Briana estuda na Anjos Sagrados, não é?

Alex fez que sim com a cabeça.

— Excelente — comemorou padre Franco. — Estou muito feliz por você, por sua família e, sobretudo, por Briana. Sei que ela é uma menina devota e, talvez, crescendo na atmosfera de um convento, descubra sua vocação. Mesmo que isso não aconteça, terá um lugar seguro para ficar, e você e sua família não precisarão se preocupar com ela.

— Apenas Briana? — indagou Alex, percebendo, de repente, que, sem Bri, ficaria sozinho com a irmã mais nova. — Elas não poderiam levar Julie também?

O sacerdote fez que não com a cabeça.

— Eu perguntei — respondeu. — Mas a irmã Grace disse que as garotas devem ser adolescentes. Além disso, estão aceitando somente uma menina de cada família. Briana é a indicação perfeita.

— Obrigado, padre — disse Alex. — Estou muito agradecido.

Seria bom saber que pelo menos Bri estaria em um local seguro.

O padre sorriu. Alex não conseguiu se lembrar de quando fora a última vez que o sacerdote parecera tão satisfeito.

— O ônibus sai para o convento na quinta-feira à tarde — observou. — Briana tem que estar na igreja de S. Benedito, na

Madison com a 112 às 13h. Ela precisará da certidão de batismo, do último boletim e de um comprovante de pagamento à Anjos Sagrados recente. Você pode encontrar tudo isso?

— Acho que sim — disse Alex. — Nesta quinta-feira?

— Quanto antes, melhor — respondeu padre Franco. — Imagine Briana no ar fresco do campo, comendo ovos e tomando leite. Aqui estão as informações sobre o convento, com o endereço e o número de telefone. A irmã Grace disse que, durante o primeiro mês, seria melhor não telefonar, pois é natural que as meninas sintam saudade de casa. Será mais fácil para elas se não forem lembradas do que deixaram para trás. Mas eu lhe garanto que Briana estará nas melhores mãos possíveis. Quando vocês se encontrarem de novo, ela estará rechonchuda. — Ele se pôs de pé e estendeu a mão para Alex. — Sua família está nas minhas orações — continuou. — Mas gosto de pensar que uma prece foi atendida.

— Sim, padre — disse Alex. — Obrigado por tudo.

Ele saiu do gabinete e, ao passar pela nave, fez uma mesura diante da cruz e, então, ajoelhou-se para rezar.

Pai ensine-me a aceitar todas as minhas perdas, rezou ele. E mostre-me como viver em paz com Julie.

Quarta-feira, 8 de junho

Alex observou as irmãs saírem para a Anjos Sagrados, e então foi até o quarto dos pais para procurar os documentos de que Bri precisaria. Faltara luz na véspera, e ele, que já não gostava da ideia de mexer nas coisas dos pais, achou que seria pior fazê-lo à luz da lanterna. Além disso, não queria arriscar acordar Bri ou Julie. Seria melhor fazer isso na quarta-feira de manhã e chegar atrasado na escola

Ele não se importaria se pegasse detenção. Quanto menos tempo passasse com Bri, melhor, pois olhar para ela e pensar em quanto tempo levaria para vê-la de novo o perturbava terrivelmente.

Mas era melhor assim, falou para si mesmo. A comida estava acabando, e mesmo que começassem a pular refeições, mal havia o suficiente para as próximas duas semanas. Eles já não tomavam café da manhã. Com o ano letivo acabando, Alex não tinha ideia de como sobreviveriam. Pelo menos, assim, Bri teria comida e o pouco que sobrara em casa duraria mais.

Alex cerrou os dentes e começou a mexer na cômoda dos pais. Ele tinha esperança de encontrar um boletim, pois as freiras ficariam impressionadas com as notas de Bri.

O cheiro das roupas quase o deixou doente de tanta saudade. Há três semanas, eles eram uma família. Agora, Alex estava mandando Bri embora, e ela era a mais doce de todos eles. Será que voltaria a vê-la?

Será melhor assim, pensou. Ele precisava ser forte, como seu pai ou Carlos seriam.

Não havia boletins nem certificados de batismo na cômoda. Ele foi até a cozinha e pegou uma escada para poder examinar as caixas de sapatos na prateleira de cima do guarda-roupa. As caixas não tinham identificação, mas, finalmente, ele encontrou os boletins e o certificado de batismo de Bri. Pôs as caixas de volta no lugar, guardou a escada e encontrou os extratos bancários numa gaveta da cozinha. Em seguida, levou os documentos para seu quarto, escondendo-os sob o colchão da cama de cima do beliche. Ele duvidava de que as garotas fossem mexer nas suas coisas, mas era melhor não arriscar.

Saber que encontrara os documentos necessários fez com que percebesse que realmente ia mandar Bri para longe.

Alguém morreu para eu virar o chefe?, perguntou a si mesmo. Sem querer saber a resposta, pegou os livros escolares e decidiu que enfrentar a ira do padre Mulrooney seria uma distração bem-vinda.

Quinta-feira, 9 de junho

Alex só contara ao padre Mulrooney que não iria à escola no dia seguinte após terminar a detenção que recebera por chegar atrasado no dia anterior. O padre fizera um sermão de dez minutos sobre a importância da educação em tempos difíceis, mas, pelo menos, Alex não tinha a consciência pesada por matar aula.

Ele vasculhou seu guarda-roupa até encontrar a velha bolsa de viagem de Carlos. Ela ainda tinha aquele cheiro suave de suor e loção pós-barba que Alex associava ao irmão, mas ele duvidava de que Bri fosse se importar.

Ele queria ter uma lista de tudo o que Bri precisaria, mas não recebera uma. Sua mãe era quem tinha jeito com esse tipo de coisa, pensou. Era ela que fazia isso quando as filhas iam para a colônia de férias. Sabia como arrumar uma mala, assim como sabia cozinhar, limpar e fazer todas as coisas que ninguém achara importante ensinar a Alex. Apesar disso, aqui estava ele, mexendo nas coisas mais íntimas de Bri, tentando decidir o que ela precisava levar e o que as freiras lhe dariam.

Ela vai para uma fazenda, falou para si mesmo, portanto, deverá ter roupas para trabalhar. O verão prometia ser quente, então seria uma boa ideia levar camisetas e shorts. Ele acrescentou duas calças jeans e um moletom grande da Vicente de Paula que lhe dera no Natal dois anos atrás. As noites são frias no interior.

Era possível que as garotas precisassem se arrumar para jantar e, sem dúvida, para ir à igreja, por isso, Alex guardou cuidadosamente na mala uma saia e duas blusas, além do melhor vestido de Bri. Ela já estava usando o uniforme da escola, então tinha mais uma blusa e uma saia. E calçava sapatos, embora fosse precisar de algo mais prático para o trabalho na fazenda. Por isso, Alex pegou um par de tênis que tinha quase certeza serem de Bri. Em seguida, era a hora das camisolas e la ropa íntima. Alex fez uma careta ao pensar em mexer em algo tão pessoal, mas era necessário. Abriu a primeira gaveta da cômoda, tentando não pensar muito no que estava fazendo, e jogou algumas roupas de baixo na bolsa de viagem. Foi um pouco menos estranho pegar as camisolas, e ele sentiu certo alívio ao se lembrar de que Bri também precisaria de meias, chinelos e um robe. Ele sabia qual robe e quais chinelos eram dela, portanto, isso foi fácil. Quaisquer meias serviriam, desde que ele deixasse algumas para Julie.

Depois, foi a vez dos itens de banho. As freiras certamente teriam pasta de dente e sabonete, mas Bri iria querer levar sua escova de dente. O único problema era que Alex não tinha ideia de qual escova era a dela. Sem saber o que fazer, jogou todas, exceto a dele, na bolsa de viagem. Ele podia comprar outra para Julie, imaginou, em alguma parte de Nova York, e, se a mãe e o pai voltassem, encontraria escovas de dente para eles também. E quanto ao restante das coisas que meninas precisam, decidiu que as freiras dariam um jeito.

Ele encontrou o diário de Bri e guardou-o na bolsa de viagem. Olhou ao redor do quarto, procurando por algo que a irmã gostasse e quisesse ter com ela. A maior parte dos pôsteres que colara com fita adesiva nas paredes era de atores, rapazes bonitos, e Alex tinha certeza absoluta de que não seriam bem-vindos num convento, por mais que as freiras fossem liberais. Mas o cartão postal com o quadro de Van Gogh, *A Noite Estrelada*, que Bri comprara por lembrá-la do céu noturno do interior, seria aceitável, então o descolou da parede e enfiou na bolsa.

O que mais? Uma fotografia da família, decidiu, mas elas estavam no quarto dos pais. Um suéter. Ele encontrou um no armário e o jogou dentro da bolsa. Uma jaqueta? Um casaco? Se Bri ficasse no convento e depois do verão, precisaria de um casaco. Alex sentiu um nó na garganta ao pensar que Bri poderia nunca mais sair do convento e que, talvez, ele a estivesse mandando embora de casa para sempre. Falou para si mesmo que não importava o que acontecesse, Bri estaria em segurança e com saúde, e isso não seria garantido em Nova York. Era melhor que fosse embora. E ele sempre saberia onde ela estava. Não seria igual ao que acontecera aos pais. Era mais como Carlos, só que melhor, pois a Igreja saberia exatamente onde encontrar Bri e, em caso de emergência, poderia falar com ela. E estaria numa fazenda, com outras garotas como ela, protegida pelas freiras. Era a melhor coisa que poderia acontecer.

Ele enrolou a capa de chuva de Bri e guardou-a na bolsa. Não havia espaço para um casaco de inverno. Alex sabia que devia carregá-lo, mas não tinha forças para fazer isso. Se Bri continuasse lá no inverno, encontraria um meio de levar o casaco até ela, decidiu. Além disso, as irmãs provavelmente tinham casacos para as garotas, se fosse necessário.

O rosário de Bri! Apesar de as freiras terem outros, Bri levaria o próprio rosário. Ele estava em cima da cômoda, e Alex o guardou, depois, foi até o quarto dos pais e pegou o retrato emoldurado dos seis, que a mãe deixava ao lado da cama. Tio Jimmy tirara aquela foto no Natal, pouco antes de Carlos se alistar. Alex analisou-a com cuidado antes de guardá-la. Todos pareciam muito mais jovens. Aquilo fora mesmo há menos de seis meses?

Podia haver outras coisas que Bri quisesse ou precisasse, mas Alex não podia imaginar o que seriam. Além disso, precisava levar a irmã até a igreja de S. Benedito antes de o ônibus partir para o convento, e seria uma longa caminhada da escola. Ele voltou ao quarto de Bri e Julie, deu uma olhada, decidindo que já pegara o suficiente, foi até o seu quarto e retirou os documentos do esconderijo debaixo do colchão.

Caminhou até a Anjos Sagrados e foi para a secretaria da escola. Não sabia o que esperar, mas as coisas pareciam bastante normais ali, mais ativas que na Vicente de Paula.

— Sou Alex Morales — anunciou para uma mulher sentada à escrivaninha. — Irmão de Briana Morales. Vim para levá-la ao ônibus na igreja de S. Benedito.

A mulher olhou para ele com a expressão vazia.

— Em que ano ela está? — indagou.

— Primeiro — respondeu Alex.

— Sala 144 — disse a mulher. — Se não estiver lá, tente a sala 142.

Alex agradeceu, caminhou pelo corredor e encontrou a sala 144. Bri estava sentada na carteira, escrevendo empolgada no caderno.

Ele entrou na sala de aula e se aproximou da professora, sentada à mesa.

— Sou o irmão de Briana Morales — disse. — Vim para levá-la.

As garotas ergueram os olhos, e Bri pareceu confusa por vê-lo ali.

A professora não expressou surpresa. A julgar pelo número de carteiras vazias, Alex concluiu que a irmã não era a primeira na classe a ser misteriosamente levada embora nos últimos dias.

— Briana vai voltar? — perguntou a professora.

— Não — sussurrou Alex.

— Sentiremos falta dela — disse a professora. — Muito bem. Briana, pegue suas coisas e vá com seu irmão.

Alex agradeceu a professora e caminhou na direção de Bri.

— Vamos — murmurou ele. — Temos que ir.

— É por causa da mamãe? — perguntou Bri. — Ou papai? Eles estão em casa?

— Não — respondeu Alex. — Vamos, Bri. Não se preocupe com os livros.

— Não estou entendendo — disse ela.

— Explico depois — prometeu Alex. — Apenas venha comigo.

Bri obedeceu. Eles saíram da sala de aula e, depois, da escola.

— Temos que caminhar um pouco — comentou Alex. — Vamos até a Avenida Madison com a 112. Atravessaremos o parque na 96. Seus sapatos são confortáveis? Você pode calçar seus tênis se quiser.

— Estou bem — disse Bri. — Mas o que está acontecendo? Aonde estamos indo? Onde está Julie?

— Ainda está na escola — disse Alex. Ele parou por um instante. — Bri, algo maravilhoso aconteceu, graças ao padre Franco. Há um convento no norte do estado que está aceitando adolescentes. Julie é muito nova, mas você tem a idade certa, então pode ir para lá.

— Para ser freira? — indagou Bri. — Alex, sou muito nova.

Alex fingiu rir.

— Não é para ser freira — esclareceu. — É um convento, mas também é uma fazenda, e as irmãs decidiram abri-la para boas meninas católicas. Você vai trabalhar na fazenda, mas também terá aulas. E, como é uma fazenda, vai ter muita comida. Você gosta do interior. Sempre se divertiu quando viajávamos para a colônia de férias. Será mais ou menos assim, só que melhor, porque só haverá outras garotas da sua idade lá, além das freiras.

Bri estava imóvel.

— É um orfanato? — indagou ela. — Você está me mandando para um orfanato?

— Não, claro que não — respondeu Alex. — Vamos, Bri. Não podemos perder o ônibus. Se fosse um orfanato, não acha que eu enviaria Julie no seu lugar?

— Não sei — admitiu Briana. — Você vai mandá-la para outro lugar? Ou sou só eu?

— Só você, porque tem a idade certa — explicou Alex. — Pare de agir como se fosse uma mártir e fosse ficar lá para sempre. Quem me dera poder ir a um lugar com três refeições por dia.

— Você pode — afirmou Bri. — Só se alistar na infantaria naval.

— Engraçadinha — disse Alex. — Agora, venha. Ainda temos que atravessar o parque.

Briana calou-se por um tempo. Ele ficou aliviado por não ter que responder a mais nenhuma pergunta e poder observar atividades normais no Central Park. Havia muitas pessoas andando de bicicleta, enquanto outras caminhavam, aproveitando o dia quente de junho. Não havia veículos, mas, às vezes, o Central Park fechava para os carros. Mesmo os guardas andando a cavalo davam um ar de normalidade, e o clop-clop-clop dos cascos era um som tranquilizador.

— Se eu odiar o lugar, posso voltar para casa? — indagou Briana.

— Você não vai odiar — disse Alex.

— Mas e se eu odiar? — insistiu a menina. — E se elas forem más comigo? E se todo mundo for cruel?

— Nós temos sorte por esse lugar existir — disse ele. — As freiras vão tomar conta de você, e fará muitas amizades. O importante é que estará segura. Não sei por quanto tempo Nova York ficará bem. Por enquanto, a situação está estável, mas as coisas estão piorando. Não conversamos sobre isso, mas você sabe. E, claro, se eu encontrar um lugar seguro para Julie, vou mandá-la para lá. Sou responsável por vocês duas, pelo menos até papai ou mamãe voltarem. Você não acha que eles gostariam que ficasse com as freiras, longe de qualquer perigo?

Briana continuou em silêncio.

— Responda — pediu Alex. — Não acha que nossos pais gostariam que ficasse em segurança, em um convento com as santas freiras tomando conta de você?

— Sim, Alex — respondeu.

— Ótimo.

— Julie sabe disso? — perguntou Bri. — Você contou para ela e não contou para mim?

— Não, claro que não — respondeu Alex.

— Ela vai ficar zangada quando descobrir — disse Bri.

— Problema dela — retrucou Alex. — Além disso, ela não vai ficar zangada por muito tempo. Não quando entender que é o melhor para você. Como nós dois.

— Queria ter me despedido dela — acrescentou Bri.

Alex imaginou como teria sido.

— É melhor assim — disse ele. — Contarei a sobre o convento hoje à noite.

Eles caminharam em silêncio durante mais algum tempo, e Alex tentou não pensar em como Julie reagiria.

— E aonde estamos indo? — perguntou Bri, finalmente.

— Para a igreja de S. Benedito — respondeu Alex. — Um ônibus levara todas vocês de lá até o convento.

— Você ficará comigo até ele chegar? — indagou Briana. — Por favor, Alex.

O garoto assentiu com a cabeça.

— Se deixarem — disse.

— E vocês vão escrever? — insistiu ela. — Você e Julie?

— Claro que sim — respondeu Alex. — E você escreverá para nós. Os correios estão loucos atualmente, então não sei com quanta frequência receberá correspondência, mas nós vamos escrever. Prometo.

— Acho que será como a colônia de férias — sentenciou Briana. — Eu sempre ficava assustada quando saía de casa no verão, mas me divertia assim que me acostumava com a ideia.

— Eu arrumei suas coisas — disse Alex. — Coloquei aquela fotografia de todos nós que mamãe tinha e seu rosário, além do seu diário e do cartão postal com *A Noite Estrelada*.

— Obrigada — disse Briana. — Há quanto tempo você sabia que eu iria embora?

— Há apenas alguns dias — respondeu Alex.

— Espero conseguir voltar para casa — desejou ela. — Acho que vou morrer se nunca mais vir você e Julie.

— Não vai morrer — retrucou Alex. — E nos verá de novo. Agora, vamos. Ainda temos que chegar até a Madison e depois caminhar alguns quarteirões.

— Está cansado? — indagou ela. — Quer que eu carregue a mala?

— Não, claro que não — refutou Alex. — Só ande mais rápido.

Briana apertou o passo e os dois caminharam mais depressa, descansando apenas nas esquinas das ruas, antes de atravessarem. Quanto mais rápido caminhavam, menos Alex pensava em como ia sentir falta dela.

Na Rua 108, já conseguiam ver a igreja. Era mais antiga que a de Sta. Margarida, mas também era mais imponente. Alex ficou feliz. Não fazia muito sentido, mas era um alívio ver que era uma igreja tão respeitável.

Quando se aproximaram, avistaram uma menina da idade de Bri acompanhada da mãe. Alex apertou o passo, e a irmã o imitou.

— Você está indo para a fazenda? — indagou ele.

— E já está com saudade — respondeu a mãe. — Ela está assustada.

— Meu nome é Briana — disse Bri à garota. — Como se chama?

— Ashley — respondeu ela.

— Tenho uma amiga que se chama Ashley — retrucou Bri. — Ela parece um pouco com você. Já esteve numa fazenda?

— Não — resmungou a menina.

— Eu já — contou Bri. — Fazendas são muito legais. Onde estuda?

— Na Escola Mãe de Misericórdia — respondeu Ashley. — Estou no segundo ano.

— Eu estudo na Anjos Sagrados — informou Bri. — Estou no primeiro ano.

A mãe de Ashley lançou um olhar agradecido a Alex.

— Tem sido tão difícil — murmurou ela. — Mas não sei mais o que fazer.

— Eu sei como é — concordou Alex. — Estava dizendo a Briana como ela tem sorte.

Eles entraram juntos na igreja e se depararam com um cartaz pedindo que esperassem no porão. Quando chegaram lá, encontraram o local cheio de meninas com suas famílias. Muitas pessoas estavam chorando, e Ashley começou a soluçar novamente. Alex achou dois assentos para ele e Briana, e segurou sua mão. Ela, porém, não chorou.

— Está sendo muito corajosa — comentou ele. — Estou orgulhoso de você.

— Não quero chorar — disse ela. — Alex, estive pensando. Preciso que me prometa uma coisa.

— Se eu puder — respondeu ele.

— Não — insistiu ela. — Você precisa me prometer isto. É como se fosse um voto sagrado. Se não prometer, vou me levantar e sair daqui agora mesmo.

Alex pensou em Bri e nas poucas vezes que ela reclamava em comparação com a choradeira incessante de Julie ou o dramalhão de tia Lorraine.

—Tem coisas que não posso prometer — admitiu. — Não posso prometer que a Lua voltará para o lugar, que as coisas voltarão ao normal.

— Eu sei — disse ela. — E sei que não pode prometer que papai e mamãe voltarão para casa. Mas precisa jurar para mim que você e Julie não sairão do apartamento, que não desaparecerão. Precisa jurar que vai ficar em casa, para eu sempre saber onde vocês estão, e, quando o papai, a mamãe ou Carlos voltarem para casa, eles saberão onde encontrá-los, você contará onde estou, e aí poderei voltar. Prometa isso, Alex. Você não pode desaparecer como eles.

— Prometo — disse, torcendo para que, se ele e Julie tivessem que ir embora um dia, conseguissem avisar Bri a tempo. — Ficaremos lá, esperando por você, papai, mamãe e Carlos.

— Muito bem — disse Briana. — Pode ir agora. Você precisa voltar para contar a Julie o que está acontecendo.

— Não — retrucou Alex, surpreso com a própria veemência. — Não posso simplesmente deixar você. Tenho que ficar para ter certeza de que entrará no ônibus.

— Eu disse que vou — insistiu Bri. — Pode confiar em mim.

— Não é por isso — disse Alex. Ele não queria contar a Bri o que acabara de perceber: se ele saísse sem vê-la entrar no ônibus, ela seria mais uma pessoa desaparecida, e ele não conseguiria suportar isso. — Estou com os documentos que elas pediram. Tenho que ficar até o ônibus chegar.

— Está bem — respondeu Bri. — Apenas achei que você ia querer ir.

— Bri, também não gosto disto — confessou Alex. — Mas é para o seu bem. Para o seu bem, o meu e o de Julie. Sobrará mais comida para nós. E não nos preocuparemos, pois saberemos que estão cuidando e alimentando você.

Briana assentiu com a cabeça.

— Quero rezar agora — comentou. — Acho que a *madre* santa vai fazer eu me sentir melhor.

Eram quase 15h quando o ônibus chegou. Nesse momento, as fungadas se transformaram em soluços, e até Alex teve que segurar as lágrimas. Briana estava aos prantos quando abraçou o irmão, despedindo-se dele.

Alex mostrou à freira o certificado de batismo, o boletim e o comprovante de pagamento. Ela era mais velha do que Alex imaginara;

no entanto, parecia simpática e sorriu para Bri, dando-lhes boas-vindas. Alex colocou a bolsa de viagem no bagageiro de teto. As meninas encheram o veículo, e Alex notou que Briana sentou-se ao lado de Ashley. Ela já começou a fazer amizades, pensou, orgulhoso. Sua coragem e fé seriam um exemplo para todas as outras garotas.

Era muito tarde para voltar para a Anjos Sagrados e encontrar Julie quando começou a fazer o caminho de volta. Seria melhor ir direto para o apartamento. Evitara pensar na garota e em como ela se sentiria, pois o mais importante era cuidar de Briana e levá-la para um lugar seguro. Ele sabia que Julie amava a irmã, mas não conseguia deixar de pensar que uma parte dela ficaria feliz por ser a única menina da casa.

Seria duro aguentar Julie sem ter Bri para acalmar as coisas. Mas ela aprenderia a respeitar suas decisões. Não era má, apenas fora mimada e tratada como um bebê por tempo demais. Mas isso iria acabar. O mundo não tinha mais espaço para bebês de 12 anos.

Começaria hoje à noite. A partir de agora, Julie faria o jantar. E decidiria o que comeriam. Era Bri quem estava cozinhando, mas agora isso seria tarefa de Julie. Ela teria mais trabalho, e também mais responsabilidade. E não poderia reclamar sobre as opções, sendo ela quem escolheria a comida

Alex sentiu orgulho de si mesmo. Estava fazendo tudo o que precisava ser feito. Era difícil para ele, difícil para todos eles, mas pensou em Bri e em como era corajosa, e sentiu uma nova onda de orgulho. Carlos diria que ela era corajosa por ser irmã de um fuzileiro naval, mas Alex estava aprendendo que havia muitos modos diferentes de lutar. E até o pai sentiria orgulho de Alex. Quando voltasse, trataria o filho com um recém-descoberto respeito.

Ele estava suado, cansado e morto de fome ao destrancar a porta do apartamento. Já não importava mais o que Julie faria para o jantar, desde que o fizesse imediatamente.

Mas Julie não estava em condições de cozinhar. Ela correu na direção dele e, em vez de recebê-lo com um abraço, começou a dar socos no seu peito com os punhos cerrados.

— Onde você estava? — gritou. — Onde está Bri? O que você fez com Bri? Pensei que vocês tivessem ido embora para sempre e me deixado para trás. Odeio você! Odeio você!

Alex agarrou os pulsos dela, apertando-os com força.

— Pare com isso! — disse. — Você sabe que nunca a deixaríamos para trás. Pare de agir feito um bebê.

— Você está me machucando — disse ela.

— Você é quem me machucou — disse ele. — Dando esses socos. Você faria uma coisa dessas com o papai?

— Você não é papai — retrucou Julie.

— Estou no lugar dele — disse Alex — até que volte para casa. E precisa me respeitar como o respeita. Agora, se você se comportar, conto onde Bri está.

Julie lançou-lhe um olhar furioso, mas permaneceu calada.

— Padre Franco me falou sobre um convento no norte do estado com uma fazenda — contou Alex. — As freiras decidiram convidar adolescentes católicas para viver lá. Bri tem idade suficiente, por isso, ela foi. Você é muito nova, então vai ficar aqui. É isso. Ninguém foi embora e a abandonou. Eu ia pegá-la na escola, mas o ônibus para o convento chegou tarde e não tive tempo.

— Ela vai voltar? — indagou Julie.

— Hoje, não — disse Alex. — É como uma colônia de férias ou uma escola. Talvez ela goste tanto que acabe virando freira. Devia ficar feliz por Bri estar num lugar seguro, onde fará amigas e terá o que comer. E eu vou cuidar de você. Mas precisa me obedecer do mesmo jeito que obedece ao papai, pois é isso que ele e mamãe desejariam. Está se sentindo melhor agora? Tem mais alguma pergunta?

Julie ainda parecia aborrecida.

— Vai me mandar embora? — perguntou. — Como fez com Bri?

— Farei o que foi melhor para você — respondeu Alex. — Está sob a minha responsabilidade e farei o possível para que fique em segurança. Talvez continuemos juntos ou talvez você vá para algum outro lugar. De um jeito ou de outro, espero que seja tão corajosa quanto Bri. Ela pediu que a Santa Mãe lhe desse forças, e Maria a ouviu. Bri consolou outra garota que estava chorando. Uma garota mais velha. Você acha que conseguiria ser corajosa assim?

— Prometa que nunca mais vai sair sem me avisar — pediu Julie. — Alex, fiquei com tanto medo. Prometa.

— Eu prometo — afirmou Alex. — Agora, que tal preparar o jantar? Não sei você, mas poderia comer até uma lata de espinafre agora.

— Muito bem — disse Julie. — Quer um pouco de salmão para acompanhar? Acho que sobrou uma lata.

— Você decide — respondeu Alex. — A partir de agora, você é a responsável pela cozinha. — Ele percebeu quais poderiam ser as consequências disso. — Mas não use a nossa comida muito rápido — acrescentou. — Talvez seja melhor só espinafre por hoje.

— Está bem — disse Julie. — Serei cuidadosa. Prometo que serei. E vou me comportar. Só não me deixe sozinha de novo.

OS VIVOS E OS MORTOS • 115

— Não deixarei — assegurou Alex. — Prometo.

Meia lata de espinafre, pensou. Sem café da manhã, sem almoço, e só meia lata de espinafre para o jantar. Ele torceu para que Bri estivesse comendo mais do que isso no convento.

SEIS

Domingo, 12 de junho

Depois da missa, Julie pediu a Alex para passar a tarde na casa de Lauren, e ele deixou, satisfeito. Os irmãos estavam vivendo uma trégua instável, e nenhum dos dois falava muito por medo de provocar o outro. A ideia de passar uma tarde sem ter que se preocupar com cada palavra que dizia para a irmã caçula certamente o agradava.

Padre Franco fez questão de conversar com Alex depois da missa para dizer que a irmã Grace lhe informara que Briana estava se adaptando muito bem à nova vida.

Alex não tinha certeza se contaria ou não a Julie. Ela não mencionara Bri desde aquela primeira tarde, a não ser quando reclamara que sua escova de dente tinha sumido. Alex encontrara uma escova nova no armário do banheiro, e isso pareceu satisfazê-la. Sabia que Julie sentia falta de Bri tanto quanto ele, mas guardava seu sofrimento para si, e Alex estava grato por isso. Ele não tinha palavras para consolá-la, pois também não conseguia consolar a si mesmo.

Quando chegou em casa, não havia luz. A energia elétrica também faltara no sábado, e o apartamento, que não costumava ter muita iluminação natural, estava escuro e pouco convidativo. Alex pegou uma lanterna e seu livro de química. As provas finais estavam chegando, e poderia muito bem começar a estudar agora.

OS VIVOS E OS MORTOS • 117

Ele se assustou ao ouvir uma batida na janela. Ao erguer os olhos, viu tio Jimmy. Da última vez que Jimmy fizera isso, eles ganharam comida. Talvez tivesse recebido mais encomendas e quisesse dividir um pouco com os filhos da irmã. Alex correu para abrir a porta.

Jimmy entrou no apartamento e sentou-se no sofá.

— Vocês estão cuidando bem do apartamento — elogiou. — Seus pais iam gostar disso.

— Obrigado — respondeu Alex.

— Não gosto muito do que vou propor, mas Lorraine parece achar que é uma boa ideia — disse Jimmy. — A questão é que nós vamos embora. Tem um pouco de comida chegando, mas não posso pagar o que estão cobrando por ela, e, mesmo que eu pudesse, os fregueses não poderiam, então não adianta fingir que posso manter o armazém aberto. E Lorraine tem certeza de que Nova York vai afundar. Você sabe como ela é.

Alex concordou com a cabeça.

— Pode ser que tenha razão — admitiu tio Jimmy. — As coisas estão indo de mal a pior; qualquer idiota pode ver isso. Tenho que cuidar dos meus filhos. De toda forma, vamos embora enquanto podemos. Lorraine tem uns primos em Tulsa e, si *Dios quiere*, vamos conseguir gasolina no caminho.

— Obrigado por me contar — disse Alex. — O senhor e a tia Lorraine salvaram nossas vidas com a comida que nos deram. Espero que cheguem lá sem ter muitos problemas.

— Eu também — concordou Jimmy. — Mas a razão pela qual estou aqui... Bem, claro que não íamos simplesmente desaparecer... Mas Lorraine e eu conversamos e gostaríamos de levar Briana conosco. Normalmente, nós levaríamos todos vocês, ou pelo menos as meninas, mas é difícil saber o que vai acontecer com a comida e todo o resto. Lorraine está grávida de novo.

— Eu não sabia — comentou Alex. — Parabéns!

Tio Jimmy fez uma careta.

— O momento não é dos melhores — disse ele. — Quatro crianças pequenas com menos de 6 anos no meio de tudo o que está acontecendo. Bri seria uma ótima ajudante e, se as coisas dessem certo em Tulsa, ela teria um lar. Estamos acertados?

— Não — respondeu Alex. — Quer dizer, é muita gentileza sua, tio Jimmy, mas Bri não está mais aqui.

— Não? — indagou Jimmy. — Onde ela está?

— Eu deveria ter contado para você — disse Alex. — Nosso padre soube de um convento no norte do estado que estava aceitando adolescentes. Bri partiu na quinta-feira.

Tio Jimmy concordou com a cabeça, pensativo.

— Isso deixaria Isabella muito feliz — constatou. — Bem, Lorraine talvez não goste muito, mas poderíamos levar Julie, eu acho. É melhor do que nada. E gostei da forma como ela trabalhou no armazém naquele dia. Sim, acho que poderia convencer Lorraine a levar Julie. Que tal?

— Tenho que responder agora? — perguntou Alex, sentindo uma grande necessidade de elaborar listas com argumentos contra e a favor daquilo.

— Sim — respondeu Jimmy. — Já vai ser difícil convencer Lorraine de que Julie trabalharia tanto quanto Bri; imagine se chegar em casa e disser, "Alex não tem certeza". Vamos partir amanhã de manhã. Aliás, onde está Julie?

— Na casa de uma amiga — contou Alex.

Ele imaginou como as coisas seriam sem Julie por perto, sem a tensão constante.

Depois, pensou em como seria não ter ninguém, estar longe da família toda. Talvez Jimmy chegasse a Tulsa, talvez não. Os telefones funcionavam dia sim, dia não. Não se podia contar com os correios. Julie poderia acabar desaparecendo, do mesmo modo que Carlos, do mesmo modo que seus pais.

E prometera a Bri que ele e Julie ficariam em casa. Que tipo de promessa seria, se ele a quebrasse quatro dias depois?

— Acho melhor não — respondeu. — Sinto muito, tio Jimmy, mas acho que Julie ficará melhor aqui comigo.

— Sei que Lorraine e Julie não se dão muito bem, mas isso vai mudar — disse tio Jimmy. — Você não vai conseguir ficar muito mais tempo. Quando chegar a hora de ir embora, será mais fácil se não tiver que se preocupar com ela. Fez a coisa certa mandando Bri para o convento. Faça a mesma coisa por Julie.

Alex sabia que tio Jimmy tinha razão. Claro, ele e Lorraine iriam fazer Julie trabalhar duro, mas, enquanto tivessem casa e comida, Julie também teria. E as coisas podiam estar melhores em Tulsa. Ele nem sabia ao certo se as escolas de Nova York voltariam a abrir no outono, supondo que conseguissem encontrar comida para aguentar até lá.

Mas Julie ficaria infeliz, e Alex simplesmente não podia fazer isso com ela. Nem com ela nem com Bri nem com ele mesmo. Além disso, e se os pais voltassem para casa e ele não conseguisse encontrar Julie?

— Obrigado — disse. — Mas vamos dar um jeito. Se as coisas ficarem difíceis por aqui, iremos para outro lugar.

Tio Jimmy pôs-se de pé e abraçou Alex apertado.

—Você é um bom garoto — disse. — Isabella sempre teve muito orgulho de você, de como é um bom aluno. Você não é durão, mas é um cara forte. Ficaremos com Miguel Flores na Rua 80 Leste. Talvez, um dia, consigam ir até lá, todos vocês.

— Rezarei por vocês — disse Alex, ao ver o tio partir.

O que ele estava fazendo, perguntou a si mesmo, mandando Bri para os braços de estranhos e impedindo que Julie partisse com a família?

Ah, mamãe, choramingou ele em silêncio. Papai. Voltem. Estou mais perdido do que vocês.

Terça-feira, 14 de junho

— Antes de celebrarmos a missa, fui instruído pela arquidiocese a fazer um levantamento — vociferou padre Mulrooney.

Alex continuava a se impressionar com quanto som podia sair de um corpo tão magro.

— Quero que vocês levantem as mãos. Quantos aqui foram informados pelos pais que deixarão Nova York definitivamente no fim do ano letivo?

Cerca de um terço dos garotos ergueu a mão.

— Muito bem — continuou o sacerdote. — Quantos de vocês sabem que sua família vai sair de Nova York até setembro?

Provavelmente outro terço ergueu a mão.

— Apenas para ter certeza de que estão ouvindo — disse padre Mulrooney. — Levantem as mãos se vocês sabem que não retornarão à Academia S. Vicente de Paula no próximo mês de setembro. Os estudantes do último ano devem levantar as mãos também.

Tantas mãos se ergueram que Alex começou a temer que fosse o único aluno que pretendia ficar na cidade.

— Agora quero ver as mãos de todos que não sabem se vão sair de Nova York — instruiu padre Mulrooney.

Alex ergueu a mão, relutante. Ficou aliviado ao ver outras mãos se erguendo. Alguns deles, pensou, provavelmente iriam embora também, mas ainda não sabiam disso. E, em circunstâncias normais, haveria uma turma de estudantes do segundo ano para substituir os alunos do último ano. Por isso, ele não acreditava que aqueles números fossem precisos.

Será que alguns de seus amigos estavam planejando ficar? As mãos foram baixadas rápido demais para ele ter certeza. Mas, de qualquer forma, será que realmente tinha amigos? Ou seriam todos como Danny O'Brien, simpáticos na aparência, mas frios onde importava?

Pelo menos com Chris ele sabia onde estava pisando, pensou.

Após a missa, Kevin Daley se aproximou.

— Ei, Morales — disse ele. — Vi que você planeja ficar por aqui mais um pouco.

— Essa é a ideia — respondeu Alex, como se tivesse feito planos.

— Estarei por aqui — disse Kevin.

— Ótimo — retrucou Alex.

Pelo menos ele teria mais um cara falso, cínico e nanico como companhia.

Quarta-feira, 15 de junho

Fazia quatro semanas que o asteroide colidira com a Lua, deixando-a um pouco mais próxima da Terra; quatro semanas de destruição e mortes sem precedentes. Quatro semanas desde que Alex tivera notícias dos pais e quatro semanas menos um dia desde que falara com o irmão pela última vez.

122 • SUSAN BETH PFEFFER

Ele e Julie foram à missa da noite pelas vítimas, na igreja de Sta. Margarida. Duas missas em um dia, pensou. Sua mãe teria certeza de que tinha vocação.

A igreja estava completamente lotada. Alex não sabia se a cerimônia acalentava as outras pessoas. Julie, percebeu ele, parecia entediada. E o garoto já não sentia coisa alguma. Era mais fácil assim.

Sábado, 18 de junho

— Tentei ligar para tio Jimmy — disse Julie, durante o que eles chamaram de almoço: meia lata de feijão preto para cada um —, para ver se eles tinham um pouco de comida para nós. Mas ninguém atendeu.

— Ele foi embora — respondeu Alex. — Ele e Lorraine levaram as crianças. Querem chegar a Tulsa e partiram há alguns dias.

— Ah.

— Ficaremos bem — disse Alex, sentindo uma pontada de culpa em seu coração. Ao que teria condenado a irmã?

Julie afastou o prato, embora ainda houvesse uma garfada de comida nele.

— Ninguém se despede de mim — reclamou. — Bri falou com papai, e você falou com Carlos, Bri e tio Jimmy, mas eu não consegui dizer adeus a nenhum deles.

— Você ainda me culpa por isso? — indagou Alex. — Por eu não ter lhe acordado quando Carlos telefonou?

Ele queria comer os feijões que sobraram no prato de Julie. Isso lhe ensinaria uma lição.

— Perguntaram na escola quantas de nós voltariam no próximo ano letivo — comentou Julie, mudando de assunto. — A maioria das garotas vai embora.

— Na Vicente de Paula também — disse Alex. — Mas nós vamos ficar. Eu e você não vamos a lugar algum. Agora, termine de comer o almoço.

— Grande almoço — resmungou ela, obedecendo ao irmão.

E se nós morrermos?, perguntou-se Alex. E se morrermos de fome, e alguma coisa acontecer, e papai e mamãe, Carlos e Bri voltarem para casa e encontrarem nossos corpos? Talvez por aquela ser uma ideia tão terrível, ou talvez porque estivesse faminto, Alex se viu rindo pela primeira vez em semanas.

Domingo, 19 de junho

Alex estava sentado no sofá da sala de estar, aproveitando a inesperada energia elétrica da tarde de domingo para iluminar seu livro de latim. As provas finais começariam na segunda-feira, e, com padre Mulrooney ensinando latim, Alex estava determinado a tirar dez.

— Eletricidade realmente torna as coisas muito mais fáceis — murmurou para si mesmo, mas esse era justamente o tipo de constatação que despertava o desprezo do padre Mulrooney.

Ele era tão velho que a eletricidade provavelmente ainda não tinha sido inventada quando começou a aprender latim. Era capaz de seu professor ter sido o próprio Júlio César.

Alex imaginava o sacerdote vestindo uma toga quando ouviu passos se aproximando do apartamento. Por um segundo, seu coração parou.

Julie saiu correndo do quarto.

— Quem será? — choramingou.

Alex fez um gesto para que ela se calasse e voltasse para o quarto. Julie fez uma careta, mas depois obedeceu.

Ouviu-se uma batida à porta.

— Quem é? — perguntou Alex.

— Greg Dunlap — respondeu um homem. — Do apartamento 12B.

Ai, meu Deus, pensou Alex. Eles estavam com um problema no encanamento. Abriu a porta.

— Sr. Dunlap — disse —, lamento que meu pai não tenha consertado seu cano. É que...

— Ele não voltou — completou o sr. Dunlap. — Foi isso que pensei. Estou certo?

Alex não conseguiu pensar numa mentira plausível para contar, então, limitou-se a assentir com a cabeça.

— Tenho escutado muitas histórias assim — disse o sr. Dunlap. — Posso entrar?

— Desculpe — respondeu Alex. — Claro. Não temos tido muitas visitas ultimamente.

— Vocês estão bem? — indagou o sr. Dunlap. — Eu devia ter vindo ver vocês, pois sabia que Luis estava em Porto Rico, mas sempre acontecia alguma coisa. Boas intenções sempre funcionam assim. Como é que sua família está? Vocês tiveram notícias de Carlos?

Alex fez que sim com a cabeça.

— Ele está bem.

— Ótimo — disse o sr. Dunlap. — E sua mãe? Ela está em casa? Gostaria de dar uma palavrinha com ela.

— Ela saiu — respondeu Alex. Não era exatamente uma mentira, e era muito mais fácil do que a verdade.

— Muito bem, então. Vou falar com você mesmo — prosseguiu o sr. Dunlap. — Bob e eu estamos indo amanhã para Vermont. Temos amigos que moram lá. A única coisa que nos impediu de fazer isso antes é que estamos cuidando do gato do 16D. Uns amigos nossos

OS VIVOS E OS MORTOS • 125

moram lá, e estavam de férias em Maui quando tudo aconteceu. Eles deveriam ter voltado naquele fim de semana, mas desde então não tivemos notícias deles, por isso, continuamos cuidando do gato. Mas é ridículo. Não vamos morrer apenas para ficar cuidando do gato de pessoas que estão... bem, que não vão voltar. Esperamos por eles durante um mês. Levaremos o gato conosco.

— Então vocês não precisam consertar o encanamento — comentou Alex.

— O encanamento é o menor dos nossos problemas — disse o sr. Dunlap. — Sabe, voltei para casa com aquela pizza, e Bob estava histérico porque vira o que tinha acontecido na tevê. Eu, não. Só me lembro de voltar para casa a pé, pensando que ia chover. Foi o último momento feliz da minha vida, talvez o último para sempre. De qualquer modo, desci só para lhe dar as chaves do meu apartamento e do 16D. Bob e eu comemos quase toda a comida deles, mas ainda sobraram umas coisas, e talvez sua família possa usar o que não levarmos. — Entregou a Alex dois molhos de chaves. — Bob diz que é melhor que as coisas fiquem com um dos caras da Vicente de Paula — contou. — Espero que ajude.

—Vai ajudar. Obrigado — respondeu Alex. — Nós estamos realmente gratos.

— Imagino que ficarão por aqui, esperando seu pai — prosseguiu o sr. Dunlap. — Sei como é difícil abandonar a própria casa. Mas Nova York vai passar por maus momentos. Bob trabalha no *Daily News*, e, naturalmente, ouve coisas. Vai ficar bem difícil, e nada vai melhorar por enquanto. Talvez, nunca melhore. Diga à sua mãe que ela devia pensar em fazer outros planos, pelo menos para que suas irmãs fiquem seguras.

— Direi, sim — retrucou Alex. — Mais uma vez, obrigado, sr. Dunlap, e agradeça a Bob por nós. Espero que tudo dê certo em Vermont.

— Não sei se voltarão a dar certo algum dia — respondeu o sr. Dunlap. — Algumas vezes, o melhor que se pode fazer é adiar o inevitável. Diga à sua mãe que estamos torcendo por ela.

— Direi. — E obrigado.

Assim que ele fechou a porta, Julie saiu correndo do quarto.

— Quero ver — pediu, como se valesse a pena ver os dois molhos de chaves. — Ah, Alex, podemos subir até o 16D e pegar a comida?

— Não — respondeu Alex. — Não até amanhã. Além do mais, o sr. Dunlap disse que não sobrou muita coisa.

— Pouca comida é melhor que comida nenhuma — analisou Julie. — Não quero esperar.

Alex também não queria, já que a única coisa que comera durante todo o dia era meia lata de canja, com Julie prometendo meia lata de cogumelos para o jantar.

— Espere um segundo — disse, e foi até o quarto.

Levantou o colchão da cama de cima do beliche e retirou os dois envelopes que continham as chaves para os apartamentos 11F e 14J. Se algum dos moradores tivesse voltado, teria tentado entrar em contato com seu pai. E, se não voltara, podia ter comida sendo desperdiçada.

Aquilo seria roubo? Seria pecado? Alex pensou que deveria ser as duas coisas. Mas Jesus não ia querer que morressem de fome se houvesse comida disponível.

Voltou para a sala de estar, e suas mãos tremiam de animação. Eles não tinham tempo a perder, com a eletricidade instável.

— Vamos subir — disse para Julie. — Papai tinha as chaves de dois apartamentos, e, se os moradores não tiverem voltado, pegaremos a comida deles.

Correram até o corredor e apertaram o botão, chamando o elevador de serviço. Ele estava no 12º andar e demorou um instante para descer.

— Começaremos pelo 14J — decidiu Alex. — Não sei quando saíram nem se voltaram. Vamos tocar a campainha e aguardar um minuto antes de abrirmos a porta. Se abrirem, faça uma carinha bonita e peça desculpas. Desceremos de escada até o 11F depois. Entendeu?

—Você acha mesmo que sou bonita? — perguntou Julie quando entraram no elevador.

— Comparada a mim — admitiu Alex. — E, talvez, a Carlos.

Julie riu. Ela não ria de verdade, percebeu Alex, desde que Bri se fora.

Não havia ninguém no corredor do 14º andar. Alex e Julie foram até o apartamento 14B. O garoto obrigou-se a tocar a campainha. Ouviram-na soar dentro do apartamento, mas nenhum outro som.

— Podemos entrar agora? — implorou Julie.

—Vamos tocar mais uma vez — respondeu Alex.

Ele não queria bater à porta, pois os outros moradores do andar escutariam. Esperou mais trinta segundos, que pareceram uma eternidade, e então, usou as chaves para abrir a porta.

Sentiu imediatamente que não havia ninguém lá dentro, que já estava assim havia algum tempo. Os móveis estavam cobertos por uma fina camada de poeira, e o ar estava quente e abafado.

— Olá! — disse, alto o suficiente para qualquer pessoa no apartamento ouvi-lo.

Ninguém respondeu.

— Agora? — indagou Julie.

— Agora — respondeu Alex, e entraram na cozinha.

Ele sabia que não deveria, mas ficou impressionado com a beleza do cômodo. O lugar provavelmente fora reformado havia pouco tempo, concluiu. Era estranho ver o quanto o apartamento era maior que o deles, além de mais arejado e claro. O prédio era o mesmo, mas a vida, totalmente diferente.

Ainda assim, estava vivo, assim como o irmão e as irmãs. Talvez os moradores do 14J não pudessem dizer o mesmo.

Abriu a geladeira de duas portas, e o cheiro de frutas e legumes podres o atingiu.

— Eles não vão voltar — disse ele. — Vamos levar tudo que estiver nos armários.

— Tudo? — perguntou Julie. — Veja, Alex, tem biscoito recheado!

O garoto sorriu.

— Os biscoitos e o restante das coisas — disse. Examinou debaixo da pia e encontrou uma caixa de sacos de lixo. — Vamos começar a encher.

— Talvez ela tenha um carrinho de feira —raciocinou Julie. — Como a mamãe.

— E onde ele estaria?

Julie correu até o armário perto da porta principal e voltou com um carrinho.

Alex começou a encher os sacos plásticos com a comida. Havia latas de atum, salmão e sardinhas, dois vidros de arenque ao molho de vinho, muitas latas de feijão e sopa — ele estava enjoado das duas coisas, mas sabia que, uma hora, agradeceria por elas. Havia também vidros de alcachofra e palmito.

— Biscoitos de água e sal — disse Julie. — Olhe, Alex. Manteiga de amendoim. Veja quantos tipos diferentes de geleias e compotas.

— Não fale tão alto — pediu Alex, enchendo um saco com caixas de macarrão com um formato engraçado.

Remexendo nos armários inferiores, ele encontrou dois engradados com seis garrafas de água, que guardou no fundo do carrinho de feira.

— Pretzels — cochichou Julie, como se Joana d'Arc em pessoa tivesse se materializado diante dela. — E gotas de chocolate.

Alex preferia que os ricos comessem mais legumes enlatados e menos chocolate, mas precisava admitir que era emocionante ver doces e biscoitos. Encontrou um saco de flocos de arroz e uma caixa de cereal e os guardou dentro do saco. Eles já deviam estar murchos, mas era comida.

O carrinho estava cheio, e os armários, vazios. Alex entregou a chave do apartamento deles para Julie.

— Volte para casa com a comida. Vou dar uma olhada no apartamento 11F. Se eu não voltar em meia hora, vá até lá e veja o que está acontecendo.

— 11F — repetiu Julie. — Em meia hora.

Alex acompanhou-a até o elevador de serviço, que não saíra do lugar desde que eles tinham subido. Ele pensou em pegá-lo para descer os três andares, mas resolveu que era mais seguro usar as escadas.

Desceu e tocou a campainha do 11F duas vezes antes de usar a chave para entrar. Encontrou a mobília da sala de estar coberta com lençóis, ainda esperando a pintura das paredes.

Percorreu os arredores rapidamente para confirmar que o apartamento estava vazio; então, foi até a cozinha e abriu a geladeira. Mais uma vez, foi recebido pelo odor glorioso de comida estragada.

Depois de aprender com Julie, vasculhou o armário do corredor e encontrou um carrinho de feira esperando por ele. Não conseguiu encontrar sacolas, por isso, usou sacos de lixo. Ficou feliz ao descobrir que o 11F não tinha nada contra comprar frutas e legumes enlatados. Eles gostavam muito de ervilhas enlatadas e pêssegos em calda. Alex salivou ao ver os dois vidros grandes de purê de maçã. Quase se esquecera do quanto gostava disso.

Fariam um banquete hoje à noite, pensou, e a imagem de Bri surgiu em sua mente. Será que a teria mandado embora tão rápido se soubesse que tinha comida no edifício para eles?

Sim, decidiu. Bri ficaria melhor onde estava, assim como Julie. O que parecia ser muita comida agora, acabaria em semanas. Só estava adiando o inevitável, embora não soubesse exatamente o que seria o inevitável.

Terminou de colocar os sacos de lixo no carrinho de feira e agradeceu rapidamente aos moradores do 11F e a Jesus pela comida que os manteria vivos por mais tempo. Arrastou o carrinho pelo corredor, aliviado pelo fato de que ninguém o notara, e encontrou Julie parada ao lado do elevador de serviço, segurando a porta aberta.

— Achei que seria mais rápido assim — murmurou.

Alex sorriu para ela.

— Você é tão inteligente quanto é bonita — elogiou, e eles começaram a descer, voltando para uma casa abastecida.

Segunda-feira, 20 de junho

— A arquidiocese solicitou que eu informasse aos estudantes da Academia S. Vicente de Paula que a escola permanecerá aberta durante o verão — anunciou padre Mulrooney antes da missa. — Se o desejo pela vida acadêmica não for incentivo suficiente, a arquidiocese quer que saibam que será servido almoço todos os dias.

Ouviu-se um murmúrio de animação. Até Alex, que na noite anterior jantara carne de porco e feijão, abriu um sorriso. Ultimamente, o almoço na escola era, em sua maioria, legumes em lata e batata, mas comida era comida.

— Nada na vida vem de graça — prosseguiu padre Mulrooney. — Os estudantes que quiserem frequentar o programa de verão deverão participar de atividades sociais. Tarefas serão designadas e os alunos devem fazer o trabalho antes de vir para a escola. Sem trabalho feito, sem almoço. É o *quid pro quo*.

Alex passou a maior parte do dia tentando decidir se deveria pular o jantar quando almoçasse na escola. Ele queria que Julie comesse mais de uma vez ao dia, mas não tinha certeza de como resolver isso.

Se as coisas realmente piorassem, talvez pudesse convencer a escola a deixá-lo levar o almoço para casa; então ele e Julie poderiam dividi-lo.

Pelo menos Bri está comendo, falou para si mesmo enquanto ia até o gabinete do padre Mulrooney para descobrir qual seria a sua tarefa. Definitivamente, tomara a decisão correta. E como havia mais comida, era provável que a decisão de manter Julie em casa fosse a melhor. Pelo menos, ele esperava que fosse.

— Ah, sr. Morales — disse padre Mulrooney. — Vejo que você ficará para o verão.

Alex deu de ombros.

— Não tenho para onde ir — confessou.

Padre Mulrooney lançou-lhe um daqueles olhares de ira divina. Alex nunca conhecera alguém com sobrancelhas tão imponentes.

— Tenho fé que, um dia, você irá apreciar o poder quase sagrado da educação — afirmou. — Enquanto o mundo desmorona ao nosso redor, só o ensino e a cultura impedirão que nos tornemos bárbaros.

— Sim, padre — concordou Alex. — Posso perguntar qual será a minha tarefa?

Padre Mulrooney assentiu com a cabeça.

— Seu trabalho será cuidar de alguns dos paroquianos idosos e enfermos da vizinhança — declarou. — Todas as manhãs, antes de vir para a escola, visitará dez pessoas diferentes. Baterá à porta, conversará com elas rapidamente e fará com que assinem uma folha indicando que realmente tiveram contato com o senhor. Não é uma tarefa particularmente difícil, mas é preciso ter pernas e coração fortes, pois muitas dessas pessoas vivem em andares altos.

Alex se imaginou escalando os Alpes depois de comer flocos de arroz de café da manhã. Isso supondo que eles durassem outra semana, algo que duvidava.

— Obrigado, padre.

— Suas provas finais são nesta semana — disse o sacerdote. — Creio que você esteja estudando para elas.

— Sim, padre — respondeu Alex.

— Já teve alguma notícia de sua mãe? — perguntou ele.

— Não, padre — disse Alex.

— Muito bem, sr. Morales — desconversou padre Mulrooney. — Aguardo ansiosamente para encontrá-lo aqui durante o verão.

OS VIVOS E OS MORTOS • 133

Alex sorriu. Era engraçado pensar no padre Mulrooney aguardando ansiosamente por qualquer coisa que não fosse passar uma noite animada traduzindo Cícero.

Caminhou até a Anjos Sagrados e encontrou Julie esperando por ele. Quando se atrasava, ela costumava ficar emburrada, mas, desta vez, estava explodindo de animação.

— A escola vai funcionar no verão — contou. — Vão nos dar almoço se trabalharmos e, à tarde, teremos aulas.

— Isso é ótimo — disse Alex. — Você sabe que trabalho fará?

Ele não ia deixar Julie bater na porta de estranhos.

— Todas nós vamos fazer a mesma coisa — respondeu a irmã. — Conseguiram permissão para transformar parte do Central Park em uma horta. Não uma parte famosa. Então ficaremos lá durante as manhãs. Não é engraçado? Bri e eu somos fazendeiras. Depois, voltaremos para a escola, almoçaremos e assistiremos às aulas. Almoçaremos! Se eu almoçar, Alex, você pode ficar com o meu jantar.

Alex olhou para a irmã. Há um mês, ela nunca teria oferecido isso. Sem pensar, a abraçou.

— A Vicente de Paula vai funcionar também — disse. — Vou visitar algumas pessoas para ter certeza de que estão bem. Depois, almoçarei e assistirei às aulas, assim como você.

— Quando chegarmos em casa, quero um biscoito — decidiu Julie. — Para comemorar.

— Dois biscoitos — disse Alex. — Vamos ser ousados.

Quinta-feira, 23 de junho

Sem eletricidade praticamente durante todas as noites, Alex e Julie adquiriram o hábito de ir para a cama cedo. Ele imaginava que a irmã dormisse imediatamente, mas o garoto costumava usar o tempo sozinho para ouvir o rádio, com os fones de ouvido previamente perdidos, e descobrir o que podia sobre o que estava acontecendo.

Algumas estações de rádio de Nova York ainda funcionavam, mas Alex preferia as de Washington e Chicago, que agora tinham uma recepção alta e clara. Ele sabia que Nova York ainda existia, mas com todas as coisas terríveis que estavam acontecendo no mundo, era reconfortante ouvir que as outras partes dos Estados Unidos, apesar da epidemia de febre do Nilo Ocidental, dos terremotos, dos apagões e do racionamento de comida, ainda sobreviviam. Ele ficava mais tranquilo sempre que o presidente dava discursos para informar que o governo estava trabalhando duro para resolver todos os problemas. Uma noite, ouviu uma entrevista com um astrônomo sobre o que precisaria ser feito para que a Lua voltasse ao lugar. Tudo ainda era teórico, mas as mentes mais brilhantes do planeta estavam trabalhando nisso. Sua preces seriam atendidas, Alex tinha certeza.

— Em Nova York, a evacuação obrigatória do bairro do Queens terá início no sábado — anunciou a estação de rádio de Washington. — Todos os serviços municipais na região serão encerrados na sexta-feira, 1º de julho.

Alex girou o botão freneticamente até encontrar uma estação de Nova York. Não se falava de outra coisa. Liam listas de endereços. Transmitiam entrevistas com os moradores e autoridades públicas. Descreviam protestos. Foi preciso mais de uma hora para Alex descobrir que a evacuação de todos os hospitais do Queens estava programada para não passar de quinta-feira, 30 de junho.

Alex sabia que era impossível que a mãe ainda estivesse no S. João de Deus, trabalhando tanto que se esquecera de ligar para os filhos durante um mês; no entanto, enquanto o hospital existisse, havia esperança.

Dali a uma semana, o hospital seria fechado. Dali a uma semana, o Queens deixaria de existir.

Porto Rico ainda existia? E a família Morales? E a esperança?

Sexta-feira, 24 de junho

Alex decidiu ir até a igreja de Sta. Margarida naquela manhã, depois de deixar Julie na escola. Estivera evitando ler o quadro de avisos, concluindo que acompanhar os eventos pelo rádio seria suficiente. Mas, se a evacuação do Queens lhe escapara daquela maneira, ele precisava redobrar a atenção.

Como imaginava, a arquidiocese enviara informações sobre o Queens. A folha com os dados era datada de uma semana atrás e listava todos os horários e locais em que os moradores pegariam os ônibus até um centro de evacuação em Binghamton, Nova York. Dali, poderiam ir para onde quisessem.

Padre Franco aproximou-se do quadro de avisos, trazendo novas informações. Alex cumprimentou-o.

— Como estão indo as coisas? — indagou o sacerdote.

— Muito bem — respondeu Alex. — Minha irmã e eu iremos à escola durante o verão.

Ele não se preocupou em perguntar ao padre Franco se ele ouvira mais alguma coisa sobre Porto Rico, ou mesmo sobre Bri. Não havia razão para isso.

— Você será o primeiro a saber — disse padre Franco. — Recebemos a notícia hoje de manhã. A partir da próxima sexta-feira, 1º de julho, haverá distribuição de comida no Colégio Morse, na Rua 84.

— O senhor está brincando — disse Alex.

O sacerdote sorriu.

— Padres não brincam — retrucou. — Aprendemos a não fazer piadas em nosso primeiro ano de seminário. Será uma vez por semana, e cada pessoa na fila receberá uma sacola de comida de graça. Veja por si mesmo.

Alex leu o panfleto. O centro de distribuição abria às 9h, somente às sextas-feiras. Ele perderia a missa de sexta na Vicente de Paula, mas ainda conseguiria cumprir sua tarefa e voltar para a escola na hora do almoço.

— Quanta comida tem em uma sacola? — indagou. — O senhor sabe?

Padre Franco negou com a cabeça.

— Acho que não será suficiente para uma semana — respondeu. — Mas qualquer comida é uma benção atualmente.

— E o limite é de uma sacola por pessoa — disse Alex. — Então Julie também pode ir e pegar uma.

— Foi organizado dessa forma para que as famílias tenham comida para todos — explicou o sacerdote. — É melhor levar Julie.

Uma sacola de comida para cada um, além de cinco almoços. Eles não ficariam rechonchudos, mas, pelo menos, não passariam fome.

OS VIVOS E OS MORTOS • 137

Quarta-feira, 29 de junho

As dez pessoas que Alex deveria visitar moravam em quatro edifícios entre as Avenidas Amsterdam e West End, duas na Rua 86 e duas na 87. Ele ficou aliviado por ninguém morar no prédio dele, pois imaginava que, quanto menos pessoas soubessem que ele e Julie ainda estavam ali, melhor.

A tarefa não era muito difícil, a não ser pelo fato de que, em um dos edifícios, a mulher que precisava visitar morava no 11º andar e, em outro, no 16º, e era raro haver eletricidade antes do meio-dia. Todas as pessoas assinavam o papel e, se ficaram surpresas ou nervosas pelo fato de ele ser porto-riquenho e elas não, disfarçavam muito bem. A maioria parecia satisfeita por ter alguém que se importasse o suficiente para subir todos aqueles lances de escada. Alex certificava-se de que estavam bem, perguntava se precisavam de alguma coisa específica e, então, pedia que assinassem a folha que indicava que ele realmente estivera lá. Era cansativo ter de sorrir e demonstrar interesse, especialmente quando as pessoas eram falantes, mas era um pequeno preço a pagar por uma refeição.

Julie, por sua vez, adorava jardinagem e não falava sobre outra coisa. A maior preocupação era que os alimentos não amadurecessem antes de o clima esfriar, mas a maioria dos legumes estavam sendo transferidos de uma estufa e já estavam quase bons: vagens, milhos, tomates, abóboras, abobrinhas, repolhos, batatas, brócolis. Havia buracos para serem cavados, fertilizante para espalhar, plantas para plantar, ervas daninhas para retirar. Calêndulas serviam para afastar os ratos. E deviam ser gratos, mesmo que o dia estivesse quente demais, pela luz do sol.

— E ainda receberemos com um pouco de tudo isso — disse Julie pela terceira vez em três dias. — Dá para imaginar? Legumes de verdade.

Alex não conseguia imaginar. Ele nem sequer se importava de ouvir falar sobre aquilo dia após dia. Isso lhe dava algo no qual pensar além dos tipos de comida que haveria na sacola de mantimentos que ele e Julie receberiam na sexta-feira.

Ele podia ver que a irmã perdera peso, mas nunca perguntou se ela estava com fome e, se estava, a garota nunca se queixou sobre isso. Na verdade, Julie se queixava muito menos do que quando as coisas eram normais. Alex supunha que tinha que agradecer à Lua por isso.

Quinta-feira, 30 de junho

Alex acompanhou Julie até a escola e depois voltou correndo para casa. Sabia que não fazia sentido ficar sentado ao lado de um telefone que quase nunca funcionava, esperando por uma ligação que não seria feita, de uma mãe que provavelmente estava morta havia muito tempo.

Mas foi isso o que ele fez, por via das dúvidas. Por via das dúvidas, para o caso de, no último dia de existência do Queens, sua mãe telefonasse para a família para dizer que ainda estava viva. Ele estava satisfeito por não ter contado a Julie, pois ela teria insistido em ficar em casa também. Assim, ao menos, a irmã almoçaria.

Era difícil ficar sozinho no apartamento, fitando o telefone que não tocava, assombrado pela comida na cozinha, que ele não se permitiria tocar, assombrado ainda mais pela imagem da mãe se afogando no metrô naquela primeira noite.

OS VIVOS E OS MORTOS • 139

Tentou ler. Tentou rezar. Tentou fazer flexões e contar as latas de sopa. Ouviu o rádio, usando as baterias de vinte dólares. O mundo estava acabando. Bem, isso não era novidade.

Apesar do imenso tédio, deixar o apartamento causou uma dor física, mas precisava buscar Julie. O dia estava quente e ensolarado. A Lua em quarto minguante parecia maior que o sol, mas, pelo menos, não era lua cheia. Alex realmente aprendera a odiar a lua cheia.

O assunto de Julie naquele dia era inseticidas, seus usos e história. Aparentemente, a irmã Rita, responsável pelo projeto da horta, achava que as meninas deveriam aprender o máximo de coisas possível sobre a cadeia alimentar. Alex estava aliviado pelo fato de a freira não ter ensinado receitas. Já era difícil o suficiente ouvir toda aquela conversa sobre legumes quando almoçava. Hoje, porém, até mariposas e pulgões pareciam apetitosos.

Assim que retornaram, Alex pegou o telefone para ver se, por um milagre, a mãe havia deixado uma mensagem.

— Por que você fez isso? — indagou Julie.

— Porque eu quis — disse ele abruptamente.

Julie fitou-o.

— Você é realmente estranho, sabia? — observou.

Alex fez que sim com a cabeça.

— Sei, sim — respondeu. — É a sua influência.

A irmã sorriu.

— Bem, acho que sirvo para alguma coisa então — concluiu ela.

A menina foi para o quarto, deixando Alex sozinho na sala de estar. Ele continuou a fitar o telefone, que o fitou de volta.

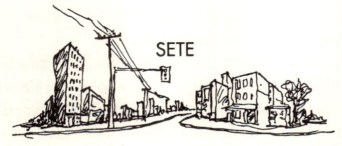

SETE

Sexta-feira, 1º de julho

Alex dormiu no sofá, para o caso de o telefone tocar.

Às 6h45, desistiu e vestiu-se, antes de acordar Julie. Se deixasse, ela dormiria até o meio-dia, e inevitavelmente despertaria mal-humorada. Ele tinha esperança de que as sacolas de comida incluíssem cereais, que estavam praticamente acabando, embora tudo o que ele permitia que comessem fosse o equivalente à meia xícara.

Naquela manhã, porém, Julie estava animada demais para comer, e sua agitação se mostrou contagiosa. Ele não acreditava de verdade que a mãe fosse telefonar, lembrou a si mesmo. Comida era importante. Os dois realizaram todos os rituais matinais depressa e saíram do apartamento às 7h30. Estariam na Morse bem antes das 8h. Seria entediante ficar de pé na fila por mais de uma hora, mas precisavam estar entre os primeiros para levarem a comida para casa; Alex acompanharia Julie até o Central Park, faria as visitas e chegaria à escola antes do almoço.

Eles desceram a Avenida Amsterdam, planejando virar à direita na 84. Julie especulava sobre a comida que receberiam.

— Não será tão bom quanto legumes frescos — disse. — Mas isso vai demorar.

— Qualquer coisa serve — respondeu Alex. — Mas, claro, seus legumes serão melhores.

OS VIVOS E OS MORTOS • 141

— Fico imaginando o que Bri está plantando — continuou Julie.
— O aniversário dela é amanhã. Podemos telefonar?

— Não devemos — disse Alex. — Nada de telefonemas durante
o primeiro mês.

— Se ela estivesse aqui, ganharíamos três sacolas — declarou
Julie.

— Mas uma das sacolas seria para ela — respondeu Alex.
— Então não haveria mais comida para nós, de qualquer modo.

— Uau! — exclamou Julie. — Olhe o tamanho da fila!

Alex teve que olhar. Da 84 à 83, havia uma fila maciça de
pessoas.

— Você acha que todos estão aqui por causa da comida?
— indagou Julie.

— Tem um policial ali — disse Alex. — Vamos perguntar.

O policial estava de pé na esquina da 84 com a Amsterdam e
tinha um megafone na mão.

— Fiquem na fila! Fiquem na fila!

Alex se lembrou do Yankee Stadium e começou a tremer. Disse
a si mesmo que aquela era uma situação completamente diferente,
fez um esforço para se acalmar e perguntou ao homem onde era o
fim da fila para a distribuição de comida.

— Rua 82 — respondeu o policial. — Foi isso que ouvi há 15
minutos.

— Vamos, rápido — disse Alex para Julie.

Correram até a 82, mas era evidente que o fim da fila estava mais
para o sul.

— Como pode haver tantas pessoas? — indagou Julie quando
finalmente encontraram o fim da fila na 81 com a Columbus.

— Acho que todo mundo do Upper West Side está aqui —
comentou Alex.

Era isso mesmo que parecia. Ao contrário da fila no Yankee Stadium, famílias inteiras estavam agrupadas, algumas com crianças pequenas amarradas às mães para não se perderem. Ocasionalmente, um policial passava e verificava se alguém estava furando fila.

Julie ficou na frente de Alex.

— Quanto tempo você acha que isso vai levar? — indagou. — Estão me esperando na horta.

— Como vou saber? — respondeu Alex.

Não havia lhe ocorrido que haveria tantas pessoas. Porém, enquanto esperavam, a fila aumentou ainda mais, até fazer uma curva na Rua 81. Era um pouco reconfortante saber que não eram mais as últimas pessoas da fila.

A maioria das pessoas estava em silêncio, embora algumas das crianças chorassem e berrassem. O sol os castigava, e Alex calculou que a temperatura estava em torno de 32 graus. Viu uma mulher idosa desmaiar e ouviu o pânico da família que a acompanhava. Por fim, um homem a levou embora enquanto a esposa e os filhos ficavam no lugar.

Às 9h, todos ficaram animados, aguardando que a fila começasse a andar, mas nada aconteceu. Não havia meio de saber se a distribuição começara a três quarteirões de distância, e ninguém estava disposto a sair para espiar mais à frente e informar o que estava acontecendo.

Finalmente, próximo às 10h, começaram a andar. Foi preciso mais uma hora até que Alex e Julie chegassem à Rua 82. Então, a fila silenciosa já começava a ficar furiosa. Homens e mulheres gritavam e xingavam. Os guardas berravam nos megafones, pedindo que mantivessem a ordem, o que só aumentava a raiva da multidão.

Às 11h, um dos guardas anunciou:

— Todos que estão ao sul da Rua 84 devem ir para casa! Todos que estão ao sul da Rua 84 devem ir para casa. Não há mais comida! Vão para casa! Vão para casa!

— O que diabos querem dizer com não há mais comida? — gritou um homem, empurrando o policial mais próximo.

Em pouco tempo, centenas de pessoas debandavam e se debatiam furiosamente, sem se preocupar, em seu ataque de fome e fúria, se atingiam alguém.

Alex agarrou Julie.

— Fique comigo! — berrou, temendo que ela fosse levada pela multidão.

A irmã agarrou o braço dele.

— Corra! — gritou Alex.

Os dois correram juntos, tentando desesperadamente abrir caminho em meio ao caos. Alguém ou alguma coisa cortou o rosto de Alex, e ele sentiu o gosto de sangue na boca. Empurrou as pessoas e puxou Julie. Então, viu um bebê sendo pisoteado. Automaticamente, curvou-se, tentando salvar a criança, e, ao fazê-lo, perdeu a irmã.

— Julie! — gritou.

Era impossível vê-la agora. Rezou para que ela estivesse onde achava que estava, e lançou-se na multidão.

— Segure minha mão! — gritou para ela.

Julie esticou a mão, mas ela era baixa demais para alcançá-lo. Alex empurrou um homem idoso para a rua. Sentiu os dedos do senhor sendo esmagados debaixo de seu sapato enquanto agarrava a irmã. Ele a segurou o mais apertado que podia e usou-a para abrir caminho entre a multidão, até conseguirem correr livremente na direção do Central Park.

Julie tremia.

— Está tudo bem — assegurou Alex, dando-lhe um abraço. — Estamos seguros agora.

— Seu rosto — notou Julie. — Está todo ensanguentado.

— Não foi nada — disse Alex, passando os dedos sobre o corte. —Você está bem?

Julie assentiu com a cabeça, mas ele viu que estava muito abalada. Tinha um hematoma feio na bochecha direita, onde talvez tivesse recebido uma cotovelada. Alex ouviu tiros ao oeste. Tiveram sorte de escapar no momento em que o fizeram.

—Vou levar você para casa — disse ele. — Lá é seguro.

— Não — retrucou Julie. — Pode me levar até a horta. Estão me esperando.

Alex olhou para o relógio. Ainda havia tempo para levar Julie antes de voltarem para a escola. Se não fizesse isso, ela não poderia almoçar, e agora não havia mais bolsas de comida sobre as quais fantasiar, apenas os mantimentos limitados em casa.

—Tudo bem — concordou. — Melhor nos apressarmos.

Correram pelo parque e encontraram suas colegas de classe retirando as ervas daninhas. Julie foi até a irmã Rita, que pôs os braços em volta dela e a abraçou bem apertado.

— Tenho que ir para a Vicente de Paula — afirmou Alex, sem saber se estava falando com a freira, com Julie ou se alguma das duas se importava.

Caminhou de volta até o lado oeste do Central Park, então rumou em direção ao sul até a escola, chegando pouco antes do almoço.

Padre Mulrooney, porém, parou-o no caminho para a cantina.

— Onde o senhor pensa que vai, sr. Morales? — indagou.

OS VIVOS E OS MORTOS • 145

— É hora do almoço — respondeu Alex. — Ah, o senhor se refere ao corte? Cuidarei dele assim que chegar em casa. Agora, eu só quero comer.

—Tenho certeza de que sim — observou o padre Mulrooney. — Mas o senhor não entregou suas folhas nos últimos dois dias. O que o faz pensar que tem direito ao almoço?

—Talvez eu não tenha direito — disse Alex. — Mas estou faminto e preciso comer.

— O senhor conhece as regras — retrucou padre. — Sem trabalho, sem comida. Se estiver com fome, vá para casa e coma lá. E não se incomode em voltar na terça-feira, a menos que tenha feito as visitas e esteja com os papéis assinados para provar. Agora, vá, sr. Morales, e passe o feriado contemplando as virtudes da obediência.

Alex queria erguer o sacerdote e jogá-lo pelo corredor. Percebeu que os outros garotos olhavam para ele quase como se quisessem que fizesse aquilo.

—Vá — ordenou o padre.

Alex ficou parado por um momento. Se fizesse alguma coisa além de ir embora, seria expulso da Vicente de Paula. Poderia esquecer a faculdade, que provavelmente nem existia mais. Poderia esquecer a formatura, que tinha perdido o sentido. Ficar sem a Vicente de Paula significava ficar sem almoço durante cinco dias na semana. Ficar sem almoço durante cinco dias na semana significava passar fome.

— Com licença, padre — pediu Alex, e fez o que lhe fora ordenado.

Sábado, 2 de julho

— Vou ligar para Bri — declarou Alex. — As regras que se danem.

Julie encarou-o como se ele fosse um estranho. Talvez fosse o corte na sua bochecha, pensou. Fazia com que parecesse um pirata.

Pegou o telefone e descobriu que não havia sinal. É claro. Mas como não tinha outra coisa para fazer, passou o resto do dia tirando o fone a cada quinze minutos do gancho para ver se estava funcionando.

Às 16h15, ouviu o sinal de discagem. Teclou os números com cuidado e foi recompensado pelo som de um telefone tocando do outro lado da linha.

— Fazenda Notburga.

— Alô, aqui quem fala é Alex Morales — disse — Minha irmã Briana está com vocês.

— Sim — disse a mulher do outro lado da linha.

Alex imaginou uma freira como a irmã Rita, carinhosa e boa.

— Hoje é o aniversário de Bri — prosseguiu o garoto. — Minha irmã Julie e eu estamos ligando para dar os parabéns.

— Lamento — desculpou-se a mulher. — Mas as garotas poderão receber telefonemas das famílias daqui a uma semana. Você receberá a programação pelo correio, informando quando pode ligar.

— Mas é o aniversário dela! — protestou Alex. — Não ficaremos no telefone por muito tempo. Só daremos parabéns e desligaremos, prometo.

— Lamento — repetiu a mulher. — Mas as regras são para o bem de todas as meninas. Não podemos abrir exceções.

Alex ouviu o clique do telefone sendo desligado na cara dele. Julie fitou-o.

OS VIVOS E OS MORTOS • 147

— Ela não me deixou falar com Bri — contou. — *Maldita monja!*

Julie ficou boquiaberta. Então, soltou uma risadinha.

Alex estava zangado demais para rir. Ainda conseguia ouvir padre Mulrooney dizendo para ele contemplar as virtudes da obediência. Ergueu a mão para bater em Julie, silenciando-a, mas ao perceber o que ia fazer, saiu abruptamente do apartamento e só parou ao chegar à esquina da 84 com a Columbus, onde, diante da Morse, começou a xingar o prédio vazio.

Domingo, 3 de julho

Na missa, padre Franco instruiu os paroquianos a ferverem a água antes de usá-las. Casos de cólera haviam começado a se espalhar pela cidade.

— Isso inclui a água utilizada para escovar os dentes — informou. — E, sempre que saírem de casa, não se esqueçam de passar repelente para evitar a febre do Nilo Ocidental.

— A irmã Rita sempre nos diz para passar repelente antes de irmos para a horta — comentou Julie, orgulhosa. — É a regra.

— Que bom — disse Alex, faminto e irritado demais para se importar.

Terça-feira, 5 de julho

Alex voltou para a escola com as dez assinaturas que provavam que fizera as visitas matinais. Aquele tinha sido um longo e infeliz fim de semana, e o feriado do Quatro de Julho na segunda-feira não facilitara nem um pouco a situação.

Eles tinham pouquíssima comida. Se não conseguisse nada na sexta-feira, na Morse, teria duas opções: ficar sem comer durante todo o fim de semana ou sem jantar na semana seguinte. Caso contrário, não haveria o suficiente para Julie.

Não deveria ter feito aquela promessa à Bri. Deveria ter deixado tio Jimmy levar Julie. Tinha poucas chances de sobreviver com a menina por perto, e, se morresse, o que seria dela?

Mas estava preso à irmã, pelo menos até encontrar um lugar que a aceitasse. Talvez as freiras da Anjos Sagrados soubessem de alguma coisa. Se conseguisse conversar com uma delas sem que Julie descobrisse, perguntaria.

Levou a lista de assinaturas até o gabinete do padre Mulrooney.

— Aqui estão, padre — disse Alex.

O sacerdote mal olhou para as assinaturas.

— Muito bem — comentou. — Tenho certeza de que passou o fim de semana em contemplação, sr. Morales.

— Pensei sobre muitas coisas — retrucou o garoto, tentando controlar a raiva na voz. — Incluindo a virtude da compaixão.

— O senhor acha que demonstrei pouca compaixão? — indagou padre Mulrooney.

Que se danem ele e suas malditas sobrancelhas, pensou Alex.

— Sim, padre, achei isso mesmo — respondeu.

— E o que o senhor tem de tão especial para merecer compaixão? — insistiu o padre. — Tem abrigo. Tem comida. Tem família e amigos. Deveria sentir pena por ter cortado a sua bochecha?

— O senhor não sabe de nada — disse Alex. — Tenho abrigo enquanto ninguém perceber que estamos lá. Quando o fizerem, quando perceberem que meu pai não voltou, podem nos expulsar. Tenho comida desde que almoce aqui. Não temos praticamente nada em casa, e tenho que garantir que minha irmã mais nova coma. Ela é minha única família agora, porque meus pais estão desaparecidos, meu irmão está na infantaria naval, em algum lugar, e mandei minha outra irmã para um convento com estranhos. Minha bochecha está cortada porque acabei no meio de um motim por comida com minha irmã mais nova, e mesmo assim acabamos sem ter o que comer. Não estou lhe pedindo para ter pena de mim. Eu tenho pena de mim suficiente por nós dois. Mas, quando um de seus alunos pedir comida, o senhor não deveria negar e se sentir virtuoso por isso. Jesus não teria agido assim, e o senhor sabe disso.

— São tempos difíceis — retrucou padre Mulrooney. — Mais do que nunca, as regras são necessárias. Sem elas, teríamos uma anarquia.

Alex pensou no motim, no bebê, no homem em quem pisara.

— Algumas vezes, as regras não funcionam — disse. — Algumas vezes, elas levam à anarquia.

— Creio que o senhor esteja na equipe de debates — observou padre Mulrooney.

— Sim, padre — concordou Alex.

O sacerdote assentiu com a cabeça.

— Muito bem — respondeu. — Pensarei no que me disse.

— Obrigado, padre — agradeceu. — Também pensarei no que o senhor disse.

Alex saiu do gabinete e deparou-se com Kevin Daley à porta.

— Mandou bem — elogiou Kevin.

— Obrigado — respondeu Alex — Também achei.

Quarta-feira, 6 de julho

Kevin abordou Alex quando ele estava saindo para pegar Julie.

— Tenho algo para você — disse, entregando-lhe um saco de papel marrom.

Ele olhou dentro do saco e encontrou uma lata de apresuntado.

— Onde você conseguiu isso? — perguntou.

— Não se preocupe — respondeu Kevin. — Ninguém vai perceber que sumiu.

— Não posso pagar — retrucou Alex, devolvendo o saco.

— Não estou pedindo nada — disse o colega. — Você está me fazendo um favor. Detesto esse negócio.

Alex não podia nem começar a calcular quantas refeições ele e Julie poderiam fazer com o apresuntado.

— Obrigado — disse. — Minha irmã e eu... bem, estou realmente grato.

— *De nada* — respondeu Kevin, com sotaque espanhol, dando um sorriso, o qual Alex retribuiu.

Quinta-feira, 7 de julho

Alex deixou Julie em casa e foi verificar os quatro apartamentos vazios cujas chaves tinha. Precisou de algum tempo procurando, mas, no 11F, encontrou um despertador a pilha. Em algum momento, examinaria as coisas com mais atenção, mas, por enquanto, aquilo era tudo o que queria.

Ajustou o despertador para às 5h para ter certeza de que teria tempo de se aprontar. O toque de recolher terminava às 6h. Não sabia se sua imposição era rígida, mas não podia se arriscar. Julie não sobreviveria se ele terminasse na cadeia ou baleado por infringir as regras.

Sabia que não conseguiria dormir direito, com medo de o despertador não funcionar. Precisaria de tempo até confiar nele. Mas era o melhor que podia fazer num mundo onde a eletricidade era inconstante. E saber que fizera o melhor que podia o deixava mais otimista sobre como as coisas se desenrolariam na sexta-feira.

Sexta-feira, 8 de julho

O despertador funcionou. Alex se vestiu e escreveu um bilhete para Julie, explicando que iria para a fila da comida e que ela deveria ficar no apartamento até ele voltar. Tinha certeza de que ela obedeceria, pois havia melhorado muito no quesito obediência. Mas ele também não mandava mais nela o tempo todo.

Deixou o apartamento às 6h em ponto e correu os poucos quarteirões até a 84 com a Columbus. Ao chegar, a fila já dobrava a Amsterdam, mas não chegava nem perto do tamanho da semana anterior. Alex ficou imaginando se ela aumentaria mais tarde ou se as pessoas haviam desistido. Não fazia diferença, desde que ele tivesse chegado cedo o bastante para conseguir uma sacola de comida. Duas seria melhor, mas, depois da semana anterior, não arriscaria a vida de Julie. Só torcia para que uma sacola de comida fosse suficiente para os dois durante o fim de semana e para Julie jantar durante a semana, se não sobrasse para ele. Mas isso não importava muito. Já estava se acostumando a ficar com fome. Havia coisas piores.

A fila começou a andar por volta das 9h30. Era bom vê-la avançar tão rápido. Às 10h15, Alex entrou na escola e, vinte minutos depois, levava a grande sacola plástica com comida para casa. Sem problemas, pensou, enquanto examinava o conteúdo. Uma lata de leite em pó. Duas garrafas de água. Uma lata de espinafre, duas latas de vagem, uma caixa de arroz e outra de purê de batata em pó. Uma lata de frango e outra de feijão. Um vidro de beterraba em conserva e uma lata de salada de fruta. Era quase a mesma coisa que comia na hora do almoço. Havia suficiente para o fim de semana e para Julie jantar pela semana inteira. Ela agora bolava formas de fazer a comida durar, então, talvez conseguisse algumas refeições extras para ele.

Alex caminhou rapidamente para o oeste, afastando-se da multidão que ainda aguardava, e chegou em casa sem incidentes. Mostrou a Julie o que havia conseguido e a levou até o Central Park. No caminho para a Vicente de Paula, fez as visitas.

— Viu — observou padre Mulrooney quando Alex lhe entregou a folha —, eu sabia que o senhor conseguiria fazer tudo.

Alex não tinha certeza, mas suspeitou que o sacerdote tivesse sorrido. Arriscou e retribuiu o sorriso.

Kevin o aguardava na cantina.

— Onde você esteve a manhã toda? — indagou.

— Na fila para a comida — disse Alex.

— Ah, claro, ouvi falar disso — respondeu Kevin. — Uma sacola por pessoa, não é?

— É — confirmou Alex, saboreando o almoço de arroz com feijão.

— Que tal se eu for com você na próxima semana? — perguntou Kevin. — Você poderia ficar com a minha sacola. Minha família não precisa dela.

— Tem certeza? — indagou Alex. — Temos que chegar lá o mais próximo das 6h quanto possível, e então, ficar na fila por umas quatro horas. E pode ser perigoso. Tumultos. Tiros. Não é divertido.

— Diversão é superestimada — afirmou Kevin. — Ou será que você não percebeu?

Alex sorriu.

OS VIVOS E OS MORTOS • 153

— Não me lembro de como é se divertir — disse. — Por isso é difícil dizer. Mas ficaremos muito gratos pela sacola extra na semana que vem.

— Gratidão também é superestimada — disse Kevin. — Você se lembra de queijo quente?

Alex fez que sim com a cabeça.

— Queijo quente não era superestimado — continuou Kevin.

— Nem os pôsteres da *Playboy*. Mas é só isso, e eu ainda tenho os pôsteres.

— Você deve ser um homem feliz — brincou Alex.

— Eu sou o que sou — completou Kevin. — O mesmo que sempre fui, porém, com muito mais tempo nas mãos.

— Obrigado — disse Alex, agradecendo a Deus e a Chris Flynn em suas orações, pelo curioso presente que era a amizade de Kevin Daley.

Sábado, 9 de julho

— Bati — disse Alex, mostrando as cartas para Julie. — Você me deve 3.870,12 dólares.

— Estou entediada — comentou Julie. — O que está acontecendo no mundo?

— Não sei — disse Alex. — Que diferença isso faz, de qualquer forma?

— Você pode ouvir o rádio — respondeu ela. — Quando usa os fones de ouvido, não ouço nada.

Alex não ligava o rádio desde que o Queens acabara. Ele não se importava mais com o que os astrônomos diziam, com o que o presidente dizia, com o que qualquer um dissesse. Tudo o que queria saber era se teria comida suficiente para ele e Julie sobreviverem por mais uma semana.

— Parei de ouvir — disse. — Pode ser que precisemos de pilhas para algo mais importante.

— Como o quê? — perguntou Julie.

Alex não tinha resposta.

— Que tal xadrez? — perguntou ele. — Ensinei Bri a jogar. Poderia lhe ensinar.

— Mas aí você vai ganhar de mim o tempo todo — reclamou Julie.

— Vou sacrificar uma torre — negociou Alex. — Uma torre e um bispo, além de dois peões, até você pegar o jeito. Vamos. Será uma coisa nova para fazermos.

— Você vai ficar zangado se eu ganhar? — indagou Julie.

— Não, claro que não — respondeu Alex.

Ele sabia que ocasionalmente teria que deixar a irmã ganhar, caso contrário, ela pararia de jogar. E xadrez seria uma forma de matar o tempo entre metade de uma lata de vagem e metade de uma lata de milho.

OITO

Domingo, 10 de julho

Ele e Julie avistaram, ao mesmo tempo, o corpo de um homem encolhido, na esquina da Columbus com a 88.

— Ele está dormindo? — perguntou Julie. — Será que devemos acordá-lo?

— Acho que está morto — disse Alex, antes que a irmã fosse até lá para verificar. — Não mexa nele.

— Será que morreu na rua? — indagou ela. — Como? Será que alguém vai tirá-lo dali?

— Não sei — respondeu o garoto. — Vamos, Julie. Não queremos nos atrasar para a missa.

Terça-feira, 12 de julho

— O ar está com um gosto engraçado — comentou Julie enquanto caminhavam pelo Central Park naquela manhã. — Parece esquisito também.

— Só está nublado — disse Alex. O céu tinha uma estranha tonalidade cinza. — Talvez seja uma tempestade. O que vocês fazem quando chove na hora da jardinagem?

— Não sei — respondeu Julie. — Ainda não choveu.

— Não fique debaixo de árvores — disse Alex, tentando se recordar das regras da colônia de férias para tempestades.

— Você acha mesmo que vai chover? — perguntou ela. — Sei que o céu está cinza, mas não parece nublado. Parece... — Ela procurou pela palavra correta. — Parece morto — disse. — Como se o Sol tivesse morrido.

— Isso não aconteceu — argumentou Alex. — Se o Sol morresse, nós morreríamos. Todos, no mesmo instante.

Ele notou um cadáver estendido diante da lavanderia, e outro, próximo à floricultura, cinco portas depois, e ratos mordiscavam seus rostos. Alex queria cobrir os olhos de Julie, mas sabia que não poderia protegê-la para sempre.

— Você acha que está assim onde Bri está? — indagou a irmã.

Alex negou com a cabeça.

— Ela está no interior — disse. — Tudo é verde e bonito por lá. Por quê? Também quer ir morar no interior?

— Quero ficar com você — afirmou Julie. — Não me importo onde, desde que fiquemos juntos.

— Bem, eu não vou a lugar algum — concluiu Alex.

— Nem eu — concordou Julie, entrelaçando seu braço ao dele. — Ficaremos bem, desde que o Sol continue vivo.

Sexta-feira, 15 de julho

— Você soube dos vulcões? — perguntou Kevin, quando ele e Alex estavam parados na fila, no meio da Avenida Amsterdam.

— Que vulcões? — indagou Alex, embora soubesse que não queria ouvir a resposta. Xingou a si mesmo por dar a Kevin a oportunidade de lhe contar o que estava acontecendo no mundo.

— Há vulcões entrando em erupção por toda parte — disse Kevin. — Milhões de pessoas estão morrendo.

Só isso? Alex fez o sinal da cruz e uma oração mental rápida pelas almas recentemente mortas.

— Que triste — murmurou.

Kevin sorriu.

— É disto que gosto em você, Morales — disse. — Está sempre pensando nos outros.

— O quê? — resmungou Alex. — Eles encontraram um vulcão no Central Park?

— Poderiam muito bem ter encontrado — disse Kevin. — Você pode parar de pensar no Paraíso e voltar para o Upper West Side? Olhe para cima e veja as cinzas.

— Você está falando do céu? — indagou Alex. — Está cinza. E daí?

— E daí que vai ficar cinza pelo resto das nossas vidas — retrucou Kevin. — Que provavelmente irão acabar antes de eu conseguir transar.

— Bem, então estamos falando de décadas — comentou Alex. — Se você acabar sendo o último homem na Terra, pode ter uma chance.

— Com a sorte que tenho, a última mulher na Terra será uma freira — brincou Kevin. — Velha, gorda e devota.

Alex riu.

— O ar está mesmo com um gosto engraçado — disse.

— São os vulcões — respondeu Kevin.

— Você está louco — discordou Alex. — São os crematórios. Estão fazendo hora extra agora, com todos esses cadáveres por aí. Isso está poluindo o ar.

— Ótimo — disse Kevin. — Estamos comendo cinzas de cadáveres?

Alex tentou decidir o que era melhor: cinzas de cadáveres ou de vulcões. Seu voto era para os cadáveres. Dessa forma, pelo menos, Bri estaria em segurança.

— Você acha mesmo que são os vulcões? — perguntou, tentando parecer sarcástico.

— É isso o que estão dizendo — respondeu Kevin. — Agora que a Lua se aproximou, a força gravitacional está mais forte, por isso, fica mais fácil para o magma sair. Há vulcões entrando em erupção por toda parte, mesmo os que estavam adormecidos, e as cinzas estão sendo levadas para o mundo todo pelas correntes de ar. Aqui, na Ásia, na Europa, talvez até na Antártica.

— Certo — concordou Alex. — Então, é cinza vulcânica. Quanto tempo levará até acabar?

— Não vai acabar — disse Kevin.

Em sua voz, Alex ouviu um tom que nunca escutara antes.

— Você está brincando, não é? — perguntou. — Está querendo dizer que vamos ficar com essas cinzas por algumas semanas. Ótimo. Todas as minhas camisas vão ficar cinza. Padre Mulrooney vai adorar.

— Só estou contando o que o meu pai disse — respondeu Kevin. — Há vulcões entrando em erupção por todo o mundo, e as cinzas estão bloqueando a luz do sol. Já houve casos no passado de as cinzas durarem meses ou até um ano após uma grande erupção vulcânica. Agora, com tantos vulcões, os cientistas acreditam que levará anos para elas desaparecerem. Se desaparecerem.

— Ficaremos sem a luz do sol durante anos? — indagou Alex.

— Anos — repetiu Kevin. — Mas acredito que morreremos antes de o céu ficar limpo. Papai acha que o clima esfriará muito. Então, as colheitas morrerão e todos passaremos fome. Pode levar um tempo, mas isso vai acontecer.

— Não é possível — comentou Alex. — Jesus Cristo nunca deixaria isso acontecer.

— Ah, que bom — disse Kevin. — Agora me sinto mais tranquilo.

— Se você acredita nisto — continuou Alex —, que todos vamos morrer de qualquer maneira, por que está aqui? Quer dizer, aqui e agora, na fila para pegar comida que você nem vai comer?

— Quero acumular milhas para o Paraíso — retrucou Kevin. — Imagino que ser legal com você é minha última e melhor chance.

— Se isso é uma piada, vou matar você — disse Alex. — Pode achar tudo isto engraçado, mas eu tenho irmãs para cuidar.

— É, eu sei — respondeu Kevin. — Elas são a sua passagem para o Paraíso. E não, não estou brincando. Pergunte ao padre Mulrooney. Pergunte a qualquer pessoa. Você é o único que parece não saber. — Virando-se para a mulher atrás dele na fila, perguntou: — Senhora, com licença, meu amigo não acredita que há vulcões em erupção, lançando cinzas no céu. A senhora ouviu alguma notícia sobre isso?

A mulher fez que sim com a cabeça.

— Está em todos os noticiários — disse ela. — Começaram a entrar em erupção no oeste. Muitas pessoas morreram por lá. Acho que o pior foi em Yellowstone Park. As cinzas são tão quentes que começam incêndios, e as pessoas morrem dessa forma também. Fogo, fumaça e lava. Temos sorte por estarmos tão longe, mas ouvi dizer que o céu está com essa cor esquisita por causa disso. Eu só não sabia que esfriaria, mas agora que você mencionou, os últimos dias têm sido bastante frios para julho. E estava tão quente até agora. O verão mais quente de que me recordo, mas imaginei que fosse coincidência. Quero dizer, por que a Lua faria a temperatura aumentar?

Alex tentou se convencer de que tudo não passava de uma grande piada, de que a mulher que não calava a boca era a mãe de

Kevin, ou sua babá, ou alguém que ele contratou exclusivamente para aterrorizá-lo.

— Não apenas aqui — comentou ele.

— Não — confirmou Kevin. — No mundo inteiro.

— E ficaremos meses, talvez anos, sem a luz do sol?

—Talvez para sempre — respondeu o colega.

Julie estava certa. Droga, ela estava certa. O Sol morrera e, com ele, a humanidade.

— Não! — disse, ríspido. — Não vou acreditar nisso.

— Tudo bem — respondeu Kevin, dizendo o que ele queria ouvir. —Talvez, não para sempre.

— Não. Não vou acreditar que todos vamos morrer — afirmou Alex. — No mundo inteiro, há Einsteins e Galileus. Eles vão dar um jeito nas coisas.

Fez uma pausa e recordou o quanto acreditara que aquelas grandes mentes estavam pensando em uma forma de levar a Lua de volta ao lugar. Agora, eles tinham que lidar com as cinzas vulcânicas.

— Foi isso o que eu disse! — interrompeu a mulher. — Eles estão trabalhando nisso. É claro que é muito triste que todas aquelas pessoas no oeste tenham morrido, mas nós também sofremos com tsunamis e cólera. Os cientistas estão fazendo tudo o que podem para melhorar as coisas. Nós podemos não entender como, quer dizer, eu fui reprovada em física, mas muita gente está resolvendo todos esses problemas. É só uma questão de tempo até as coisas voltarem ao normal.

Alex não tinha mais certeza do que era normal. Mas, enquanto soubesse que havia comida suficiente para ele e as irmãs, não perderia o sono por causa de vulcões.

Terça-feira, 19 de julho

— Vou ver a correspondência — disse Alex à Julie depois da escola.

A caixa da correspondência ficava no primeiro andar, e Alex a evitara durante semanas, imaginando que as únicas cartas que receberiam seriam contas que não sabia como pagar. Mas, desde que a freira lhe dissera que enviariam a programação das ligações telefônicas, Alex verificava a caixa da correspondência diariamente, e sempre a encontrava vazia.

Mas hoje havia dois cartões-postais.

— O quê? — perguntou Julie. — O que eles dizem?

— Este é do Carlos! — exclamou Alex. — Não tem data. Apenas diz: "Estou bem. Estamos indo para o Texas." — Alex virou-o e encontrou um carimbo datado de 14 de junho. Mais de um mês atrás.

— Deixa eu ver — pediu Julie, e ele lhe entregou o cartão-postal. — Você acha que ele está lá? O outro cartão é dele?

Não era. Era do convento, e dizia: "Parentes podem ligar para Briana Morales na quinta-feira, 14 de julho, às 16h."

— Ótimo — disse Alex. — Nós deveríamos ter telefonado para Bri na semana passada.

— Mas o postal só chegou hoje — observou Julie.

— É, percebi — disse Alex rispidamente. — Vamos voltar para casa e ver se conseguimos falar com ela agora.

Desceram as escadas e entraram no apartamento. Estava frio lá dentro, não um frio congelante, mas úmido e sem vida. A luz do sol estava fraca havia mais de uma semana, o que fazia Julie se preocupar com a horta.

Alex foi até o telefone e ficou satisfeito ao ouvir o sinal de discagem. Podia não ser quinta-feira, 14 de julho, mas, pelo menos, era próximo das 16h. Ele discou o número do convento.

— Fazenda Notburga.

— Aqui é Alex Morales — disse. — Minha irmã Briana está aí. Hoje recebi um cartão-postal pelo correio dizendo que eu poderia telefonar na quinta-feira passada. Gostaria de falar com ela agora.

— Lamento — informou a mulher do outro lado da linha. — Se era para telefonar na quinta-feira passada, você deveria ter telefonado nesse dia. Enviaremos outro cartão-postal indicando a próxima vez que poderá ligar para sua irmã.

— Não — disse Alex com rispidez. — Isso é inaceitável. Foram vocês que enviaram o postal, e deveriam saber que os correios não são confiáveis. Insisto em falar com minha irmã.

— As meninas estão realizando as tarefas domésticas agora — respondeu a mulher. — É muito provável que Briana esteja no estábulo. É por isso que enviamos os cartões com o horário.

— Não me importa se Briana está limpando o estábulo para o nascimento do menino Jesus — insistiu Alex. — Chame-a.

Para seu espanto, ouviu a mulher dizer:

— Encontre Briana Morales e traga-a aqui. O irmão dela está na linha.

— Obrigado — disse Alex. — Vou aguardar.

Ainda agarrada ao cartão postal de Carlos, Julie fitou Alex.

— Ela vem? — indagou.

Alex fez que sim com a cabeça.

Julie o abraçou.

— Deixe-me falar com ela — pediu. — Por favor.

OS VIVOS E OS MORTOS • 163

— Claro que sim — respondeu Alex. — Mas provavelmente não teremos muito tempo, então fale rápido.

— Quero contar a ela sobre a horta — disse Julie.

— Conte que você tem uma — aconselhou Alex. — Mas não entre em detalhes.

Passaram-se quase cinco minutos antes que ele ouvisse alguma coisa, mas, quando ouviu, valeu a espera.

— Alô?

— Bri? É o Alex.

— Alex? É sobre mamãe? Está em casa? Ou papai?

— Não — respondeu Alex. — Somos só nós, eu e Julie. Não falamos com você há tanto tempo e queríamos desejar um feliz aniversário e saber como está.

— Estou bem — disse ela. — É só que pensei... quer dizer, a irmã Marie falou de um jeito que parecia que era uma emergência. Tenho rezado tanto para mamãe e papai voltarem para casa e eu poder voltar também; acho que me empolguei.

— Por quê? — perguntou Alex. — Não está feliz aí? Estão lhe tratando bem?

— Ah, não, Alex, elas são realmente muito boas com todas nós — explicou Bri. — Adoro a fazenda. Adoro cuidar dos cabritos e das ovelhas. Fazemos três refeições ao dia. E eu tenho até um apelido. As meninas me chamam de Escova porque vim com um monte de escovas de dente. Mas sinto saudade de casa, de qualquer forma. E parece que nunca vai parar de doer. Como está Julie?

— Ela está bem aqui — disse Alex. — Pergunte para ela.

— Bri! — gritou Julie. — Bri, é você mesmo? Sinto tanta saudade. Sempre penso em você. Alex disse que não posso falar por muito tempo, mas quero que você saiba que estou cuidando de uma horta enorme no Central Park. Todas nós, da Anjos Sagrados, e queria que você estivesse aqui para trabalhar comigo. Sim. Sério? Cabritos? Eles dão coices? E as ovelhas? E o café da manhã? Não tomamos mais café da manhã, mas Alex pega comida toda semana, e almoçamos na escola, então não está tão ruim assim. Mas, às vezes, fico triste por você não estar aqui. Sei que estou sendo egoísta e rezo pedindo perdão, porque você está feliz e tem os cabritos e todo o resto, mas ainda assim queria que estivesse aqui. Sim. Bem, Alex vai me matar se eu continuar falando. Não, estamos nos dando muito bem, na verdade. Ele me deixa ganhar no xadrez às vezes. Certo, vou passar para ele.

— Está tudo bem? — indagou ele. —Você não tem passado fome nem trabalhado demais ou coisa assim?

— Estou bem — respondeu Bri. — E os outros? Como estão tio Jimmy e tia Lorraine? Teve notícias de Carlos?

— Acabamos de receber um cartão-postal dele — contou Alex. — Ele foi para o Texas.

— Texas — repetiu Bri. — Bem, pelo menos é mais perto que a Califórnia. Está tudo bem com ele?

— Você conhece Carlos — disse Alex. — Ele parece estar bem. Você tem aulas ou é só o trabalho na fazenda?

— Ah, não, temos aulas também — respondeu Bri. — É quase uma aula particular, pois só tem dez garotas. Acordamos de madrugada e fazemos nossas tarefas e, então, vamos para a capela; depois tomamos o café da manhã e fazemos mais algumas tarefas. Após o almoço, estudamos por algumas horas e então voltamos ao trabalho até a missa noturna e a hora do jantar. Mas, depois do jantar, conversamos, brincamos e nos divertimos muito. Algumas noites, cantamos. Não sei se tenho vocação, mas acho que talvez tenha. Rezo para ter, porque mamãe ficará feliz quando ela voltar para casa. Nenhuma notícia dela ou do papai?

— Nenhuma — respondeu Alex.

— Bem, ainda acredito em milagres — afirmou Bri. — Falar com vocês é um milagre. Algum dia, haverá outro milagre, e mamãe e papai voltarão para casa.

— Tentamos ligar no dia do seu aniversário — contou Alex. — Pensamos em você o tempo todo.

— Penso em vocês também — disse ela. — A irmã Marie falou que preciso ir agora. Ainda tenho que cuidar das ovelhas.

— Está bem — respondeu Alex, relutando em desligar. — Bri, só mais uma coisa. Como está o tempo aí?

— Está meio estranho — respondeu ela. — No início, estava muito quente e ensolarado, mas há uma semana, mais ou menos, tudo ficou cinza e tem estado assim desde então. Toda noite rezamos para São Medardo, pedindo que interceda e traga a luz do sol, pois, sem ela, as colheitas morrerão e não saberemos o que fazer. Mas continua cinza.

— Aqui também está assim — disse Alex. — Certo. Bri, vamos nos falar em breve, prometo. Cuide-se. Amamos você.

— Também amo vocês — disse ela, desligando.

Alex continuou segurando o fone por mais um instante. Julie fitava o cartão postal de Carlos.

— Fico me perguntando se o sol está brilhando no Texas — comentou ela. — Talvez, quando Bri voltar, a gente deva ir para lá.

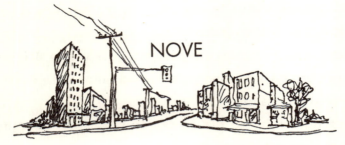

NOVE

Segunda-feira, 1º de agosto

— Cuidado com aquele rato — disse Alex para Julie enquanto voltavam da Anjos Sagrados para casa.

O número de mortos estava aumentando, e os ratos se tornavam maiores e mais ousados.

Julie se esquivou do animal.

— A irmã Rita não sabe o que vamos fazer se o sol não aparecer logo — contou.

— Melhor ela pensar em alguma coisa — observou Alex. — O sol não vai voltar tão cedo.

— Estou preocupada com as vagens — disse ela. — São as minhas favoritas. Lauren gosta mais dos tomates porque tem muitos deles, mas as vagens me lembram do verão. — Ela riu. — Suponho que já estamos no verão — continuou. — Você acha que está frio assim no convento?

— Provavelmente — respondeu Alex. — O mundo todo deve ter esfriado.

— A Brittany, minha nova melhor amiga, fala que o pai dela diz que os fortes vão sobreviver e todos os outros morrerão, e o mundo será melhor porque todos serão fortes — comentou Julie. — Lauren diz que os mansos herdarão a Terra, não os fortes, e Brittany pergunta quem iria querer a Terra de qualquer forma, então os fortes podem muito bem ficar com ela.

OS VIVOS E OS MORTOS • 167

— O que você diz? — indagou Alex.

Antes que Julie pudesse responder, os dois sentiram um tremor sob os pés, como costumavam sentir quando estavam sobre as estações do metrô. Agora, porém, estavam ao ar livre, e o metrô não funcionava mais.

Durou cerca de meio minuto. Alex e Julie ficaram parados ali, congelados. As outras poucas pessoas que caminhavam pela Broadway tinham a mesma expressão de choque no rosto.

— Terremoto! — gritou um homem.

— Você está louco — disse outro homem. — Isto aqui é Nova York, não a Califórnia.

— Eu morava na Califórnia — respondeu o primeiro homem. — Sei como é um terremoto, e isso foi um terremoto. — Ele parecia pensativo. — Quatro ponto cinco, talvez. Nada sério.

— Foi mesmo um terremoto? — perguntou Julie a Alex quando voltaram a caminhar.

— Não sei — respondeu o garoto. — Faz diferença?

Terça-feira, 2 de agosto

— Vocês sentiram o terremoto? — indagou Tony Loretto a Alex e Kevin, na hora do almoço. — Estava em casa e minha imagem de Santo Antônio caiu da cômoda.

— Eu estava na Broadway — contou Alex. — Minha irmã e eu sentimos. Alguém falou que era um terremoto, mas não sabia se devia ou não acreditar.

— O terremoto não foi tão ruim — respondeu Kevin. — Foram os tsunamis que causaram problemas.

— Tsunamis? — indagou Alex.

Kevin balançou a cabeça, em negação.

— Às vezes, acho que você vive debaixo de uma pedra, Morales — disse. — O terremoto foi no Atlântico, e a parte sul de Manhattan foi atingida por um tsunami. E um grande. Como se as marés já não fossem suficientes para lavar Nova York de todos os pecados.

— Minha mãe trabalha para a prefeitura — disse Tony. — Ela falou que haverá evacuações obrigatórias até a Rua 34 em setembro. Todo o sul de Manhattan está inundado agora, e a água continua a subir. Há problemas sérios com os esgotos também. Caixões flutuam pela água. Problemas terríveis de saúde.

— Por causa de um tsunami? — indagou Alex.

— E das marés — acrescentou. — Mas eles acreditam que ocorrerão mais tsunamis. Há uma falha geológica no Atlântico perto da cidade, e, com a Lua mudando a força gravitacional, terremotos acontecerão com mais frequência, e isso significa mais tsunamis. A Rua 34 não está completamente alagada, mas a água está subindo para o norte, empurrando lixo e caixões, e as coisas ficam cada vez pior.

— Até os ratos estão se afogando — observou Alex.

— Que nada — retrucou Kevin. — Estão tendo aula de natação.

Segunda-feira, 8 de agosto

— Então, Morales — disse Kevin enquanto almoçavam batatas cozidas e cenoura em conserva no refeitório. — Quais são seus planos para amanhã?

Alex deu de ombros.

— O de sempre — respondeu. — Visitar os idosos, estudar teologia, lutar pela sobrevivência. Minha velha rotina.

Kevin riu.

— Você precisa de algo novo e emocionante na sua vida — disse.
— Quer ir fazer compras em corpos? É meu novo hobby.

Imediatamente, Alex soube que aquilo se tratava de algo nojento e terrível que, se não fosse ilegal, sem dúvida seria imoral.

— Parece ótimo — respondeu ele. — Onde e quando?

— Amanhã bem cedinho — disse Kevin. — Encontro você na frente do seu prédio por volta das 7h, para dar tempo de visitarmos os velhinhos e chegarmos à escola na hora. Sei que você odeia chegar atrasado na aula.

— É o padre Mulrooney — respondeu Alex. — Ele faz Santo Agostinho parecer vivo.

— O que é mais do que ele pode fazer por si mesmo — disse Kevin. — Falando do diabo...

O sacerdote caminhou até os dois garotos e fez um gesto para que permanecessem sentados.

— Passei os olhos pela sua lista há pouco, sr. Morales — contou. — Percebi que havia apenas sete assinaturas.

— Sim, padre — confirmou Alex. — Só sete pessoas atenderam quando bati à porta.

O padre Mulrooney assentiu com a cabeça.

— Isso já era esperado — observou. — Apenas queria confirmar. Com o passar do tempo, mais idosos e enfermos morrerão. E, é claro, alguns irão embora com suas famílias. O senhor tem planos de sair de Nova York, sr. Morales?

— Não, padre — respondeu Alex.

— Muito bem, então — disse o sacerdote. — Vejo o senhor na aula de latim.

— Sim, padre — disse Alex.

Com a saída da equipe laica e somente três padres idosos no corpo docente, as aulas na Academia S. Vicente de Paula consistiam, sobretudo, de teologia, latim e história eclesiástica. Aquilo não incomodava Alex. Havia algo reconfortante nessas matérias, uma ligação com o passado que era tranquilizadora quando o presente estava tão ruim, e o futuro, tão terrível.

— Compras em corpos — disse para Kevin. — Parece divertido.

— Você vai adorar — respondeu Kevin. — Traga uma máscara facial e um saco de lixo. Eu levo as luvas de látex. E, quando fizer suas orações hoje à noite, peça uma safra nova de cadáveres.

Alex respirou fundo.

— Negócio fechado — disse, sabendo que independentemente do que fizesse na manhã seguinte, pelo menos Kevin acreditava que valeria a pena.

Terça-feira, 9 de agosto

— Bom — disse Kevin, às 7h, na manhã seguinte. — Máscara facial e sacola de compras. Você está pronto. Aqui estão as luvas de látex.

— Trouxe um pouco de gel mentolado — disse Alex, oferecendo-o a Kevin. — Passe um pouco sob o nariz. Vai ajudar com o cheiro.

— Boa ideia — respondeu Kevin, esfregando. — Muito bem, então. Meio a meio, certo? Sempre que formos juntos, dividimos os ganhos. Vou lhe mostrar onde trocar o que achar por comida ou outra coisa qualquer.

— Parece justo — respondeu Alex.

— Está bem, então — disse Kevin. — Vamos. Quer começar pela Rua 88?

— Não — respondeu Alex. — Que tal a 89?

Kevin sorriu.

— Parece proibido, não é? — perguntou. — Fazer compras em corpos no quarteirão onde mora. Eu também me sinto assim, embora não entenda o porquê. Padre Mulrooney provavelmente poderia dar uma explicação.

Os garotos subiram a Avenida West End até a Rua 89. Embora houvesse alguns corpos na West End, Kevin os ignorou.

— Não tem nada pelo que valha a pena parar — explicou ele. — Com o tempo, você pega o jeito. O brilho de um relógio é uma dica e tanto. Relógios são sempre bons, mas sapatos são melhores, e qualquer coisa em uma carteira: dinheiro, identidade. O mercado dos casacos está crescendo. Quanto mais frio, maior a demanda.

— E dá para conseguir comida por tudo isso? — indagou Alex.

O conteúdo das sacolas de sexta-feira estava ficando mais escasso e, embora ele pulasse o jantar na maioria das noites e fizesse jejum aos sábados, mal dava para Julie.

Kevin assentiu com a cabeça.

— Você está vendo o que eu estou vendo? — indagou, apontando para um corpo no meio do quarteirão. — Temos um fresquinho. — Correu até lá, e Alex o seguiu.

Era um homem completamente vestido, mas sem casaco.

— Aposto que ele foi abandonado há poucos minutos — prosseguiu Kevin. — Nem está fedendo, mas isso pode ser culpa do mentol. Você pega o relógio; vou olhar nos bolsos.

Alex pediu perdão a Deus e desatou o relógio do pulso do homem morto.

— Nada. — Kevin deu de ombros. — Famílias diferentes lidam com isso de maneiras diferentes. Algumas delas acham que a identidade poderia servir para alguma coisa antes de os corpos serem levados para os crematórios. Outras não querem que saibam seu endereço. Acho que este é um deles. Agora é a vez dos sapatos. São bons também. É uma loucura não terem ficado com eles.

Alex retirou o sapato esquerdo do corpo, enquanto Kevin cuidava do direito.

— Este par é para você — disse Kevin. — Guarde na sacola. É um corpo que estou vendo ali?

— É, acho que sim — respondeu Alex. — Uma mulher.

— Homens são melhores que mulheres — afirmou Kevin. — A demanda é maior pelos sapatos deles. Mas vamos dar uma olhada de qualquer forma.

Atravessaram a rua e foram até onde o corpo se encontrava. Alex já sentia o cheiro dele na metade do caminho.

— Essa é fedida — constatou Kevin. — E inútil. Veja só: já está descalça.

— Há quanto tempo deve estar aqui? — indagou Alex, com o gosto amargo da bile na boca.

A maior parte da carne da mulher havia sido comida, e dava para ver ossos parcialmente devorados saindo do vestido dela.

— Provavelmente há alguns dias — analisou Kevin. — Vamos. Há uma pilha ali. Talvez tenhamos sorte.

Alex seguiu Kevin até a esquina da 89 com a Estrada Riverside.

— Está vendo como a Riverside está molhada? — indagou Kevin. — A cidade toda estará assim em breve. Quanto mais molhadas as ruas, mais pessoas precisarão de sapatos bons e secos. Olhe, é uma família. Veja só: o papai, a mamãe e o bebê.

Alex fixou os olhos neles. Os braços da mãe haviam afrouxado, e o bebê caíra ao lado dela. O pai estava deitado sobre ambos.

— Acho que vou vomitar — disse Alex.

— Não em mim — avisou o colega.

O garoto retirou a máscara da boca e afastou-se de Kevin. Embora não tivesse comido nada, vomitou com força. Sentiu a mão do colega em seu ombro e virou-se para ele.

OS VIVOS E OS MORTOS • 173

— Se não pegarmos os sapatos, outra pessoa vai pegar — disse Kevin. — Veja, todos têm marcas de tiros. Aposto que o papai atirou na mamãe e no bebê, e, então, em si mesmo. Gentil da parte dele fazer isso na rua. Ou talvez os tenha trazido até aqui e depois atirado em si mesmo. Não importa. Fico imaginando se as coisas do bebê serão úteis. Já troquei algumas coisas de criança, mas nunca meias de bebê. Acho que consideram isso como sapatinhos.

Alex recordou-se de quando Julie nasceu. Estou fazendo isso por ela, pensou.

— Sem casacos — disse Kevin. — Mas dá uma olhadinha aqui. O papai tem uma arma novinha em folha.

Alex olhou para ela.

— Vai trocá-la? — perguntou.

Kevin negou com a cabeça.

— Talvez precise dela algum dia — raciocinou. — Tudo bem se eu ficar com ela?

— Pode levar — respondeu Alex.

— Ótimo — disse Kevin. — Nesse caso, pode ficar com todos os sapatos. Vou pegar o relógio do papai e você pode ficar com o da mamãe.

— Não os chame assim — pediu Alex.

— Não precisa ser tão sensível — respondeu Kevin. — São apenas cadáveres. As almas deles estão no Céu ou no inferno, ou sei lá onde. De qualquer forma, não devem ser católicos. Ande logo, tire os sapatos dela. Você precisa se acostumar.

Alex respirou fundo e retirou os sapatos da mulher. Kevin desamarrou os do homem e depois os soltou de seus pés.

— Vou pegar os sapatinhos — disse Kevin.

— Obrigado — respondeu Alex.

Kevin balançou a cabeça, em negação.

— Você age como se nunca tivesse visto um cadáver antes — disse. — É turista, por acaso?

— Não sei — respondeu Alex. — É diferente quando se toca neles.

— Em breve, seremos nós — observou Kevin. — Vamos fazer assim: enfrentamos o alagamento e caminhamos mais uns dois quarteirões. Depois, vamos trocar as coisas. Quando tudo isto se transformar em pães e peixes, você terá uma perspectiva diferente.

Alex duvidava de que um dia fosse se sentir diferente sobre roubar mortos. Mas acompanhou Kevin pela Estrada Riverside. A água espirrava ao pisar nela, e ele sentia as meias ficando molhadas. Estava gelado ao ar livre, e sentia um frio esquisito e diferente com o qual não conseguia se acostumar.

— Você acha que um dia voltará a fazer calor? — perguntou a Kevin.

— Fará calor suficiente no inferno — respondeu ele. — Tenho uma boa sensação a respeito da Rua 90. Viu? Eu falei. — Saiu correndo pelo quarteirão.

Alex o alcançou. Aquele não estava tão ruim, era só um velho morto.

— Ele usa óculos — constatou. — Há um mercado para eles também?

— Boa pergunta — observou Kevin. — Vamos levá-los e descobrir. Belo relógio. Sem casaco, mas aposto que o suéter valerá uma lata de caldo de carne. Venha, me ajude a tirá-lo.

Alex retirou os óculos do homem e os guardou no saco de lixo. Pegou um braço ao mesmo tempo que Kevin pegava o outro, e retiraram o suéter do corpo. O primeiro pegou os mocassins do homem, enquanto o segundo examinava os bolsos.

— Dia ruim para carteiras — observou Kevin. — Mas, no geral, foi uma manhã de compras lucrativas. Está preparado para fazer as trocas?

Alex fez que sim com a cabeça.

— Então, vamos andando — disse Kevin. — Talvez encontremos mais coisas pelo caminho.

Mas os únicos corpos que viram estavam velhos e depenados. Ao dobrar na 95, Alex avistou um cadáver.

— Viu aquele? — perguntou.

— Com certeza — respondeu Kevin.

O garoto fez um esforço para ir na frente. Estou fazendo isso por Julie, pensou. Deus me perdoará.

— Ele está vestindo um casaco — disse.

— Aposto que teve um ataque cardíaco — observou Kevin. — Bom achado, Morales. Veja se há uma carteira.

O colega retirou o casaco do homem, e Alex revistou os bolsos da calça, procurando pelo objeto.

— Encontrei! — exclamou Alex.

— É sua — disse Kevin. — Você pega os sapatos e o relógio, e eu, o casaco. Certo?

— Certo — respondeu Alex. — É um Rolex de verdade?

— Parece que sim — comentou Kevin. — O casaco é de cashmere. Bem, acho que a morte chega para todos, cedo ou tarde. Só que chegou mais cedo para ele. Vamos nos dar muito bem hoje.

— Aonde vamos agora? — indagou Alex, aliviado pelas compras terem acabado.

— Para a loja do Harvey — respondeu Kevin. — O negociante simpático da nossa vizinhança. Melhor aprender a gostar dele, porque é o dono do monopólio da região.

A placa em frente à loja dizia ALFAIATARIA E CONSERTOS DO HARVEY. Kevin entrou, seguido por Alex. Um homem idoso, careca e não muito limpo sentava atrás do balcão. O chão estava coberto por caixas de papelão e sacolas. Não parecia uma alfaiataria, e Alex duvidava de que aquele fosse o verdadeiro Harvey.

— Kevin — cumprimentou o homem —, o que você trouxe hoje?

— Novidades — respondeu Kevin. — Muitas novidades. Este é meu amigo, Alex. Seja bonzinho com ele, Harvey. Pode ser que venha aqui sozinho, e não quero que apronte com ele.

— Qualquer amigo seu é meu amigo — respondeu Harvey. — Mostrem o que trouxeram.

Alex e Kevin tiraram tudo, menos a arma, das bolsas.

— Bom — disse Harvey, cutucando o casaco. — Muito bom. Pagamento separado?

Kevin fez que sim com a cabeça.

— Duas garrafas de vodca pelas suas coisas — prosseguiu o homem. — Fechado?

— Três seria melhor.

— Luz do sol e os bons tempos seriam ainda melhor — disse Harvey. — Traga um dia ensolarado e você ganhará mais uma garrafa.

— Está certo, duas — respondeu Kevin. — Agora veja o que pode fazer por Alex.

— Os óculos vão servir para alguma coisa? — indagou Alex.

— Não sei — respondeu Harvey. — Não existe mercado para eles ainda. Mas acho que podem ser úteis um dia desses. A carteira é usável.

— E um Rolex — acrescentou Alex.

Harvey deu de ombros.

— Um relógio é um relógio — disse. — Agora que ninguém tem relógios que funcionam bem. — Coçou o queixo. — Vou lhe dizer uma coisa — começou. — Já que é novo no negócio e amigo de Kevin, vou lhe dar meia dúzia de latas de seleta de legumes, além de duas latas de atum e um engradado com seis garrafas de água.

Alex viu Kevin negar com a cabeça rapidamente.

— Olhe — disse Alex —, posso ser novo no negócio, mas não sou burro. Até onde sei, essa água veio direto do rio Hudson.

— Como se eu fosse fazer uma coisa dessas com um amigo do meu chapa Kevin — protestou Harvey. — Foi importada de Altoona.

— Mesmo que eu acreditasse nisso, e não estou dizendo que acredito, ainda quero mais — respondeu Alex. — Aceito tudo isso pela carteira. Mas o que você vai me dar pelos sapatos e o relógio?

— Andei guardando isto para uma ocasião especial — disse Harvey, tirando uma embalagem de cereal de uma das caixas de papelão. — Você pode fingir que é batata frita, só que nutritivo. Jogue um pouco por cima do atum, e será um jantar digno de um rei.

— O rei quer mais — respondeu Alex.

— Olhe, o negócio é o seguinte — prosseguiu Harvey —, isto aqui não é um supermercado. Eu tenho que me manter nos negócios também, sabe.

— Tudo bem — disse Alex, e puxou a carteira de volta. — Vou levar minhas coisas para um comerciante honesto.

— Para que a pressa? — insistiu Harvey. — Onde estávamos mesmo?

— Um engradado inútil de seis garrafas de água — respondeu Alex —, meia dúzia de latas de seleta de legumes, duas latas de atum e uma embalagem de cereal. O que mais você tem de comida de verdade?

— Muito bem, vou acrescentar duas latas de salmão — disse Harvey. — Desta vez, e só desta vez, uma lata de canja de galinha.

Kevin assentiu com a cabeça de modo praticamente imperceptível.

— Fechado — disse Alex.

Ele empurrou a carteira e encheu o saco com os mantimentos.

— Foi um prazer fazer negócio com você — observou Harvey. — Kevin, da próxima vez, pode trazer um idiota? Eu tenho que viver também, sabe.

— Ah, confesse, você gosta da briga — brincou Kevin. — Vejo você por aí, Harvey.

— Até logo, garoto — despediu-se.

Kevin e Alex saíram da loja.

— Ande rápido, mas não rápido demais — instruiu Kevin a Alex. — As pessoas morrem por causa de duas garrafas de vodca.

— Você tem uma arma — observou o garoto.

— Ei, é verdade — disse Kevin. — Será que está carregada?

— Por que não a trocou por comida? — indagou Alex.

— Papai enche nossas barrigas — retrucou Kevin. — Metaforicamente falando, claro. Ele tem uma transportadora. A Daley Trucks. "Alugue sempre. Alugue Daley." Por isso, ainda estamos aqui. Há várias coisas que precisam ser transportadas para fora de Nova York atualmente. Estamos com a vida ganha.

— Para quem é a vodca? — perguntou Alex.

Kevin fez uma careta.

— Para minha mãe — disse. — Atualmente, ela gosta mais de vodca que de canja. Meu pai ainda não percebeu, por isso, eu sou o fornecedor.

Alex e Kevin voltaram até West End; em seguida, caminharam os poucos quarteirões em silêncio, perdidos em pensamentos sobre suas famílias e necessidades.

— Bem, é isso — disse Kevin quando alcançaram a Rua 88. — Pronto para voltar amanhã?

— Você acha que haverá mais corpos? — indagou Alex.

Kevin riu.

— Se voltássemos até a Riverside agora, já encontraríamos uns novos — disse. — Estão morrendo às pencas.

Alex lembrou que ele e Julie não iriam dormir com fome.

— Na mesma hora? — indagou.

— Na mesma hora — respondeu Kevin. — Não quero perder a aula de teologia.

— Vejo você às 7h — disse Alex. — Obrigado.

— Sem problema — retrucou Kevin. — Gostei de ter companhia. Tenha um bom jantar, Morales.

— Teremos — respondeu Alex.

E, pela primeira vez desde que falara com Bri, sentiu algo parecido com felicidade.

DEZ

Segunda-feira, 29 de agosto

— Ah, Alex! — gritou Julie, lançando-se nos braços do irmão e chorando.

Ele olhou para a irmã caçula. Desde que tudo acontecera, há três meses, ainda não vira nem ouvira a menina chorar. Resmungar, reclamar, fazer birra, gritar e deixar pra lá, mas nunca chorar. Nem quando ficara evidente que a mãe e o pai não voltariam. Nem quando Bri partira. Nem quando soubera que tio Jimmy fora embora. Nem quando ficava com fome, solitária ou com medo. E aqui estava ela, soluçando sem qualquer motivo óbvio.

— O que aconteceu? — indagou ao conduzi-la para longe da Anjos Sagrados. — Alguém morreu?

Julie negou com a cabeça, mas continuou a chorar, e suas lágrimas atingiram Alex de uma forma que as de Bri jamais fizeram.

— É a horta — finalmente conseguiu dizer. — Perdemos tudo durante o fim de semana. Acabou tudo, todos os legumes. Todos os nossos legumes. Minhas vagens. Queria que você comesse as minhas vagens, e agora elas estão mortas.

Alex imaginou fileira após fileira de vagens mortas alinhadas no Yankee Stadium.

— Você está chorando por causa de vagens? — indagou. — Nós conseguimos uma lata de vagens na sexta-feira passada.

OS VIVOS E OS MORTOS • 181

— Odeio você! — gritou Julie. — Você não entende nada.

— Entendo o suficiente — respondeu Alex. — Entendo que você está chateada, e não a culpo. Trabalhou duro na horta durante todo o verão. — Ele parou de andar por um instante, mas o barulho dos ratos fez com que voltasse a caminhar. — Elas ainda vão lhe dar almoço, não vão? — perguntou ele. — Não é sua culpa não poder trabalhar.

Ele tentou controlar o pânico ao pensar no que fariam caso Julie não tivesse mais almoço.

— Não sei — fungou Julie. — Não me importo. Queria estar morta.

— Não queria, não — disse Alex. — Nunca diga isso. Nem pense nisso.

— Você não pode me dizer o que pensar — reclamou Julie, mas, pelo menos, parou de chorar. — Eu adorava aquela horta. E ela morreu porque está frio demais. Estamos em agosto, e estou vestindo meu casaco de inverno e luvas, e minha horta morreu congelada. E odeio cadáveres! Odeio todos eles!

Alex não a culpava. Eles haviam acabado de passar por um, que já estava se decompondo em frente a uma pizzaria havia uma semana, e sua carne fora comida pelos ratos. No início, quando os corpos começaram a aparecer, eram recolhidos no mesmo dia. Mas agora parecia não haver hora certa para a equipe de limpeza recolher os cadáveres. Com mais pessoas morrendo e menos idas ao crematório, os corpos estavam se tornando parte da paisagem da cidade. Isso era bom para as compras, mas para nada além disso.

— Se está frio assim em agosto, como vai ser em dezembro? — indagou Julie.

Alex balançou a cabeça, em negação.

— Não sei — confessou ele. — Mas, talvez, até lá, já exista uma maneira de retirar as cinzas do céu. Os cientistas devem estar trabalhando nisso.

— Pensei que estavam trabalhando para fazer a Lua voltar ao lugar — disse Julie.

— Uma coisa de cada vez — respondeu Alex.

— Odeio cientistas — prosseguiu Julie. — Odeio o frio e os vulcões, e odeio a Lua. Odeio tudo.

Alex não se preocupou em corrigi-la, pois, naquele momento, ele também odiava tudo.

Terça-feira, 30 de agosto

Alex levou Julie à Anjos Sagrados naquela manhã; no entanto, em vez de deixá-la na escola e ir visitar as cinco pessoas que restavam em sua lista, foi procurar a irmã Rita.

Como todas as outras pessoas, ela parecia mais velha do que quando a vira pela última vez. Havia tristeza em seus olhos, e Alex percebeu que ela devia estar lamentando a perda da horta tanto quanto Julie.

— Lamento incomodá-la, irmã — disse ele. — Mas preciso saber se a escola continuará oferecendo o almoço diário às meninas.

— Até onde sei, sim — respondeu irmã Rita. — Pelo menos por enquanto.

Alex sorriu.

— Essa é uma boa notícia. Obrigado.

Irmã Rita lançou um olhar demorado e severo a Alex.

— Seus pais não voltaram, não é? — perguntou. — Julie não fala muito sobre isso, mas você é responsável por ela agora.

Alex assentiu com a cabeça, cauteloso.

— Estamos bem — disse. — Briana está num convento no norte do estado, e Julie e eu temos comida suficiente. Almoço na Vicente de Paula, e está tudo certo.

— Não vou interferir — observou a freira. — Mesmo que quisesse, se acreditasse que Julie teria uma opção melhor, não restou nada. Não há lares adotivos nem moradias coletivas. Pelo menos, não na cidade. E Julie está se saindo tão bem quanto poderia nestas circunstâncias. Ela é uma menina muito inteligente e dedicada. Você deve estar muito orgulhoso dela.

— Obrigado. Estou, sim, irmã — respondeu Alex, admirado com a ideia de Julie ser alguém de quem ele se orgulhava.

Mas a irmã Rita tinha razão. A menina era obstinada, o que atualmente era uma virtude.

— É muito ruim Nova York ter uma geada tão forte em agosto — continuou a freira. — Acredito que haverá escassez de comida por todo o país neste inverno. Por todo o mundo. E, com a fome, vêm as epidemias. Acho que tempos horríveis nos aguardam.

Alex pensou no pai, que provavelmente fora levado pelo mar, na mãe, que talvez tivesse se afogado num túnel do metrô, no irmão mais velho, que podia ou não ter chegado ao Texas, no tio e na tia, que podiam ou não ter chegado a Oklahoma, na irmã que estava morando com estranhos no norte do estado, na outra, que sobrevivia com duas pequenas refeições ao dia, e decidiu que fome e epidemias eram as menores de suas preocupações.

— Terei isso em mente — disse ele. — Obrigado, irmã.

— Alex — chamou a freira, segurando-o pelo braço. — Ouça! Os problemas atuais não são nada comparados ao que está por vir. Pense em José e nos sete anos de fome. As pessoas sobreviveram porque ele as preparou para o que aconteceria. A arquidiocese está distribuindo comida agora, mas, se as lavouras morrerem, não haverá mais nada. Talvez as coisas estejam melhores ao sul. Talvez haja algum lugar seguro no mundo. Mas, se você estiver planejando ficar em Nova York, é melhor conseguir todos os mantimentos que puder, porque pode ser que a comida pare de chegar, e não será possível plantar nossos próprios alimentos.

Alex lembrou-se do bebê pisoteado no tumulto. Era uma imagem que o assombrava. Se, num dia em que pelo menos algumas pessoas conseguiram comida, a situação se tornara perigosa tão rapidamente, como seria quando nenhum alimento estivesse disponível?

— Vou fazer o que puder — prometeu. — Obrigado, mais uma vez.

Quarta-feira, 31 de agosto

Alex deixou Julie na escola, fez a sua ronda e, em seguida, foi até a igreja de Sta. Margarida, chegando pouco depois do fim da missa. O tempo de espera para conversar com padre Franco foi muito menor do que havia sido no verão. Menos pessoas, menos problemas.

Ele nem se deu ao trabalho de perguntar ao padre se havia mais alguma notícia de Porto Rico. Desistira de ligar para o telefone da avó antes mesmo de o serviço ser interrompido algumas semanas antes. O pai se fora, assim como a mãe, Carlos e o sol.

— Não tenho tido notícias de minhas amigas no convento — disse o padre Franco, em tom de desculpas. — Mas tenho certeza de que está tudo bem com Briana.

— Não foi por isso que vim aqui — explicou Alex. — Vim por causa de Julie. Ela está bem; nós dois estamos. Ainda temos comida e a escola está servindo almoço. Mas não sei por quanto tempo mais isso vai durar; então queria saber se existe algum lugar fora da cidade que aceite meninas na idade dela. Ela vai completar 13 anos daqui a poucas semanas, e é forte, além de ser trabalhadora.

— Você está falando de algo como o convento de Briana? — perguntou padre Franco. — Ele é o único que conheço.

— Estou falando de qualquer coisa — respondeu Alex. — Caso a situação piore. A Igreja deve ter algum lugar destinado para meninas, um orfanato ou algo assim.

Padre Franco negou com a cabeça.

— Deve haver alguma coisa — insistiu Alex. — O senhor não pode ligar para a arquidiocese e perguntar?

— Vou lhe dizer o que sei — começou o sacerdote. — Nos últimos três meses, a Igreja está lidando com os mortos e os moribundos. Somente dois hospitais católicos continuam funcionando na cidade. A maioria das igrejas pequenas fechou as portas, e fui informado de que Sta. Margarida fechará antes do Ano-Novo. Apenas rezo para que ainda estejamos de portas abertas para o Natal. Todas as organizações de serviço social foram fechadas. Todas as crianças do sistema de adoção foram retiradas da cidade em julho, e mais nenhuma criança está sendo aceita. No outono, a maior parte das escolas fechará. No interior, existem campos de refugiados, administrados pelo governo federal. O mais próximo que conheço fica em Binghamton. Você e Julie podem ir para lá, mas não creio que seja sensato deixá-la sozinha, e, chegando, ainda teriam que encontrar um local seguro para ficar.

— Não há nenhum convento aceitando meninas? — indagou Alex. — Sei que ela é muito jovem para ser noviça, mas deve haver um convento em algum lugar para o qual possa ir.

— Os conventos foram dizimados — respondeu padre Franco. — No litoral, foram inundados, e no interior, tiveram que lidar com terremotos, vulcões e doenças. Não existe mais segurança, Alex. Julie está melhor com você do que estaria em qualquer outro lugar. Agradeço à Virgem Maria pelo fato de termos encontrado um abrigo seguro para Briana. Talvez, em seu coração misericordioso, ela também encontre um para Julie.

A Virgem Maria *havia* encontrado um lugar para Julie, pensou Alex ao deixar a igreja. Fora com tio Jimmy e tia Lorraine. Não importa o que acontecesse à irmã, seria tudo culpa dele. Ela vivia um pesadelo por sua causa, e Alex passaria a eternidade no inferno pelo sofrimento dela.

Quinta-feira, 1º de setembro

Alex acordou pensando na lanterna de trinta dólares, sem saber o porquê. De todas as decisões que tomara, nunca se arrependera de não comprar a lanterna.

Então, recordou-se de que o homem dissera que o preço da lanterna subiria para quarenta, e entendeu o motivo. O valor dos objetos que comprava dos mortos diminuiria à medida que a comida se tornasse mais escassa. Hoje, um par de sapatos valia duas latas de feijão e um pacote de macarrão. Em um mês, ele teria sorte de conseguir o macarrão.

No início, acreditou que deveria ir para a rua e sair procurando por novos corpos, mas então percebeu o que a lanterna realmente significava. Ele tinha acesso a quatro apartamentos cheios de objetos que poderia usar e trocar. Quatro baús de tesouro que ele estivera ignorando porque, em algum lugar de sua mente, considerava um pecado pegar coisas sem permissão.

De qualquer forma, ele já estava condenado. Podia muito bem pegar o que quisesse, quando quisesse.

OS VIVOS E OS MORTOS • 187

Deixou Julie dormindo enquanto bolava um plano. Teria de ser feito hoje. Alex não conseguia se lembrar da última vez que houvera eletricidade no fim de semana, por isso, não poderia esperar até lá. Na sexta-feira, havia a fila da comida pela manhã; à tarde provavelmente seria o melhor momento para fazer trocas no Harvey, já que suspeitava que grande parte de seus mantimentos convenientemente caía do caminhão que abastecia a fila mais cedo.

Ao vestir-se, pensou em pedir a Kevin para ajudá-lo a esvaziar os apartamentos, mas optou por não fazer isso. O amigo fora muito prestativo, mas seria tentação demais.

No entanto, sentiu-se culpado ao fazer compras com o garoto naquela manhã. Mas a culpa agora era tão parte de sua vida quanto o frio, a fome e o sofrimento. E se Kevin percebeu que sua mente estava em outro lugar, não falou nada. Os dois encontraram um bom número de sapatos, relógios e casacos, que trocaram por sopa, seleta de legumes, feijão e arroz para Alex, e vodca para Kevin.

Julie estava acordada quando ele voltou.

— Não vamos à escola hoje — disse Alex, entregando-lhe os mantimentos. — Vamos vasculhar os apartamentos, pegar tudo o que pudermos trocar ou usar e trazer aqui para baixo.

— E quanto ao almoço? — indagou Julie.

— Não sei — admitiu Alex. — Temos o suficiente para aguentar até terça-feira?

Julie examinou os itens que o irmão acabara de trazer e as latas restantes nos armários da cozinha.

— Podemos comer o arroz e o feijão em duas refeições — disse ela. — E cada um de nós pode jantar uma lata de sopa amanhã. Temos a lata de seleta de legumes, uma lata de cenouras e uma de ervilhas. Você não vai pegar comida amanhã?

— Espero que sim — disse Alex —, mas não podemos contar com isso.

— Então não almoçamos hoje — decidiu Julie, fazendo uma careta. — Eu costumava gostar de feriados. Agora, eles só significam que ficaremos sem almoço.

A geladeira começou a fazer um zumbido inútil, e a luz que Alex sempre deixava acesa na sala começou a brilhar.

— Temos que usar a eletricidade enquanto podemos — disse ele. — Vamos pegar os carrinhos de feira e os sacos de lixo. Arriscaremos usar o elevador para subir, mas é melhor tomarmos cuidado, porque, se a eletricidade for embora, podemos ficar sem ela até terça-feira.

Julie parecia pensativa.

— Talvez devêssemos levar todas as coisas para um dos apartamentos — disse ela. — Se alguém olhar pelas nossas janelas, poderá ver tudo que está aqui.

Alex não pensara nisso. Olhou para as grades de ferro nas janelas, que evitavam que alguém entrasse. Mas, se alguém estivesse desesperado o bastante, poderia derrubar as portas.

— Vamos manter as cortinas fechadas — concluiu ele. — De qualquer forma, não estamos recebendo muita luz natural. E podemos cobrir as janelas com cobertores, assim que conseguirmos alguns extras. Isso fará com que esfrie um pouco menos aqui dentro, e ninguém conseguirá nos ver. Prefiro que as coisas fiquem conosco, onde podemos tomar conta.

Julie retirou os sacos de lixo de debaixo da pia.

— Tudo bem — concordou. — O que vamos procurar?

— Toda e qualquer coisa — respondeu Alex. — Não existe mais comida, mas aposto que há muitos casacos, suéteres e sapatos.

Cobertores e colchas. Lanternas, velas, pilhas, fósforos. Meias. Bebidas. E qualquer coisa nos armários de remédios. Vou trocar tudo o que não pudermos usar. Precisaremos agir rápido, mas sermos meticulosos.

— As coisas vão piorar? — indagou Julie, e Alex pôde ouvir o pânico suprimido em sua voz.

— É, acho que sim — disse Alex. — Se isso for possível.

— Não quero comer ratos — disse a garota. — Nem pessoas mortas.

— Nem eu — respondeu Alex. — Vamos agir logo para não termos que fazer isso.

Segunda-feira, 5 de setembro

— Julie! — gritou Alex, sem conseguir disfarçar a irritação na voz. — Minhas camisas estão imundas. Você não consegue deixá-las mais limpas?

Ele falou para si mesmo que ninguém estava tão limpo como costumava ser, mas as aulas recomeçavam no dia seguinte, e ele queria parecer o mais respeitável possível.

— Por que você não lava a droga da sua roupa? — questionou Julie.

Alex agarrou o braço dela.

— Nunca mais fale comigo desse jeito — disse. — Nunca.

— Ou o quê? — desafiou Julie.

— Ou não vai comer.

A irmã olhou para ele horrorizada.

— Não está falando sério, está? — perguntou. — Você ficaria com toda a comida?

Alex tentou se lembrar de como era não sentir fome. Bri não estava com fome, pensou. Estava rechonchuda. Se ele tivesse deixado tio Jimmy levar Julie, talvez ela também estivesse assim.

— Não estava falando sério — disse, soltando o braço de Julie.

— Enquanto eu tiver comida, você terá também.

— É difícil lavar as roupas à mão — disse Julie. — Talvez eu deva ficar em casa e não ir à escola quando houver eletricidade. Então, poderei usar a lavadora e a secadora.

Alex negou com a cabeça.

— A escola é mais importante. Vou lavar minha própria roupa. Assim, se não estiver limpa, a culpa é minha.

— Papai nunca lavou roupa — afirmou Julie.

— É, bem, eu não sou o papai — respondeu Alex.

Seu pai nunca teria ameaçado deixar uma criança com fome, por mais sujas que suas camisas pudessem estar.

Terça-feira, 6 de setembro

Alex ficou aliviado ao descobrir que pelo menos alguns dos garotos com quem estudara na primavera retornaram para as aulas no outono. Ele fez uma contagem durante a missa e calculou que a capela tinha mais ou menos um terço da lotação, o que não era tão ruim, considerando que não havia uma nova turma de alunos do primeiro ano para substituir os alunos que haviam se formado.

Padre Mulrooney recebeu a todos e afirmou, mais uma vez, que a presença na missa era obrigatória. O corpo docente ganhara dois membros; uma dupla de seminaristas de aparência nervosa se juntara aos três padres idosos que tomaram conta do lugar durante o verão. O sr. Kim lecionaria todas as aulas de ciências, e o sr. Bello, as de matemática. Não havia mais requisitos para o almoço; se você fosse à escola naquele dia, teria comida. Alex ficou aliviado. Era cada vez mais complicado e deprimente visitar as pessoas da lista. Ele relutava em admitir, mas o esforço físico também ficava cada vez mais difícil, talvez por comer tão pouco ou pela a qualidade do ar estar tão ruim. E, embora ele odiasse pensar nisto, o ar poluído e a falta de comida provavelmente estavam matando algumas das pessoas que visitara durante o verão.

Ele almoçou com Kevin, Tony Loretto e James Flaherty. James passara o verão na Pensilvânia com os avós, e foi estranho vê-lo de volta. Era difícil lembrar que as pessoas com dinheiro podiam ir e vir, e que partir nem sempre queria dizer morrer.

— Como é que estão as coisas lá fora? — indagou Alex enquanto devorava em três colheradas o almoço de repolho e feijão.

— Mal — respondeu James.

— Igual ao almoço — comparou Kevin, mas Alex percebeu que o amigo comera tudo o que havia no prato tão rápido quanto ele.

— Mal como? — perguntou Tony. — Terremotos? Enchentes? James negou com a cabeça.

— Está tudo morto lá — respondeu ele. — Aqui, nós ainda temos carregamentos de comida e eletricidade quase todos os dias da semana. Lá, nada. Também está um pouco mais quente aqui, se é que dá para acreditar. A cidade aprisiona o ar poluído e o ar quente. Lá fora, sem os arranha-céus, o ar fica mais limpo e mais frio. Mas todas as lavouras morreram, e muitos fazendeiros falavam em sacrificar os animais, pois não haveria comida suficiente para sobreviverem ao inverno, mesmo supondo que as coisas melhorem na primavera.

— Coisa que não vai acontecer — disse Kevin.

— Também acho — concordou Tony. — Pelo menos, não por aqui.

— Mas, no interior, não há cadáveres jogados em qualquer lugar — disse James, estremecendo. — Isso não existia antes de eu sair da cidade. Como é que as pessoas aguentam tantos corpos e ratos?

— Depois de um tempo, você nem percebe — retrucou Tony. — Só é preciso tomar cuidado com os ratos, caso eles estejam com raiva; mas, de resto, são inofensivos. Comem os cadáveres e deixam o restante das pessoas em paz.

— Fiquei surpreso por você ter voltado — observou Kevin. — Pensei que todo mundo que foi embora não voltaria mais.

— Meu pai ainda não pode ir embora — disse James. — Ele é cardiologista. Eu podia ter ficado com meus avós, mas não havia comida para todos nós. Por isso, voltei até liberarem meu pai.

— O que vai acontecer com seus avós, você sabe? — indagou Tony.

— Não tenho certeza ainda — respondeu James. — As regras sobre quem pode ou não entrar estão sempre mudando.

— Pensei que os centros de refugiados fossem abertos a todo mundo — disse Alex.

— Ficou maluco? — perguntou James. — Papai nunca mandaria os próprios pais para um centro de refugiados.

— Não ligue para Morales — justificou Kevin. — Ele vive debaixo de uma pedra.

— Cale a boca, Kevin — disse Alex. — O que há de errado com os centros de refugiados?

— O que há de *certo* com eles é a questão — disse James. — Metade de Nova York está enfiada em Binghamton. A metade errada, ainda por cima.

— Ninguém que tenha outra opção vai para um centro de refugiados — completou Tony. — Não que não haja muita gente decente vivendo lá.

— As pessoas decentes não têm muita chance — observou James.

— Crimes, doenças, pouca comida.

— Parece a minha casa — disse Kevin, mas ninguém riu.

— Como é que você sabe? — perguntou Alex. — Já esteve em um?

— Minha mãe esteve — respondeu Tony. — Umas semanas atrás, por causa do trabalho dela. Esteve lá com dois guarda-costas armados, e ainda assim disse que nunca sentiu tanto medo na vida. O centro de Binghamton foi criado para comportar trinta mil pessoas e já tem cem mil. A guarda nacional deveria patrulhar o local, mas estão com poucos funcionários, e, se você resolver perambular para procurar por comida, os moradores da cidade atiram para matar. Não há chuveiro nem banheiro, e agora as pessoas estão morrendo congeladas. Você tem sorte, James, por seu pai não ter sido enviado para trabalhar em um. As pessoas estão morrendo aos montes porque quase não há médicos.

— Meu pai tem muitos pacientes importantes — disse James. — Nós vamos aonde eles forem. E, pode acreditar, Alex, não será para um centro de refugiados.

Tony assentiu.

— Papai não vai deixar minha mãe — disse com a cabeça. — E eles não vão mandar meus irmãos e eu embora sem eles, então, não vamos sair por enquanto.

— Eu prefiro ficar aqui — disse Kevin. — Com os cadáveres e tudo mais.

— Eu também — concordou James. —- Em Nova York, as pessoas podem estar mortas, mas, ao menos, a cidade está viva. No interior, tudo morreu.

Quarta-feira, 7 de setembro

No jantar daquela noite, Alex e Julie dividiram um vidro de chucrute.

— A irmã Rita diz que os vegetarianos vivem mais — comentou Julie. — Ela diz que é bom comermos deste jeito.

— Não preciso de nenhuma lição da santa irmã Rita sobre como estamos vivendo bem — disse Alex. — Aposto que ela está comendo bife toda noite enquanto nós morremos de fome.

— Não está! — gritou Julie. — E nós estamos? Morrendo de fome?

— Não — respondeu Alex. — Desculpe, estou preocupado com outras coisas.

— Posso ajudar? — indagou Julie.

Alex negou com a cabeça.

— É só um problema que preciso resolver sozinho — disse.

Julie levou os pratos e garfos para a pia. Alex a observou, ao mesmo tempo que tentava pensar em um meio de mantê-la viva e a salvo. Quando finalmente reconheceu que não havia nenhum, foi para o quarto e jogou seu livro de orações contra a parede.

ONZE

Segunda-feira, 12 de setembro

Ao se aproximarem do apartamento, Alex logo percebeu que algo estava errado. O cobertor que pregara no interior da janela da sala de estar estava balançando.

Julie tinha razão, pensou. Alguém invadira a casa. Toda a comida que conseguira de Harvey — e ele havia praticamente acabado com o estoque do homem — provavelmente se fora. As garrafas de bebida alcoólica que estava guardando, os cobertores e as colchas, os dois sacos de dormir que ficara tão feliz por encontrar, a caixa de charutos, o café, a cerveja, as aspirinas e as vitaminas, os remédios para dormir e para gripe, os antiácidos. O aquecedor elétrico, a almofada e o cobertor térmicos. Os casacos de pele, os casacos de lã, os suéteres e as botas. Fora um idiota por manter tudo lá embaixo. Se o pai ou tio Jimmy, ou mesmo Carlos, tivessem sugerido manter as coisas em um dos apartamentos, ele teria concordado. Mas fora Julie quem falara, por isso, naturalmente, ele não dera atenção.

Julie. O que faria com ela? Não podia deixá-la entrar no apartamento, mas era igualmente perigoso mantê-la do lado de fora.

— Alguma coisa está errada — cochichou, apontando para o cobertor que balançava. — Vá até a portaria e suba as escadas para o terceiro andar. Suba o mais rápido que puder, mas em silêncio, e não bata nenhuma porta. Vou atrás de você quando tudo estiver seguro. Agora, vá!

Julie obedeceu. Alex aguardou cinco minutos para ter certeza de que ela estava em segurança lá em cima, então, destrancou a porta externa para o porão. Se fosse apenas um homem, a surpresa poderia ser suficiente para assustar o bandido. Com as mãos tremendo, destrancou a porta do apartamento e gritou:

— Saia agora! Eu estou armado!

— Alex? Não atire. Sou eu, Bri!

— Bri? — gritou Alex. — Está tudo bem?

— Estou bem — disse ela. — Estou em casa. Sou só eu.

Alex correu para dentro do apartamento e abraçou a irmã com força, até ela começar a tossir.

— Bri, o que aconteceu? — perguntou ele. — Você está bem?

— Estou bem — respondeu, fazendo um esforço para inspirar o ar. — De verdade. Onde está Julie? O que aconteceu?

— Ai, meu Deus, eu a escondi — disse Alex. — Fique aqui. Não vá embora. — Ele riu. — Espere até ela ver você! Fique aqui. Voltaremos em alguns minutos.

Relutante, deixou Briana e subiu correndo as escadas até o terceiro andar.

— Está tudo bem — disse para Julie. — Vamos descer.

— Talvez você devesse ter pregado melhor o cobertor — comentou Julie enquanto desciam.

Alex riu.

— Talvez — concordou.

Ele não conseguia se lembrar de já ter ficado tão feliz. Havia comida em casa, objetos para serem trocados, e sua irmã voltara. Desta vez, quando agradecesse a Jesus por suas bênçãos, estaria sendo sincero.

— Julie!

— Bri? Bri, é você mesmo?

A garota voltou a tossir.

— Não é nada — disse, com dificuldade. — Só estou muito feliz.

— Que tal um pouco de chá? — perguntou Alex. — Julie, ferva um pouco de água para o chá.

A caçula correu até a cozinha e colocou a chaleira no fogo.

— Não acredito que você está aqui — disse Alex, segurando a mão de Bri. — O que aconteceu? Quando você chegou?

— Há cerca de uma hora — sussurrou a garota. — Fiquei com tanto medo. Os cobertores nas janelas e todas aquelas coisas no quarto da mamãe... Ela voltou? E papai?

Alex negou com a cabeça.

— Nenhuma novidade sobre Carlos também — disse.

Julie voltou para a sala.

— Foi o frio, não foi? — perguntou. — Sua horta congelou também.

Bri fez que sim com a cabeça.

— Então elas mandaram vocês para casa? — indagou Alex. — Não queriam mais alimentá-las, por isso as devolveram?

— Não, Alex, não foi assim — explicou Bri. — As irmãs estavam comendo menos para que tivéssemos o suficiente. Foram maravilhosas. — Ela voltou a tossir. — Minha bolsa.

Alex pegou a bolsa e a entregou para ela. A garota a revirou e pegou algo. Alex reconheceu o objeto como sendo um inalador. Ele estudara com pessoas que tinham asma. Mas Bri não era asmática.

Ela inalou profundamente e parou de tossir.

— Ficamos doentes — contou. — Eu e duas outras garotas. A irmã Anne nos levou ao médico, e ele falou que temos asma adquirida. É igual à asma normal, mas não nascemos com ela. O médico disse que ficaríamos bem, a não ser pelo ar. Há tanta cinza agora, e ficávamos do lado de fora o dia inteiro; foi demais para nós. As irmãs não podiam cuidar de quem estava doente, por isso, nos trouxeram de volta para Nova York. Nós e mais outras duas garotas, cujos pais queriam de volta. Tentaram ligar para você, mas o telefone não estava funcionando.

Alex assentiu com a cabeça.

— E quanto a essa asma — questionou. — Ela vai sumir agora que não está mais trabalhando do lado de fora?

— Acho que não — disse Bri. — Não até que o ar fique limpo. O médico falou que eu não devo sair de casa mais do que o necessário. Disse que havia um remédio para evitar ataques de asma, só que acabou. E nos deu inaladores, mas avisou que deveríamos tentar evitar os ataques ficando dentro de casa, sem fazer esforço e sem agitação. Só que eu fiquei muito agitada ao ver vocês. — Ela sorriu. — Valeu a pena. Ah, Alex, Julie, estou tão feliz por ter voltado para casa!

Bri precisaria de comida, pensou Alex, e de remédios. Ela não conseguiria caminhar até a escola, então, não podia almoçar lá. Ele teria que levar Julie para a fila da comida e torcer para que Kevin continuasse indo. Mesmo com o que havia no apartamento e com três sacolas de comida, em vez de duas, o garoto teria que abrir mão do jantar na maioria das noites durante a semana para Bri e Julie comerem duas vezes por dia.

Alex viu que a irmã não estava rechonchuda. Estava pálida e tão magra como quando fora embora na primavera. Mandá-la para longe durante o verão fora bom para ele e Julie, mas talvez não tão bom para a própria Bri.

Mas, então, a irmã sorriu.

— Sabia que você cumpriria a promessa — contou. — Sabia que estaria aqui quando eu voltasse. Nunca mais vou embora. Nunca mais.

Alex fitou-a. As coisas vão dar certo, pensou. A Virgem Maria devolvera sua irmã. Com a sua ajuda, eles encontrariam um meio de sobreviver.

Quarta-feira, 14 de setembro

Enquanto Julie e Alex voltavam da escola para casa, viram um homem pular da janela do sétimo andar e cair na calçada, a cerca de seis metros deles.

Alex segurou a irmã, sentindo seu corpo magro estremecer sob o casaco de inverno.

— Depressa — disse, puxando-a enquanto corria até o corpo. — Você pega os sapatos, e eu procuro pela carteira e pelo relógio.

Julie fitou Alex, horrorizada. Ele a empurrou na direção dos pés do homem.

— Alex, acho que ele ainda está vivo — observou a menina. — Acho que ainda está respirando.

— Que diferença isso faz? — indagou ele. — Logo vai estar morto. Agora, pegue os sapatos.

Julie inclinou-se e tirou os sapatos do homem. Alex pegou o relógio e examinou os bolsos, sem encontrar coisa alguma.

— Preciso de ajuda com o suéter dele — pediu. — Você fica com o braço esquerdo; eu, com o direito.

Julie obedeceu e tiraram o suéter. Alex pegou-o junto com os sapatos.

— Não tem carteira — disse à irmã —, mas estas coisas devem dar para algumas latas de sopa.

— Do que você está falando? — gritou Julie.

— O que acha que faço todas as manhãs? — perguntou Alex. — É assim que arranjo comida para nós.

— Bri sabe disso? — indagou Julie.

— Não — respondeu Alex. — E você não vai contar a ela.

Julie ficou totalmente imóvel.

— Quer que eu vá com você? — perguntou. — Nas manhãs?

— Não — respondeu ele.

Não havia necessidade de aquilo pesar na consciência de ambos.

Sexta-feira, 16 de setembro

— Quanta comida! — disse Briana quando Alex descarregou dois sacos de lixo no chão da cozinha. — Três sacolas de manhã e agora tudo isso. De onde veio?

Alex, Julie e Kevin conseguiram as sacolas ficando na fila da comida por quase cinco horas, numa temperatura congelante. Havia menos pessoas aguardando na fila, mas também havia menos pessoas distribuindo comida. Às 10h, todos já estavam tossindo, mas ninguém saíra do lugar. Kevin levara Julie para a Anjos Sagrados enquanto Alex levava as sacolas para casa para Bri guardá-las. Então, pegara quatro garrafas de vinho que encontrara no apartamento 11F, uma caixa de charutos do 14J e o casaco, o relógio e os sapatos retirados de um cadáver novo no caminho de volta para casa. Harvey recusara o relógio, dizendo que o mercado para eles acabara, mas ficara satisfeito com o vinho e os charutos, e lhe dera comida suficiente para uma semana ou mais, se fossem cuidadosos. Alex ficara animado com as duas latas de atum e uma de salmão. Dane-se que os vegetarianos viviam mais tempo!

— As coisas devem estar indo bem, se há tanta comida — concluiu Bri, guardando os mantimentos nos armários e fazendo com que eles parecessem cheios e normais de novo. — Ah, Alex. Ovos em pó! Eles são quase tão bons quanto ovos de verdade.

—Você tinha ovos de verdade na fazenda? — perguntou ele.

Fazia cerca de 10 graus no apartamento, que era a temperatura na qual ajustara o termostato do aquecedor, mas Bri fazia as coisas parecerem quentes e ensolaradas de novo.

Ela fez que sim com a cabeça.

— No início, todos os dias — contou. — No final, as galinhas pararam de botar ovos. Também ficou mais difícil ordenhar as vacas. Rezo pelas irmãs e pelas garotas que ficaram. Acho que é mais fácil aqui.

— Foi isso o que me disseram — comentou Alex.

Bri virou-se para fitar o irmão.

— Não pare de acreditar em milagres — pediu. — *La madre santisima* está olhando por nós. Sei que sim, porque rezei para ela todas as noites, pedindo para voltar para casa e encontrar você e Julie aqui.

Alex pensou em todas as orações que fizera nos últimos quatro meses e em como tão poucas foram respondidas. Mas por que Deus ou mesmo a Virgem Maria ouviram suas orações, perguntou a si mesmo, quando uma lata de atum era mais importante para ele do que o sofrimento de Jesus Cristo?

Domingo, 18 de setembro

O rosto de Bri se iluminou ao se aproximarem da igreja de Sta. Margarida, e Alex soube que havia tomado a melhor decisão ao deixá-la ir à missa. Mesmo quando a irmã tirou a máscara facial e usou o inalador ao começar a tossir, Alex teve certeza de que fizera a coisa certa. Podia ser mais seguro manter Bri dentro de casa, mas a vida dela não tinha sentido sem a Igreja.

A mente de Alex devaneou como sempre acontecia quando ia à igreja nos últimos tempos. Se as lavouras em todo o país — em todo o mundo, pelo visto — morreram por causa da falta de luz solar, por quanto tempo Nova York continuaria a ter comida? Se a Anjos Sagrados ou a Vicente de Paula fechassem, onde ele e Julie comeriam? Se Kevin decidisse que não queria mais ficar na fila às sextas-feiras para pegar comida que ele nem mesmo consumia, dois sacos seriam suficientes?

E essa era a parte mais fácil. Alex preferia não pensar sobre o combustível do aquecedor acabando ou sobre o Hudson inundado a área leste, alcançando a Avenida West End, ou o que ele faria com as irmãs quando tivessem que deixar Nova York.

Viva o momento, falou para si mesmo. Olhe para Bri. Veja como está feliz. Ela não é tola. Sabe melhor do que você o quanto a vida é frágil. Mas ela se regozija em sua fé. Você não pode fazer o mesmo?

A resposta era não.

Segunda-feira, 19 de setembro

Naquela manhã, Alex disse a Julie que a pegaria mais tarde na escola e que ela deveria esperar por ele. Quando as aulas terminaram, foi até o padre Mulrooney.

— Gostaria que o senhor ouvisse minha confissão — pediu Alex.

As sobrancelhas do sacerdote se ergueram muito alto.

— Sr. Morales, faz muitos anos que não ouço confissões — admitiu. — Talvez fosse melhor o senhor se confessar com o padre da Sta. Margarida.

Alex negou com a cabeça.

— Seria fácil demais — disse.

— E com um dos outros sacerdotes daqui? — sugeriu Mulrooney.

— Não, padre — respondeu Alex, educado, mas firme.

Padre Mulrooney fez uma pausa.

— Muito bem, então — disse. — Imagino que este gabinete já tenha sido usado como um confessionário antes.

— Abençoe-me, padre, porque pequei — começou Alex. — Faz cinco meses desde a minha última confissão.

O sacerdote assentiu com a cabeça.

— Empurrei um homem idoso e ele caiu — contou Alex. — Pisei nele e, provavelmente, quebrei todos os seus dedos. E não salvei um bebê de ser pisoteado. Até onde sei, os dois podem estar mortos.

— Você decidiu não salvar o bebê? — indagou padre Mulrooney.

— Derrubou o homem idoso por vontade própria e com malícia?

— Houve um tumulto — disse Alex. — Eu não estava raciocinando. Se salvasse o bebê, poderia ter perdido minha irmã; se não tivesse empurrado o homem idoso, com certeza a teria perdido. Acho que fiz por vontade própria, mas não sei se houve malícia. Mas esses não são, nem de perto, meus únicos pecados. Eu roubo dos mortos. Pego tudo o que posso e troco por comida. Obriguei minha irmã a fazer isso também. Não me importo mais se estão mortos ou vivos, desde que suas coisas consigam comida para nós. E não faço isso só pelas minhas irmãs. Faço para que eu tenha comida também.

— Você sente raiva de Deus? — indagou o padre.

— Não — respondeu Alex. — Quase queria sentir. É assim com meus pais e meu irmão. Todos se foram. Carlos pode estar vivo, mas não tenho certeza disso. Algumas vezes, quando penso neles, a dor e a raiva são tão fortes que quase não aguento. Então desligo os sentimentos. Simplesmente paro de sentir. E é isso o que está acontecendo com a minha relação com Deus. Eu costumava rezar com sinceridade, mas, agora, são apenas palavras. Porque, se eu me permitir sentir dor e raiva, acho que elas podem me matar. Ou talvez eu mate alguém. Sei que é errado me sentir assim sobre Deus e sei que é errado não sentir nada. Odeio isso, mas não odeio Deus. Odeio o fato de não amá-Lo.

— Acho que apenas um santo amaria a Deus nestas circunstâncias — disse padre Mulrooney. — E, nos quarenta anos que ensinei na Vicente de Paula, nunca encontrei um santo de 17 anos. Se o senhor é culpado de alguma coisa, sr. Morales, é do pecado do orgulho. Seu sofrimento não é maior do que o de qualquer outra pessoa nem sua culpa é maior. O senhor é um jovem que estabeleceu objetivos muito elevados para si mesmo e que tem trabalhado com afinco durante toda a vida para alcançar tais metas. Aprecio isso. Queria ter mais alunos como o senhor. Mas, agora, seu objetivo deve ser sobreviver e manter suas irmãs vivas. Jesus compreende o sofrimento. O coração d'Ele está cheio de amor pelo senhor. Apenas pede que o seu sofrimento o ajude a compreender melhor o sofrimento d'Ele. Se Deus quisesse um mundo cheio de santos, nunca teria criado a adolescência. Então? Fui fácil demais?

Alex enxugou as lágrimas.

— Não sei — disse, tentando sorrir. — Qual é a minha penitência?

— Vá até a capela e reze por humildade — disse o sacerdote. — Reze para aceitar o fato de que só tem 17 anos e que não pode entender tudo o que está acontecendo. Seja grato a Jesus pelo fato de você e suas irmãs terem sobrevivido até o dia de hoje. Mas deve ser sincero. Deus saberá se não for. Ele pode perdoar a raiva, mas não tem amor algum à hipocrisia.

— Sim, padre — respondeu Alex.

— E faça algo que deixe suas irmãs felizes — disse o sacerdote. — A alegria delas será um verdadeiro presente para Deus, e o presente d'Ele para o senhor.

Alex assentiu com a cabeça. Rezou o ato de contrição e ouviu o padre Mulrooney dar o sacramento da absolvição.

Havia dois garotos na capela rezando em silêncio quando chegou. Alex curvou-se diante da cruz e, depois, ajoelhou-se em um dos bancos. *Perdoe-me pelo pecado do orgulho,* rezou. *Perdoe-me por sempre pensar que posso fazer tudo sozinho, sem a Sua orientação e o Seu amor.*

Terça-feira, 20 de setembro

— Julie, você poderia ir até o quarto da mamãe para refazer a lista de tudo o que tem lá? — pediu Alex, após a escola. — Os cobertores, os casacos, as pilhas. Faça uma lista para as cobertas, uma para roupas e uma para o restante das coisas. Não deixe de mencionar nada.

— Por que Bri não pode fazer isso enquanto estivermos na escola? — questionou Julie.

— Porque eu pedi para você — explicou Alex. — Faça agora, por favor.

Julie fez uma careta, mas levou o caderno e a caneta para o quarto da mãe. Alex gesticulou para que Bri se juntasse a ele na cozinha.

— O aniversário de Julie está chegando — cochichou ele. — Que tal fazermos uma festa surpresa para ela?

— Podemos fazer isso? — perguntou Bri. — Uma festa de verdade? Será que devemos?

Alex sorriu.

— Podemos e devemos — afirmou ele. — Mas não vou conseguir fazer isso sozinho. Sei que você não teve uma festa de aniversário, mas espero que não se importe de fazermos uma para Julie.

— Eu adoraria — disse Bri. — Ah, Alex! Uma festa de verdade. Podemos chamar garotos?

— Julie ia gostar disso? — perguntou Alex.

Bri lançou-lhe um olhar impaciente.

—Vou procurar garotos então — disse Alex. — Só me diga do que você acha que precisamos, e farei o que puder para conseguirmos.

Sexta-feira, 30 de setembro

—Vamos — disse Alex para Julie. — Ande logo.

— Mas é meu aniversário — queixou-se Julie. — Não quero ter que ir à igreja no meu aniversário.

— Julie — começou Alex. —Você sabe que mamãe sempre ia à igreja em todos os nossos aniversários para agradecer a Jesus e Maria. Precisamos acender uma vela para ela e papai, e para o Carlos. Pare de enrolar.

— Bri vai? — indagou Julie.

Briana negou com a cabeça.

—Vou ficar em casa e preparar um jantar de aniversário especial para você — respondeu ela. — Não é todo dia que uma garota se torna adolescente.

—Voltaremos daqui a uma hora, mais ou menos — avisou Alex. —Venha, Julie. Ponha o cachecol e as luvas.

Julie suspirou.

— Nunca precisei usar cachecol e luvas no meu aniversário. — Mas terminou de colocá-los e acompanhou Alex para fora do apartamento, saindo para a rua.

Os dois caminharam os poucos quarteirões até a igreja em silêncio. Julie era a personificação do mau humor, e a mente de Alex estava divagando. Entraram, retiraram as luvas, mergulharam os dedos na água benta, fizeram o sinal da cruz, curvaram-se diante do crucifixo, encontraram um banco e se ajoelharam para rezar.

Ele lançou um olhar a Julie, agora com 13 anos. Ainda era uma criança, mas, em alguns aspectos, parecia mais velha do que Briana. Ele duvidava de que tivesse a fé simplória mantida por Bri apesar de tudo. Julie sempre fora mais irritada, sempre menos satisfeita, e nada que ocorrera nos últimos meses mudara isso. Ele sabia que era injusto comparar as irmãs, e especialmente injusto da parte dele esperar que os horrores pelos quais estavam passando fizessem de Julie uma pessoa mais doce e delicada. Especialmente porque ela nunca fora doce e delicada.

Alex sorriu. Não gostaria de viver com duas Julies, mas lhe agradava ter uma compartilhando seus problemas. Ele deu um tapinha de leve no ombro da irmã e gesticulou para se levantarem. Caminharam até as velas, tão poucas agora, e acenderam uma. Alex rezou por todos os que se foram, e suas orações foram sinceras.

Ao caminharem de volta ao apartamento, pensou em todas as coisas que devia dizer a Julie. Lições sobre ser uma mulher, sermões sobre ir bem na escola e deixar os pais orgulhosos. Mas nenhuma daquelas palavras queria sair, e ele se permitiu ficar em silêncio.

— Há mais corpos na rua do que antes? — perguntou Julie quando chegaram à Avenida West End. — Ainda mais do que na semana passada, quero dizer.

— Não acho que mais pessoas estejam morrendo — respondeu Alex, triste por a morte se intrometer até mesmo no aniversário da irmã. — Acho que só estão recolhendo os corpos com menos frequência.

— Isso não é bom — disse Julie. — Mais ratos. Odeio ratos.

— Não pense neles hoje — pediu Alex. — É seu aniversário. Tenha pensamentos felizes.

— Vou tentar — respondeu Julie. — Estou tentando, Alex. De verdade. Mas é tão difícil.

— Eu sei — disse. — Venha. Vamos ver que tipo de banquete Briana preparou para você.

Ele destrancou a porta externa e, em seguida, a porta do apartamento deles.

— SURPRESA!

— Mentira! — gritou Julie. — Ah, Alex! — disse ela, e abraçou o irmão, correndo em seguida para abraçar Bri.

Alex sorriu. Todos estavam lá: Kevin, James e Tony; as amigas de Julie, Brittany e Lauren; e o padre Mulrooney. O brilho suave da luz de velas iluminava as fitas de papel amarelo penduradas na entrada e o grande cartaz de "FELIZ ANIVERSÁRIO, JULIE!" preso no cobertor sobre a janela da sala de estar.

Que engraçado, pensou Alex, enquanto cumprimentava a todos e agradecia por terem vindo. Ele nunca convidara os colegas de classe para a sua casa, pois sempre tivera um pouco de vergonha do lugar onde vivia. Não era o único estudante com bolsa na Vicente de Paula, mas os caras que ele queria impressionar, os Chris Flynns da escola, eram ricos e tinham pais com bons empregos. Mas, graças ao que estava acontecendo, o dinheiro não servia para mais nada. Bons empregos, a não ser nos altos escalões, eram coisa do passado. Todos eram verdadeiramente iguais aos olhos de Deus e dos homens, e seu apartamento pelo menos tinha a vantagem de não obrigar ninguém a subir dez lances de escada.

Fez questão de agradecer ao padre Mulrooney. Mamãe teria orgulho por ter um padre, o diretor em exercício da Academia S. Vicente de Paula, supervisionando a festa da filha.

— Fico feliz por ter me convidado, Alex — respondeu o sacerdote. — É bom ver rostos jovens sorrindo novamente.

Sem dúvida, Julie estava sorrindo. Alex não conseguia se lembrar da última vez em que ela estivera tão feliz, se é que já estivera. Nascera fazendo careta. Mas agora seu rosto estava radiante de alegria.

— Trouxe um CD player portátil — anunciou Tony. — Achei que poderíamos dançar.

As quatro garotas soltaram risinhos. Os garotos empurraram a mobília para os cantos do cômodo, criando uma espécie de pista de dança. O CD que Tony colocou estava cheio de músicas lançadas na primavera, canções que faziam Alex sentir-se jovem de novo. James convidou Julie para dançar, Kevin convidou Bri, Tony convidou Brittany e Alex, Lauren. Nenhum dos garotos era um dançarino particularmente bom, mas elas não pareciam se importar com isso. Alex convidara James e Tony não apenas por serem dois dos garotos com quem mais se dava bem, mas por que eram dois dos caras mais bonitos da escola. Não que a aparência tivesse importância. Com quatro garotos e quatro garotas, todos se revezaram, dançando uns com os outros. Até padre Mulrooney participou, dançando com Julie.

— Fiquem sabendo que, na juventude, eu era um ótimo dançarino — contou o sacerdote. — Essas danças modernas e esquisitas, como a valsa, que me cansam.

— Mas a valsa não é moderna — comentou Lauren —, não é?

— Não, querida — respondeu padre Mulrooney —, essa foi apenas a desculpa de um senhor de idade.

Bri precisou parar de dançar para usar o inalador. Alex temeu que isso a deixasse constrangida, mas Tony falou que também tinha asma, e os dois sentaram-se no sofá e ficaram conversando baixinho sobre o assunto. A dança deixou todos com tanto calor que tiraram os casacos. Ao ver Bri e Tony sentados juntos no sofá, vestidos como as pessoas costumavam se vestir, Alex sentiu-se quase tonto de nostalgia.

— Precisamos mesmo é de bebidas — decidiu Kevin, indo até a cozinha. — Alguém aqui quer Coca-Cola?

— Coca-Cola? — gritaram as garotas.

— Vou pegar os copos — disse Bri e, de repente, copos descartáveis surgiram.

— São a minha contribuição — explicou Tony. — Os descartáveis. Kevin me disse o que fazer e eu segui à risca.

— Gostaria que fizesse a mesma coisa nas aulas de latim — resmungou padre Mulrooney, fazendo todos rirem.

Kevin encheu o copo de cada um com Coca-Cola.

— À Julie — brindou. — Que ela tenha uma vida cheia de amor e felicidade.

Todos ergueram os copos e disseram:

— À Julie.

Embora o refrigerante estivesse quente, ele era como as canções no CD de Tony, uma lembrança de como a vida fora há alguns meses.

— E, agora, uma coisa realmente especial — anunciou James. — Bem, espero que seja realmente especial, mas não garanto. — Ele foi até a cozinha e levou alguns minutos antes de retornar para a sala. Ao voltar, trazia um bolo de aniversário, iluminado por catorze velas.

— Parabéns pra você — cantaram todos. — Sopre as velhas, Julie! Faça um pedido!

A garota fechou os olhos apertado, para depois abri-los e soprar as velas. Ela precisou de duas ou três tentativas. Alex disse a si mesmo que aquilo não ocorrera porque a irmã não tinha mais tanta força, mas por haver tantas velas no bolo.

— É um bolo de chocolate — disse Julie, cortando uma fatia.

— Bolo de chocolate com cobertura de chocolate. Ah, James, onde você conseguiu isso?

— Eu não consegui, exatamente — explicou James. — Nós tínhamos uma caixa de mistura para bolo e de cobertura lá em casa. Na verdade, foi bem emocionante. Temos um forno elétrico, então, só foi preciso que a eletricidade durasse tempo suficiente para assar o bolo, o que quase aconteceu ontem. Pode estar meio cru por dentro, mas foi o melhor que pude fazer.

— É o bolo de aniversário mais bonito que já tive — disse Julie. — Não acredito que a sua família abriu mão de um bolo de verdade.

Alex também não acreditava. Ficou imaginando quantos pares de sapato Kevin pagara para obter a mistura para bolo e a cobertura, e apreciava a forma como o amigo arquitetava tudo para que ninguém pensasse nas mortes que pagaram por aquela sobremesa simples e solada.

Mas uma mordida fez com que ele parasse de pensar em morte. É um milagre, pensou. Bolo de chocolate, Coca-Cola, música e ver as irmãs parecendo jovens e belas; todas essas coisas eram milagres.

— Tony trouxe os descartáveis, James trouxe o bolo — disse Kevin. — Então, eu trouxe seu presente. Feliz aniversário, Julie! Não é muito, mas espero que você goste. — Ele entregou a ela um pacote pequeno, com um formato estranho, embrulhado em sobras de papel de presente de Natal.

Julie abriu o pacote como se a embalagem fosse de ouro. Sob o embrulho, havia uma camada de lenços de papel e, no meio deles, um batom.

— Ai, meu Deus! — gritaram as garotas. — Ah, Julie, a cor é perfeita. Ah, Julie, passe o batom.

A garota virou-se para Alex.

— Posso? — pediu ela.

— Só se você dançar mais uma música comigo — disse.

Julie correu para o banheiro, seguida pelas garotas. Alex aproveitou a oportunidade para agradecer a James, Tony e Kevin por tornarem o aniversário da irmã tão especial. Todos agiram como se não fosse nada de mais, mas ele sabia como aquilo fora importante para Julie, Bri e suas amigas. Não importa o que acontecesse a elas, tinham ido a uma festa e dançado com garotos de verdade.

Os lábios da caçula estavam cor-de-rosa quando saiu do banheiro, assim como as bochechas. Alex fez uma mesura e a acompanhou até a pista de dança. James encontrou uma música lenta, e eles dançaram por um momento, até Kevin dar um tapinha em seu ombro e tomar seu lugar.

— Melhor arrumarmos a mobília — avisou padre Mulrooney, quando a canção terminou. — Não queremos estar na rua após o toque de recolher.

Foram necessários apenas um ou dois minutos para os quatro garotos colocarem as coisas de volta no lugar. Não sobrara bolo, mas ainda havia algumas latas de Coca-Cola, e Kevin disse para ficarem com elas.

Tony falou que acompanharia Lauren até sua casa, pois ela morava a apenas alguns quarteirões dele, e Kevin prometeu fazer o mesmo por Brittany. As duas garotas deram mais risinhos ao se despedirem de Julie com um abraço. James, Tony e Kevin beijaram a bochecha dela, causando uma nova avalanche de risinhos. Todos vestiram os casacos, as luvas e os cachecóis, e saíram para o ar gélido da noite de outono.

Julie foi primeiro até Bri e, em seguida, até Alex, e os abraçou.

— Este é o melhor aniversário que já tive — afirmou. — Hoje à noite, quando eu fizer minhas orações, vou agradecer a Maria, Madre de Cristo, por me dar o melhor irmão e a melhor irmã do mundo, e por me deixar completar 13 anos.

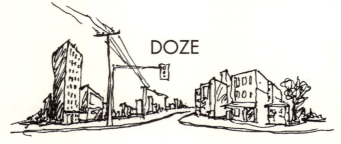

DOZE

Segunda-feira, 3 de outubro

Enquanto Alex caminhava até o armário da escola, se deparou com James e Tony parados ao lado do móvel. Nenhum dos dois parecia feliz, e ele imediatamente temeu que algo ruim tivesse acontecido por causa da festa.

— Precisamos conversar com você — disse James, o que não melhorou nem um pouco o ânimo de Alex.

Tony quase parecia estar sofrendo.

— Sabemos que as coisas estão difíceis para a sua família agora, e não queremos piorar a situação — começou ele. — Mas pensei nisto durante todo o fim de semana, e James conversou com o pai dele, e, ontem, na igreja, todos nós nos reunimos, e precisamos lhe dizer uma coisa.

A mente de Alex percorreu todas as possibilidades catastróficas. Nenhuma delas fazia sentido, a não ser, talvez, que pedissem que ele saísse da Vicente de Paula. Mas não conseguia pensar em qualquer razão para isso. Cerrou os punhos e esperou.

— É sobre Briana — informou Tony. — A sua irmã.

— Eu sei quem é Briana — respondeu Alex.

— Tony — interrompeu James. — O negócio é o seguinte, Alex: Bri tem asma, como Tony, e não é bom para a saúde dela morar num apartamento no porão. Não estamos dizendo que vocês não mantenham o apartamento limpo, porque temos certeza de que mantêm. É só que porões costumam ter mofo, e agora, com tanta água por aí, isso é um problema ainda maior.

Alex fitou os amigos bem-intencionados. Tony, com asma, provavelmente nunca estivera num porão antes da última semana. E James, filho de um cardiologista, era um modelo de vida saudável.

— Minha mãe disse que ainda há alguns abrigos abertos — mencionou Tony. — Estão sob a supervisão da prefeitura, mas ainda são bastante seguros.

— Não vamos nos mudar para um abrigo — concluiu Alex. — Mas verei o que posso fazer para sair do porão.

— Desculpe por nos metermos — disse James. — Se fossem só você e Julie, não diríamos nada. Mas sabemos que está fazendo tudo o que pode pela sua família, e Bri realmente precisa sair do porão.

Alex assentiu com a cabeça. A asma era algo inteiramente novo para ele, mas não para Tony nem para o pai de James. Se eles achavam que Bri precisava sair do porão, seria um pecado deixar o orgulho interferir no bom senso.

Terça-feira, 4 de outubro

— Julie e eu vamos faltar à escola amanhã — anunciou Alex durante o jantar de macarrão ao molho marinara.

— Vamos? — indagou Julie. — E quanto ao almoço?

— Eu fico sem almoço amanhã — decidiu Bri. — Vocês dois podem dividir a minha comida.

— Você vai almoçar — informou Alex. O garoto já estava preocupado de Bri não estar comendo quando ele não estava por perto para supervisioná-la. — Julie e eu daremos um jeito.

— Então por que vamos faltar à aula? — perguntou Julie.

— Vamos nos mudar — anunciou Alex.

— Não podemos nos mudar! — disse Bri. — Se sairmos daqui, mamãe, papai e Carlos não poderão nos encontrar.

— Deixaremos um bilhete para eles — afirmou Alex. — Na mesa, onde ficará bem visível. De qualquer maneira, não vamos para muito longe. Só para o andar de cima, para o 12B.

— Qual é o problema com este apartamento? — perguntou Julie. — Todas as nossas coisas estão aqui.

— Eu sei — afirmou Alex. Ele passara a maior parte da noite tentando elaborar um sistema para levar tudo que tiraram dos outros apartamentos até o 12B. Sem mencionar as roupas e a comida deles. — É por isso que vamos nos mudar amanhã. Quarta-feira costuma ser um dia bom para a eletricidade, então conseguiremos levar as coisas no elevador. Primeiro, levaremos Bri lá para cima, em seguida, você e eu arrumaremos as coisas e subiremos com elas. Também vamos carregá-las para fora do elevador. Bri pode certificar-se de que as portas fiquem abertas, coisas assim.

— Eu posso ajudar a tirar as coisas — disse Bri.

— Não — respondeu Alex. — Você não vai carregar peso. Julie e eu podemos fazer isso sem a sua ajuda.

— Como tomou uma decisão assim sem conversar com a gente antes? — perguntou Julie. — E por que o 12B? O 14J tem dois quartos.

— Os donos do 12B disseram que poderíamos usar o apartamento — respondeu Alex. — Fico mais à vontade de irmos para lá. Você e Bri podem dividir o quarto e eu durmo na sala. Se não houver um sofá-cama, pegaremos um colchão de um dos outros apartamentos e dormirei nele. Vamos dar um jeito.

— Se você acha que é melhor assim — disse Bri. — Só queria ser mais útil.

— Você pode ajudar a arrumar as coisas — disse Alex. — Guardar a comida nos armários da cozinha, coisas assim. Não se preocupe, Bri. Vai fazer a sua parte.

— Você acha que haverá uma inundação? — perguntou Julie. — É por isso que vamos nos mudar para cima?

Alex assentiu com a cabeça.

— Vai acontecer muito em breve — informou. — E é melhor tirarmos tudo daqui enquanto podemos. Além disso, não sabemos por quanto tempo a eletricidade irá durar, e não quero arrastar todas as nossas coisas pelas escadas. Por isso, amanhã é o dia da mudança.

Bri sorriu.

— Rezei todas as noites para voltar para o nosso lar e encontrar vocês aqui — disse. — Mas acho que "lar" não é este apartamento. É onde vocês estiverem.

— Não vamos a lugar algum — concluiu Alex. — Só doze andares acima.

Quarta-feira, 5 de outubro

Alex pediu perdão a Deus e ao pai quando começou a martelar os pregos para prender os cobertores dobrados, criando um isolamento sobre as janelas do 12B.

— Não é justo — resmungou Julie. — Finalmente me mudo para um local com vista e nunca mais vou poder olhar para fora.

Segunda-feira, 10 de outubro

— Você vai ficar parado aí ou vai me ajudar? — perguntou Kevin.

O suicida aterrissara numa posição estranha, com seu corpo retorcido, e Kevin não conseguia tirar os sapatos dele.

Alex puxou um pé enquanto o amigo tentava puxar o outro.

— Eu realmente odeio o *rigor mortis* — resmungou. — Como eu sofro pela minha mãe.

— Você deve amá-la muito — disse Alex. — Eu tenho que fazer isto, precisamos de comida. Mas você só está fazendo pela vodca.

— Vocês precisam de comida; ela, de vodca — afirmou Kevin, tirando, enfim, o sapato. Ele deu um chute no cadáver e voltou a andar, buscando o corpo seguinte. — Além disso, devo isso a ela.

— Como assim? — indagou Alex.

— Ela é minha mãe — disse Kevin. — E isto não é algo que muitos saibam, mas eu fazia xixi na cama. Mamãe nunca brigou comigo nem me deixou achar que eu era malcriado ou culpado por aquilo. Agora, se for preciso ter um pouco mais de trabalho para lhe dar o que ela quer, eu terei. E se você contar para alguém o que acabei de lhe dizer, vou matá-lo.

— Não se preocupe — garantiu Alex. — De qualquer forma, não há ninguém para quem contar.

— É verdade — concordou Kevin.

Alex recordou-se de uma noite, pouco depois de terem se mudado para a Rua 88, na qual fizera xixi na cama. Fora até o quarto dos pais, chorando, triste e humilhado.

Eles voltaram para o quarto dele; seu pai o ajudara a vestir pijamas limpos, e a mãe tirara a roupa de cama e pusera lençóis novos. Carlos acordara e chamara Alex de bebê, e papai lhe dissera para calar a boca, que Carlos já fizera pior do que aquilo quando era pequeno. Alex ainda se lembrava do pai, erguendo-o até a cama de cima do beliche, e dos dois lhe dando um beijo de boa-noite.

O tamanho da sua perda e da sua raiva o atingiu no estômago, e ele quase caiu de joelhos.

— Você está bem? — perguntou Kevin.

Alex queria dizer que não, que não estava bem, que nunca voltaria a ficar bem. Sentia raiva e ressentimento, e, por um instante, incluiu Kevin na lista de coisas que odiava, pois ele tinha comida, uma casa e os pais.

— Sim, estou bem — respondeu. — Deve ter sido algo que comi.

Sexta-feira, 14 de outubro

Quando Alex buscou Julie na Anjos Sagrados, já estava de mau humor. Havia uma pilha de meia dúzia de novos cadáveres depenados na frente do prédio deles, e nenhuma garantia de que seriam retirados, o que significava que teriam que desviar dos ratos simplesmente para conseguir passar pela porta.

Ele, Kevin e Julie ficaram na fila da comida durante cinco horas naquela manhã, numa temperatura congelante e com um vento desagradável soprando o tempo inteiro. Kevin levara Julie para a escola, enquanto Alex carregara as sacolas, nenhuma delas com muita comida, pelos doze andares, já que não havia eletricidade. Depois, levara algumas coisas até o Harvey para trocar, e, embora não tenha recebido muita coisa, ainda precisara carregá-las novamente pelos doze andares. Bri passara a manhã no apartamento sem conseguir usar o aquecedor nem o cobertor elétrico, metida no saco de dormir. Ele abrira uma lata de seleta de legumes para ela e dera a comida em sua boca com uma colher, para que não precisasse soltar os braços. Padre Mulrooney lançara-lhe um olhar feio quando Alex finalmente chegara, e ele temera até a hora do almoço que o sacerdote não permitiria que entrasse na cantina. Estava com dor de cabeça por forçar os olhos tentando ler sob a pouca luz natural e, embora a escola mantivesse o termostato em 12 graus, ele não conseguira se aquecer.

Ele ia fazer compras em corpos com Kevin na manhã seguinte, mas não estava otimista sobre o que conseguiriam, pois não havia mais procura por relógios, e até mesmo os sapatos e casacos não estavam rendendo como antes. Mas isso lhe dava uma desculpa para sair do apartamento, para não precisar passar o dia inteiro preso com as irmãs, sem ter o que fazer.

Bri ainda insistia em ir à missa aos domingos, o que significava mais meia hora para descer os doze lances de escada e, então, caminhar até a igreja de Sta. Margarida, e mais meia hora para voltar para casa. Era necessário parar em cada andar para que recuperasse o fôlego, e ela precisava usar o inalador duas ou até três vezes antes de terminar a subida. Mas essa era a única oportunidade que Bri tinha para escapar do apartamento, e Alex não teria coragem de proibi-la. O fato de Julie querer correr na frente deles não ajudava em nada, e o garoto não deixava que fizesse isso. Até onde sabia, estavam sozinhos no prédio, mas isso não significava que ninguém poderia estar à espreita nas escadas, e ele não deixaria que Julie se arriscasse ao subir sozinha. Por isso, a irmã caçula passava a tarde de domingo emburrada, e Bri, com falta de ar, dizendo que estava bem, e Alex precisava fingir solidariedade, embora tudo o que quisesse fosse fugir.

Ele imediatamente soube que o já temido fim de semana ficaria ainda pior. Julie esboçava tristeza no olhar. Da última vez que parecera tão triste, sua horta havia morrido.

— Qual é o problema? — indagou. — Você almoçou, não é?

Julie assentiu com a cabeça.

Alex rezou, pedindo paciência e compreensão. Na segunda-feira, descobriria quem era o santo padroeiro da paciência. Seria bom ter uma ajuda extra.

— Já vi que alguma coisa está incomodando você — disse. — Quer me contar?

—Você não vai gostar — informou Julie.

Alex bufou.

— Pare com isso! — gritou Julie. —Você sempre age como se tudo fosse culpa minha. Bri faz tudo certo e eu faço tudo errado. Odeio isso!

— O quê? — perguntou Alex. — Queria saber por que você estava chateada e, de repente, sou o vilão?

— Se gritar comigo, não vou contar — rebateu Julie.

— Ótimo — disse Alex. — Não conte. Não me importo.

— Queria que Carlos estivesse aqui — reclamou.

— Eu também — concordou Alex. Além da mãe, do pai, do tio Jimmy e da tia Lorraine, e de todos os adultos que sabiam como lidar com Julie.

Ele olhou para a irmã caçula. Ela ficara lá fora com ele e Kevin durante cinco horas, sem reclamar, sem se queixar, sem mal dizer uma palavra. Algo ruim acontecera na escola, e Alex, de mau humor, não lhe dera a chance de falar o que queria.

— Desculpe — disse, mesmo sem conseguir explicar por que estava se desculpando. A lista teria sido muito longa. — Pode me contar quando estiver pronta.

— Eu queria ser Bri — confessou Julie. — Quero dizer, queria ser a que foi embora e que agora está doente, porque sei que você gosta mais dela do que de mim, e lamento que tenha que me aturar quando preferia fazer as coisas com ela.

Alex sabia que deveria dizer a Julie que gostava dela tanto quanto de Bri, mas não havia sentido. A caçula sabia da verdade. Ele havia passado treze anos certificando-se disso.

—Temos que nos aturar — concluiu ele. — Afinal, você preferia que eu fosse Carlos.

— A Anjos Sagrados vai fechar — disse Julie, impulsivamente.

Alex ficou completamente imóvel, fechou os olhos e rezou para não ter ouvido corretamente.

— Hoje foi o último dia — continuou ela.

— Há quanto tempo sabe disso? — perguntou ele, como se isso fizesse alguma diferença.

— Fomos informadas na segunda-feira — respondeu ela. — Fiquei com medo de lhe contar. Sabia que não ia gostar.

— Você tem razão, não gosto — concordou Alex. — Se tivesse me avisado, poderia ter conversado com a irmã Rita. Elas disseram para onde vocês vão agora?

— Desculpe — pediu Julie. — Não é culpa minha. Sério.

— Só me diga — mandou Alex. Tinha esperança de que fosse para um lugar onde pudesse almoçar.

— Para a Vicente de Paula — sussurrou ela.

—Ai, meu Deus — murmurou Alex, ao pensar que perderia seu último refúgio.

— Eu não preciso ir à escola — observou Julie. — Bri não vai. Posso ficar em casa com ela, se você preferir. Podemos estudar juntas. Posso pular o almoço. Não tem problema, sério.

Alex recordou-se da última noite em que estivera cortando pizzas no Joey's, preocupado com a editoria do jornal, sonhando com uma bolsa integral na Georgetown. Era ridículo pensar que ele estava insatisfeito por ser apenas o vice-representante da classe. Já fora mesmo tão jovem e idiota?

—Vai ficar tudo bem — respondeu à irmã, porque ela merecia ouvir isso. — Ficará mais fácil. Não vou precisar deixá-la e buscá-la na Anjos Sagrados. E você vai gostar da Vicente de Paula. As freiras vão também, ou vocês terão aulas com os garotos?

— Algumas delas vão — contou Julie. — Não sobraram muitas meninas na escola, por isso algumas das irmãs serão transferidas para outro lugar. Mas teremos nossas próprias turmas. Você não vai me ver, Alex. Prometo. Não vamos comer na cantina. Almoçaremos na sala de aula. Lamento.

— Eu também lamento — afirmou Alex. — Sei o quanto você gosta da Anjos Sagrados.

Ele pensou no quanto aquele segredo fora bem-guardado. Nem mesmo Kevin parecia saber que as garotas estavam indo para a Vicente de Paula.

— Não importa — disse Julie. — Nada mais importa.

Alex não teve forças para discordar.

Segunda-feira, 17 de outubro

Antes da missa, padre Mulrooney fez um severo discurso sobre o fato de que as alunas da Anjos Sagrados eram suas convidadas e todo contato com elas deveria ser breve e civilizado. As meninas usariam o terceiro andar da escola, e todas as aulas da Vicente de Paula ocorreriam no primeiro e no segundo andar. Cada escola teria horários separados para a capela e a biblioteca, e a participação na missa matinal continuaria obrigatória.

Alex não estudava com meninas desde o primeiro ano, quando começara na Vicente de Paula. Não ter garotas por perto o ajudara a se concentrar no que era realmente importante: as notas, as tarefas, o futuro. Sem dúvida, ele gostaria de ter uma namorada e sabia que muitos garotos da Vicente de Paula namoravam garotas da Anjos Sagrados ou até mesmo das escolas públicas. Mas eles já estavam com a vida ganha. Podiam se dar ao luxo de ter uma distração.

Na primavera, recordou, Chris perguntara se ele queria ir a um encontro duplo no baile da Anjos Sagrados. A namorada de Chris tinha uma amiga que acabara de terminar com o namorado e precisava de um acompanhante de última hora.

Alex trabalhava no Joey's sábado à noite. Em vez de explicar isso a Chris, preferira dizer que o pai fora a Porto Rico para o funeral de um parente, e não tinham certeza de quando ele voltaria. Era uma desculpa ridícula, mas Chris aceitara e oferecera seus pêsames.

O baile ocorreria no sábado em que seu pai não voltara para casa. Provavelmente fora cancelado. Toda a ansiedade e o ressentimento que Alex sentira por tanto tempo foram inúteis.

Sexta-feira, 28 de outubro

Alex estava a caminho da cantina quando sentiu um tapinha no ombro. Virou-se e encontrou Tony.

— Achei que isto poderia ser útil — disse Tony, entregando-lhe um pequeno saco de papel marrom.

— O que é? — indagou Alex.

— Medicamentos para o inalador de Bri — explicou ele. — Eu tinha alguns sobrando, então pensei em dá-los para você.

— Obrigado — agradeceu Alex.

— Sem problema — disse Tony, e o garoto suspeitou que isso fosse mentira, mas estava grato demais para questionar.

Segunda-feira, 31 de outubro

— Você deu a Tony meu bilhete de agradecimento? — indagou Bri depois que Alex e Julie voltaram da escola.

— Claro — mentiu Alex.

Tony sumira. Alex fizera uma contagem por alto durante a missa, e mais uma dúzia de alunos da Vicente de Paula desaparecera.

Talvez alguns deles voltassem até o fim da semana, mas ele duvidava. Aqueles que iam embora não voltavam. Mas decidira não contar a Bri, pois parecia muito importante para ela escrever um bilhete agradecendo a Tony. Era melhor mentir do que aborrecê-la.

— Amanhã é Dia de Todos os Santos — comentou ele. — Pensei que nós três podíamos ir à missa.

— Ah, isso seria ótimo — disse Bri. — Obrigada, Alex.

— Posso não ir? — perguntou Julie. — Você podia me deixar primeiro na escola e depois ir à missa.

— É um dia de preceito — constatou Bri. — Sempre fomos à missa com a mamãe no Dia de Todos os Santos.

— Eu sei — observou Julie. — Mas queria ir à missa na quarta-feira, por causa do Dia de Finados. Quero rezar pelas almas da mamãe e do papai.

— Mas eles não morreram — rebateu Bri.

— Você está louca — disse Julie. — Não está, Alex? Mamãe e papai morreram no primeiro dia. Todos sabem disso. Você também sabe, Bri. Só não quer admitir.

— Como você pode dizer uma coisa dessas? — indignou-se Bri. — Eu falei com papai. Ele estava preso em Porto Rico. E mamãe deve estar viva porque não estava no Yankee Stadium quando Alex procurou. Não é verdade, Alex?

— Só porque você não quer acreditar que eles morreram não quer dizer que isso não tenha acontecido — concluiu Julie. — É pecado não rezar pela alma deles. Não é, Alex?

— É pecado agir como se seus pais estivessem mortos, quando estão vivos. Algumas vezes, acho que você prefere assim. Desse jeito, pode fazer o que quiser. Você deveria ter passado o verão como eu, Julie, e aí daria valor ao seu lar e à sua família.

— Você deveria passar todos os dias como eu! — gritou Julie. — Presa com uma irmã doida, que reza o tempo inteiro, em vez de fazer alguma coisa.

— Eu faço alguma coisa — retrucou Bri. — Estudo enquanto você está na escola.

— Claro — disse Julie. — Eu cozinho e limpo a casa.

— Achei que gostasse de cozinhar — disse Alex. — Além do mais, isso dá trabalho? Toda a nossa comida é enlatada.

— Eu não me importaria de cozinhar se não tivesse que lavar a louça também — respondeu Julie. — E tirar o pó, coisa que você me obriga a fazer todos os dias, além de varrer e passar pano no chão.

— O apartamento precisa ficar muito limpo por causa da asma de Bri — disse Alex. — E não quero que ela fique na cozinha fria lavando a louça. Faz mal a ela.

— Então eu preciso fazer tudo! — queixou-se Julie. — Não é justo!

— Não seja infantil! — disse Alex.

— Eu odeio vocês! — gritou a caçula.

Ela correu para o quarto e bateu a porta atrás de si.

— Eu posso lavar a louça — disse Bri. — Posso mesmo.

— Não — discordou Alex. — Julie vai superar isso.

— E quanto à missa amanhã? — perguntou Bri.

— É Dia de Todos os Santos — respondeu Alex. — Claro que iremos.

E, no dia seguinte, disse para si mesmo, ele e Julie iriam rezar pelos pais no Dia de Finados. E ele se responsabilizaria por tirar o pó e passar pano no chão.

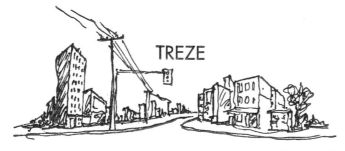

TREZE

Quarta-feira, 9 de novembro

Bri estava esperando por Alex e Julie quando voltaram da escola.

— Hoje é o aniversário do papai — comentou. — Nós podíamos fazer algo especial para comemorar.

Alex e Julie trocaram olhares.

— Como o quê? — perguntou Alex.

Bri sorriu.

— Não sei — admitiu ela. — Só alguma coisa. Talvez ir até a igreja e acender uma vela para ele.

— Alex e eu fizemos isso no caminho de volta — contou Julie.

— Rezaram para que ele voltasse em segurança? — indagou Bri. — Fico muito preocupada que ele esteja tentando voltar para Nova York de barco. Seria realmente perigoso com as marés e os tsunamis.

— Tenho certeza de que papai não está fazendo nada perigoso — assegurou Alex. — Não vamos nos preocupar com ele hoje, está bem? Não é assim que gostaria que comemorássemos o aniversário dele.

— Dei uma olhada nos suprimentos, na hora do almoço — informou Bri. — Sabiam que ainda temos uma lata de molho de mariscos? E meia embalagem de espaguete. Isso daria um jantar maravilhoso.

— Eu estava guardando para o Dia de Ação de Graças — comentou Julie. Alex lançou-lhe um olhar severo. — Você está certa, Bri. Vamos comer isso no jantar de hoje. Pelo papai.

— A igreja de Sta. Margarida dará um jantar de Ação de Graças — disse Alex. — Acabaram de anunciar. Podemos ir.

— Seria maravilhoso — animou-se Bri. — Não era bom comer peru recheado?

— E torta de abóbora — retrucou Julie. — E batatas doces caramelizadas. Provavelmente vão servir arroz e feijão.

— Não importa — respondeu Bri. — Temos tanto para agradecer. Temos este apartamento maravilhoso e comida, a igreja e uns aos outros.

— Claro — disse Julie. — Mas ainda gostaria de um pedaço de torta de abóbora.

— Vocês se lembram de quando mamãe comprou um monte bilhetes de raspadinha para papai alguns anos atrás? — perguntou Alex, pois não queria pensar em peru recheado nem em torta de abóbora nem em todas as coisas pelas quais não poderia estar grato.

— Um deles venceu — lembrou Bri. — Cinquenta dólares.

— E ele nos levou ao cinema — continuou Julie. — Até Carlos foi com a gente.

— Você acha que ainda estão fazendo filmes? — indagou Bri.

— Acho que não — respondeu Alex. — Não com a Costa Oeste sendo inundada.

Julie parecia incomodada.

— Eu tenho algumas raspadinhas.

— Onde você conseguiu? — indagou Alex.

— Na mercearia — admitiu. — Lembra que você e o tio Jimmy me deixaram lá sozinha? Enchi nossas sacolas de comida, mas também peguei alguns bilhetes e meti no bolso.

— Julie — ralhou Bri. — Isso é roubo.

— Eu me confessei e fiz a penitência — retrucou Julie. — E, mesmo se quisesse, não poderia devolver os bilhetes para tio Jimmy.

— Você já raspou? — indagou Alex. — Algum deles foi premiado?

Julie negou com a cabeça.

— Estava guardando para o Natal — disse. — Mas, talvez, hoje seja um dia melhor, porque é aniversário do papai e ele adorava raspadinhas.

— Podemos raspá-las agora? — indagou Bri. — O Natal parece tão distante.

— Por que não? — perguntou Alex. — Julie, pegue os bilhetes.

A menina correu até o quarto e voltou com as raspadinhas.

— Quantos tem? — indagou Alex.

— Vinte e sete — respondeu Julie.

Ele riu.

— Nove para cada um — disse. — Muito bem, aqui está uma moeda para você, Julie, uma para Bri e uma para mim. Vamos ver se estamos ricos.

Bri soltou um gritinho quase que instantaneamente.

— Cinco dólares! — exclamou.

Alex raspou várias vezes, mas não havia prêmio.

Julie suspirou e fez o sinal da cruz.

— Estamos ricos — anunciou ela. — Alex, veja isto.

O garoto pegou o bilhete das mãos dela. Sem acreditar nos próprios olhos, entregou o bilhete a Bri, esperando por sua confirmação.

— Dez mil dólares? — assustou-se ela.

Alex pegou o bilhete de volta e o analisou com mais cuidado.

— Dez mil dólares — repetiu.

— Isso vai nos tirar daqui, não é, Alex? — indagou Julie. — Com dez mil dólares, podemos conseguir passagens para algum lugar, não é?

Alex examinou o bilhete mais uma vez. Ele não conseguia se lembrar da última vez que vira dinheiro sendo usado, mas isso não significava que não era. O governo ainda existia e devia dez mil dólares ao dono daquela raspadinha. A questão era: para que serviam dez mil dólares?

— Talvez devêssemos contar a Kevin — observou Julie.

O garoto percebeu que não queria contar a Kevin, assim como não queria que o amigo soubesse que estava trocando bebidas alcoólicas e charutos. Algumas coisas devem ser mantidas em segredo.

— Talvez Harvey possa nos ajudar — disse ele. — Mas não devemos ter muitas esperanças.

— Não podemos usar o bilhete para arranjar comida? — indagou Bri. — Comida de verdade. Muita comida. Assim, não precisaríamos sair de Nova York.

— Quero usá-lo para ir embora — disse Julie. — O bilhete é meu. Fui eu que peguei as raspadinhas, para início de conversa, e ele estava na minha pilha, então sou eu que decido o que vamos fazer.

— Mas o que mamãe e papai vão pensar se não estivermos aqui? — insistiu Bri. — E Carlos? Como eles nos encontrarão se formos embora?

— Já faz seis meses! — gritou Julie. — Eles morreram. E Carlos também poderia muito bem estar morto. Não vou ficar por aqui e morrer esperando que eles voltem. Você pode ficar se quiser, mas eu vou embora!

Bri começou a tossir.

— Onde está o inalador? — perguntou Alex, olhando ao redor da sala de estar, procurando pelo objeto.

— No quarto — disse Bri sem fôlego.

Ele correu até o quarto e pegou o inalador na mesa de cabeceira da irmã.

—Você precisa ficar com ele o tempo todo! — gritou, resistindo à tentação de jogá-lo em cima dela.

Bri sugou-o profundamente. A tosse diminuiu.

— Desculpe — murmurou. — Esqueci.

— Você não pode esquecer — insistiu Alex. — Esquecer pode matá-la. E se tivesse um ataque e nós não estivéssemos aqui?

A garota começou a chorar.

— Feliz aniversário, papai — sussurrou Julie.

— Chega! — gritou Alex. — Julie, vá para o seu quarto agora!

— Por quê? — indagou a caçula. — Não é minha culpa que Bri esteja maluca.

—Agora — ordenou Alex, tentando manter a raiva sob controle. —Antes que eu a jogue lá dentro.

— Você não tem mais força para isso — constatou Julie, que pegou o bilhete vencedor e saiu, batendo a porta do quarto atrás dela.

Bri continuou chorando. Os lenços de papel haviam acabado há alguns meses, e papel higiênico era precioso demais para se desperdiçar. Por isso, Alex foi até a cozinha e pegou um dos últimos três guardanapos para a irmã assoar o nariz.

— Bri, você tem que ficar com o inalador — disse ele. — Não pode simplesmente deixá-lo por aí.

— Eu sei — respondeu ela. — Desculpe. Eu estava no quarto quando ouvi vocês entrarem, e fiquei tão animada que esqueci. Sempre estou com ele. Sério, Alex.

— Está bem — disse o garoto. — Desculpe por ter gritado com você.

Bri fitou-o, e Alex viu lágrimas em seus olhos.

— Não podemos ir embora — implorou ela. — Aqui é nosso lar.

— Não sei — respondeu Alex. — Em algum momento, teremos que ir.

— Mas não agora — pediu Bri. — Não até mamãe e papai voltarem.

— Discutiremos isso depois — disse Alex. — Preciso conversar com Julie agora. Fique aí, está bem?

— Está bem — respondeu Bri.

Alex não se preocupou em bater à porta. Encontrou Julie sentada no seu lado da cama, fitando a colcha que cobria a janela do quarto.

— Vou usar o dinheiro para ir embora — informou. — Não me importa o que você e Bri vão fazer. O bilhete é meu e odeio estar aqui.

— Julie, não é tão simples assim — disse Alex.

— É, sim — retrucou ela. — As pessoas vão embora o tempo todo. Todas as minhas amigas se foram. E a maior parte das irmãs também. Somos os únicos idiotas o bastante para continuar aqui.

— Não somos idiotas — respondeu Alex.

— Bri é — insistiu Julie.

OS VIVOS E OS MORTOS • 233

— Não diga isso — interrompeu Alex. — Ela tem mais fé que você. Talvez você seja a idiota.

Julie fitou Alex nos olhos.

— Diga que mamãe e papai ainda estão vivos — pediu. — Diga que você realmente acredito nisso.

— Não interessa que eu acredito — respondeu ele. — Não interessa nem o que Bri acredita. O que interessa é que ela não consegue andar mais de cinco quarteirões sem ter um ataque de asma, e que você tem 13 anos e não pode tomar conta de si mesma.

— Poderia, se precisasse — respondeu Julie.

Alex negou com a cabeça.

— Não pode — disse. — Não posso ir embora com você e deixar Bri para trás. E não posso ficar aqui com ela e deixar você partir sozinha. — Ele não quis mencionar a ideia de abandonar as duas irmãs e fugir.

— Mas, talvez, com o bilhete, nós pudéssemos encontrar uma saída — tentou Julie. — Dez mil dólares, Alex. É muito dinheiro. Poderia nos levar para um lugar seguro, onde Bri pudesse melhorar.

Alex sabia que Bri nunca se recuperaria. Mas ficou comovido com o fato de Julie ainda ter um pouco de fé em milagres.

— Vou falar com Harvey. Prometo.

— Quero ir com você — pediu Julie. — O bilhete é meu.

— Está bem — concordou Alex. — Iremos à loja do Harvey no caminho para a escola amanhã. Agora, pare de birra e comece a preparar nosso jantar. Espaguete e molho de mariscos. Um banquete para papai.

— Tudo bem — disse Julie, segurando a mão de Alex. — Você não vai me abandonar? Promete?

— Prometo — respondeu Alex. — *Te amo, hermanita*, mesmo quando você me deixa louco.

Julie levantou da cama.

— Será que ainda existe algum lugar no planeta que tenha torta de abóbora? — indagou ela.

— Espero que sim — respondeu ele.

Não era pedir muito.

Quinta-feira, 10 de novembro

Julie foi saltitando até a loja do Harvey.

— Espero que a gente possa ir para um lugar quente e ensolarado — disse ela. — Talvez possamos ir para o Texas encontrar com Carlos.

Alex queria alertá-la de que não devia ter muitas esperanças, mas, nos últimos seis meses, Julie tivera tão poucos momentos de animação que ele não teve forças para desencorajá-la. Além disso, encontrar a raspadinha no aniversário do pai talvez fosse um milagre. A família Morales certamente merecia um.

Harvey não recebera a entrega semanal de comida, e a loja estava quase vazia.

— É aqui? — indagou Julie, desconfiada, quando entraram.

— Fica mais movimentada às sextas-feiras — disse ele.

— Alex — cumprimentou Harvey. — Que prazer em vê-lo. E quem é essa?

— Harvey, esta é minha irmã, Julie — apresentou-a Alex. — Julie, esse é Harvey.

Harvey sorriu. Alex notou que ele perdera um dente desde que o vira na semana anterior. Ele está entrando em decadência, pensou, assim como a cidade.

— Trouxemos algo — começou Julie. — Algo valioso. Não é, Alex?

OS VIVOS E OS MORTOS • 235

— Muito valioso — concordou Alex.

— Queremos trocá-lo por um meio de sair de Nova York — continuou Julie. — Para mim, Alex e Bri.

— Quem é Bri? — indagou Harvey.

— Nossa irmã — respondeu Julie. — Ela tem asma, por isso é importante irmos para um lugar onde o ar seja melhor e ela possa ficar bem. Um lugar quente e agradável. E ela não pode andar muito, então precisa ser fácil de chegar.

— Quantas exigências — constatou ele. — Sei o tipo de coisas que você traz, Alex. Coisas boas, não me entenda mal, mas nada que valha uma viagem com despesas pagas para o paraíso.

— Devo mostrar a ele? — indagou Julie, mas, antes que Alex tivesse a chance de dizer que sim ou que não, ela tirou o bilhete do bolso e o balançou. — É um bilhete de raspadinha no valor de dez mil dólares! — gritou ela. — Não é valioso o suficiente?

Harvey pegou o bilhete da mão de Julie. Examinou-o com cuidado e colocou-o sobre o balcão.

— Deve valer alguma coisa — disse Alex. — O que acha que poderia conseguir por ele?

Harvey deu uma risada.

— Há seis meses, dez mil dólares — respondeu. — Talvez até mesmo há cinco meses. Mas agora não vale nada.

— Por quê? — perguntou Julie. — É um bilhete de raspadinha premiado. O governo tem que pagar.

— Querida, o governo não se importa — respondeu Harvey. — Você entende, Alex. Ninguém mais está usando dinheiro. É só comida, gasolina e contatos.

— Alguém deve querer — insistiu Julie. — Não queremos dinheiro por ele. Só um meio seguro de sair de Nova York.

—Vocês ainda podem ir embora — comentou Harvey. — Ainda estão evacuando a cidade.

— O problema não é ir embora — contou Alex, embora soubesse que isso só era verdade em parte. — É ir para algum lugar seguro, onde Bri possa receber cuidados médicos.

Harvey negou com a cabeça.

— Para isso, seria necessário mais do que um bilhete de raspadinha — informou. — Há lugares assim, mas você precisa conhecer alguém para entrar. É preciso conhecer as pessoas certas.

— Podemos conseguir alguma coisa pelo bilhete? — indagou Alex. Ele não queria lidar com Julie se saíssem com as mãos vazias.

Harvey olhou para a raspadinha.

— Sabe que gosto de você, Alex. É um bom negociante, e eu respeito isso. Não vou enganá-lo. Para você, duas latas de canja.

— Não — indignou-se Julie, pegando o bilhete de volta. — Levaremos o bilhete para outra pessoa. Alguém que possa ajudar.

— Docinho, não sobrou ninguém — disse Harvey. — Sou o último de uma espécie em extinção. Olhe, adiciono uma lata de abacaxi ao pacote. Seria uma ótima sobremesa.

Alex pensou na lata de abacaxi. Bri adorava abacaxi.

— Julie — disse —, é abacaxi. É quase tão bom quanto torta de abóbora.

— Odeio você! — gritou Julie, correndo para fora da loja.

— Julie — chamou Alex. — Harvey, desculpe. Você sabe como são as garotas nessa idade. Tudo é motivo para uma crise.

— Quantos anos ela tem? — perguntou Harvey.

— Treze — respondeu Alex.

Harvey assentiu com a cabeça.

— Adolescentes — disse. — Olhe, leve o abacaxi. É loucura dar qualquer coisa hoje em dia, mas, se isso a fizer se sentir melhor, já vale a pena.

— Obrigado — agradeceu Alex, pegando a lata. — Muito obrigado mesmo, Harvey.

— Sem problema — respondeu o homem. — Nos vemos amanhã? Vou receber coisas boas.

Alex pensou no seu estoque de bebidas e suéteres, que ficava cada vez menor, e assentiu com a cabeça.

— No final da manhã — confirmou. — Depois da fila da comida.

— É a melhor hora — disse Harvey. — Vou guardar alguma coisa para você.

— Obrigado. E obrigado pelo abacaxi. Desculpe de novo pela Julie. Ela estava muito animada.

— As coisas estão difíceis por toda parte — disse ele. — Deve ser bem complicado ter uma irmã doente.

— É, sim — concordou Alex. — Bem complicado. Obrigado, mais uma vez. Vejo você amanhã.

Ele saiu da loja, mas não viu Julie em parte alguma.

Idiota, pensou Alex. Ela saíra correndo. Se as coisas não aconteciam como queria, Julie precisava tomar uma atitude dramática. Ele ficou tentado a ir para a escola e deixar que a irmã se virasse. Deixar que fosse para casa e batesse a droga da porta do quarto. Bri conseguiria lidar com ela. E, melhor ainda, ele e Bri poderiam dividir o abacaxi e deixar Julie de fora. Isso lhe daria uma lição.

Alex balançou a cabeça. Morar com uma adolescente de 13 anos estava fazendo com que pensasse como uma. Ele precisava encontrar Julie. Caso ela tivesse decidido voltar para casa ou ir para a escola, o caminho era o mesmo a partir da loja do Harvey. Ele a alcançaria e lhe daria um sermão sobre sair correndo. À noite, comeriam o abacaxi. Isso faria com que todos se sentissem melhor.

Estava tão acostumado com o silêncio nas ruas que, no início, não reconheceu o som que ouvia. As palavras estavam abafadas, mas a voz, cheia de medo, era de uma garota.

Seu primeiro pensamento foi correr, seguir o som, pois sabia que era Julie e que alguém a pegara. Mas de que adiantaria correr até eles? Quem quer que estivesse com Julie poderia estar armado, e, mesmo que não estivesse, Alex não estava em condições de brigar. Não havia policiais por perto. Droga, não havia ninguém por perto, só ratos e cadáveres. E alguém que pegara a sua irmã.

Alex tirou os sapatos, para não fazer barulho, e começou a correr na direção dos sons. Avistou um homem grande na Rua 91, arrastando Julie na direção do parque, enquanto ela lutava para se libertar.

— Me solte! — gritou ela.

O homem riu.

— Não tem ninguém aqui — disse. — Desista.

— Alex! — gritou ela. — Alex!

O homem riu mais alto ainda.

Alex chegou o mais próximo das costas do homem que teve coragem.

Julie tentou chutá-lo.

— Socorro! — gritou. — Alguém me ajude!

— Você está me irritando — avisou o homem. — E vai pagar por isso.

Alex concluiu que não poderia chegar mais perto sem ser percebido. Ele teria uma única chance e sua mira precisaria ser perfeita, pois o homem estava usando um casaco de inverno pesado e não sentiria nada do pescoço até os pés. Davi e Golias, pensou Alex, e então, jogou a lata de abacaxi diretamente na parte de trás da cabeça do homem. Na mosca. Ele soltou Julie e gritou de dor.

— Julie, corra! — gritou Alex.

Julie se virou e o viu. Ela começou a correr o mais rápido possível, e o homem curvou-se e pegou a lata de abacaxi.

— Quem sabe na próxima vez — disse.

Alex abraçou Julie, puxando-a de volta até a Broadway. O homem não foi atrás deles, mas continuaram correndo. Ao entrarem no edifício, estavam tossindo tanto que precisaram sentar por alguns minutos antes de conseguirem se mover.

Assim que voltaram a respirar normalmente, Alex agarrou Julie pelos ombros e a sacudiu.

— Nunca mais faça isso! — gritou. — Nunca mais saia por aí sozinha!

— Eu sei. Desculpe. — Ela soluçou. — Alex, fiquei com tanto medo. Nunca mais vou fazer isso, juro. Nunca mais.

Alex a soltou. Seus dedos dos pés latejavam e estavam praticamente congelados. Para se distrair e não pensar na agonia de subir doze lances de escada, concentrou-se no que poderia ter acontecido à irmã. Ela valia o abacaxi. Ela valia a dor.

— Faça-me um favor — pediu. — Suba e pegue meu outro par de sapatos. Estão no armário do corredor. Se Bri estiver acordada, diga que... — Tentou inventar uma razão para precisar de um novo par de sapatos. — Diga que tenho restos de rato morto nos meus sapatos.

— Não! — gritou Julie. — Não vou subir as escadas sozinha. Não vou.

— Não há ninguém na escada — disse Alex. — Agora, vá.

Julie negou com a cabeça.

— Não vou subir sozinha — afirmou.

Os pés de Alex latejavam. Falou para si mesmo que era melhor se acalmar. De qualquer forma, seria um erro mandar Julie subir sozinha. Ela contaria tudo a Bri, e isso provocaria um ataque de asma, e Julie desceria correndo para buscá-lo, e ele continuaria tendo que subir os doze andares. Não queria nem pensar no que poderia acontecer se o ataque fosse realmente forte.

— Muito bem. Eu vou — decidiu. — Fique aqui.

— Não — disse Julie. — Vou subir com você. Caso ele volte.

— Tanto faz — disse Alex. — Não me importo. Só fique quieta e nunca conte a Bri o que aconteceu.

Julie fez que sim com a cabeça.

— Não vou contar a Bri — prometeu. — Só não me deixe sozinha, Alex.

CATORZE

Sexta-feira, 11 de novembro

Dia dos Veteranos. Alex se esquecera disso. Ele e Kevin foram à fila da comida e descobriram que havia sido cancelada. Tudo o que conseguiram com Harvey foi uma das latas de canja e uma lata bastante amassada de vagem. E só lhe restava um par de sapatos.

Era impossível dormir. Alex pegou a lanterna, levantou do sofá-cama e foi cambaleando até a cozinha. Eles guardavam tudo ali: a comida e o pouco que ainda tinham para trocar. Talvez, se ele fizesse uma lista, se sentiria melhor. Talvez, se remexesse em todos os armários da cozinha, encontraria uma caixa, ou uma lata, ou um jantar de cinco pratos que passara despercebido sob algum cobertor.

Ele nem mesmo conseguia encontrar um cobertor. Ter Bri em casa significava que tiveram que trocar praticamente todas as coisas que encontraram nos outros apartamentos.

Alex pensou, e não era a primeira vez, que era irônico viverem em um edifício com dezesseis andares e só conseguirem entrar em quatro apartamentos. Cinco, contando com o do porão. Os apartamentos em Nova York tinham portas de aço e diversas trancas, e embora a ausência de barulho e o fedor dos mortos indicassem que não restava mais ninguém, e ele e as irmãs eram os únicos vivendo ali, não era possível entrar nos apartamentos vazios.

Mesmo sem ter vontade, encontrou um pedaço de papel e uma caneta e começou a fazer uma lista. As listas não o confortavam mais, no entanto, ainda as escrevia quando não conseguia dormir. Não fazia sentido escrever uma lista do que tinham, pois não tinham coisa alguma. Não fazia sentido escrever uma lista do que precisavam, pois precisavam de tudo. Não fazia sentido, mas ainda assim escreveu uma.

QUEM SE FOI, anotou no topo da folha.

> *Papai*
>
> *Mamãe*
>
> *Carlos*
>
> *Tio Jimmy, tia Lorraine e suas filhas*
>
> *Chris Flynn*
>
> *Tony*

Alex olhou para a lista e percebeu que ele mal começara. Havia tio Carlos e tia María, e tio Jose e tia Irene, que estavam com o pai em Milagro del Mar para o funeral da avó. Todos os seus primos se foram. Assim como os padres da Vicente de Paula, os professores laicos e o restante dos funcionários da escola. O antigo amigo, Danny O'Brien, além de praticamente todos com quem estudara. O sr. Dunlap. Bob, com quem nunca tivera a chance de trocar histórias. Joey, da pizzaria, e os caras com quem trabalhara, e os clientes que batiam papo e deixavam pequenas gorjetas. Os New York Yankees. Ele provavelmente estivera no estádio mais recentemente do que eles. O hospital S. João de Deus, onde sua mãe estivera tão animada de conseguir seu primeiro emprego como instrumentadora cirúrgica. Se foram. Todos se foram. Não havia papel suficiente no mundo para registrar todos e tudo o que se fora.

Que diferença faria?, se perguntou. Tudo o que importava era que havia comida suficiente para as irmãs aguentarem até segunda-feira. Por quanto tempo uma lata de canja e uma lata amassada de vagem durariam? Por que ele não jogara os sapatos no homem e guardara o abacaxi para si?

Sábado, 12 de novembro

— Onde está o rádio? — indagou Alex, depois de procurá-lo na sala de estar.

Se ouvisse o rádio com mais frequência, saberia que sexta-feira era feriado nacional e teria se preparado para a possibilidade de não ter fila da comida. A sobrevivência das irmãs dependia de ele saber o máximo possível.

Julie e Bri trocaram olhares.

— O que foi? — perguntou a Julie. — Jogou ele fora? Trocou por um batom? É meu rádio e preciso dele, e você não devia nem ter tocado no que não é seu.

— Você sempre me culpa por tudo! — gritou Julie. — Odeio você! — Ela correu para o quarto e bateu a porta atrás de si.

— Estou cansado de vê-la fazer isso — comentou Alex. — Mas que diabos ela fez com meu rádio?

— Ela não fez nada — respondeu Bri. — Fui eu. É tudo culpa minha.

— Não assuma a culpa por Julie — disse Alex. — Isso não vai ajudá-la.

— Mas a culpa *é* minha. Quando vocês vão para a escola, fico muito solitária. Por isso, ligo o rádio. E nem me importo com o que dizem. Só quero escutar as vozes. E, algumas vezes, adormeço e me esqueço de desligá-lo. As pilhas acabaram na semana passada, mas tive medo de contar.

Alex tentou lembrar se ainda havia alguma pilha sobrando. Ele tinha certeza de que trocara todas elas.

— Desculpe — disse Bri. — Tem alguma coisa que eu possa fazer para compensar?

Fique saudável, pensou ele. Fique forte o suficiente para que possamos sair deste inferno.

— Só de estar aqui você já faz o suficiente — disse ele. — Vou me desculpar com Julie agora.

Segunda-feira, 14 de novembro

Às 7h, Alex encontrou-se com Kevin do lado de fora do edifício, como sempre faziam às segundas-feiras, para irem às compras. Estava ficando cada vez mais difícil encontrar coisas boas, mas Alex precisava de tudo que pudesse pegar.

— Imagino que você irá embora em breve — disse Alex. — Para um lugar seguro.

Kevin deu de ombros.

— Não estou com pressa — disse.

— Você é maluco, sabia? — retrucou Alex. — Para onde irá?

— Não tenho certeza — respondeu ele. — Minha mãe não quer ir embora sem meu pai, e ainda há muita coisa para ser transportada para fora da cidade. Vai demorar um pouco.

— Mas quando você for embora, não será para centro de refugiados — raciocinou Alex. — Você irá para um lugar bom.

Kevin pareceu desconfortável como nunca.

— Perguntei a meu pai sobre você — contou. — E sobre suas irmãs. Pouco depois da festa da Julie. Ele disse que os centros de refugiados não são tão ruins assim, que vocês ficarão bem lá.

OS VIVOS E OS MORTOS • 245

— De qualquer forma, obrigado — respondeu Alex. — Não estava imaginando que vocês fossem nos resgatar.

— Ele não se importa — admitiu Kevin. — Nem com a minha mãe nem comigo. Se ele se importasse, já teria nos mandado embora há meses. É assim que se sabe que as pessoas realmente o amam. Elas deixam você partir.

Sexta-feira, 18 de novembro

Alex, Kevin e Julie passaram cinco horas na fila da comida e receberam alimentos suficientes para durar o fim de semana, talvez até segunda-feira. Alex levou a comida lá para cima e, então, pegou três latas de cerveja do pai e a última garrafa de uísque. Ele evitara trocar a cerveja do pai o máximo possível, mas já estava se desesperando. Alex se acostumara a ficar sem jantar, e Julie poderia se acostumar também, se precisasse, mas Bri tinha que ter comida.

Olhou para a irmã, deitada no saco de dormir, coberta por colchas. Ela sorriu para ele.

— Não posso acenar — informou. — Está muito difícil tirar os braços daqui.

— Não precisa. Mantenha-se aquecida. Volto daqui a pouco com mais comida.

— Tome cuidado — disse ela. — Amo você, Alex.

— Também amo você — respondeu ele.

O garoto guardou as bebidas na mochila, então vestiu o pesado casaco de lã que Greg ou Bob deixara para trás em junho, quando ninguém imaginava que sofreriam de um frio constante. Sentiu-se contente por ter ficado com aquele. Todos os outros casacos foram trocados.

Ele estava mais nervoso do que o normal ao caminhar até a loja do Harvey, e tentara fazer um esforço para rir ao pensar nas latas de cerveja como armas. Não houve sinal do homem que tentara agarrar Julie, mas isso não significava que ele não estivesse por perto.

Porém, chegou à loja sem incidentes, e ficou feliz ao ver que Harvey não perdera mais nenhum dente durante a semana.

— Trouxe o que tenho de melhor — disse Alex, tirando os itens da mochila.

Harvey assentiu com a cabeça, pensativo.

— Sempre posso contar com você, Alex — comentou. — Tenho meia dúzia de latas de seleta de legume e, veja só, quatro caixas de suco. Lembra delas? Além de um belo saco de arroz.

— Já é um começo — respondeu Alex, repetindo o ritual a que já estava acostumado. — Posso trocar o uísque por isso. E o que vai me dar pelas cervejas?

Harvey deu uma risada.

— Adoro você, garoto. Está bem, vou acrescentar duas das minhas melhores latas de espinafre e, só porque gosto de você, uma lata de feijão-de-lima.

— Odeio feijão-de-lima — respondeu Alex, lembrando-se de uma época em que não os comeria de jeito algum.

— Sinto muito — pediu Harvey. — Quer cogumelos no lugar deles?

Feijão-de-lima enchia mais.

— Vou ficar com o feijão-de-lima — escolheu Alex. — O que mais?

— Você está acabando comigo — disse Harvey. — Está bem, para você, a última caixa no mundo de cereal.

— Fechado — respondeu Alex.

Com o cereal e o arroz, conseguiriam aguentar uma semana ou mais.

— Espere aí, espere aí — pediu Harvey. — Tenho outra proposta para você.

— Claro, o que é? — perguntou Alex, sem acreditar que pudesse ser algo melhor do que a caixa de cereal.

— Eu não quis dizer nada na sexta-feira, antes de perguntar por aí — começou Harvey. — Ver o que podia encontrar para você e sua irmã doente. Um lugar seguro e fácil de chegar, não é?

— Isso — respondeu Alex. — Harvey, você encontrou algum lugar?

— Não foi fácil — disse Harvey. — Mas as providências já foram tomadas. Uma van pegará vocês e os levará direto para perto de Gainesville, na Flórida. É uma dessas cidades seguras para famílias de pessoas importantes. Muita comida. Eletricidade. Escolas. Até um hospital. Queria poder ir para um lugar como esse. — Ele cuspiu com desdém. — Prefiro morrer aqui a ir para um desses centros de refugiados — disse. — Fico feliz por vocês não terem mais esse problema.

— Harvey, obrigado — agradeceu Alex. — Quando podemos ir?

Harvey sorriu.

— Quando você pode trazer sua irmã até aqui? Aquela nervo-sinha linda? — perguntou ele.

— Será que a van poderia nos pegar no apartamento? — indagou Alex. — Não sei se Bri conseguiria andar essa distância toda.

— Sem problema — concordou Harvey. — Só me diga quando você pode trazer a nervosinha até aqui, e a van estará esperando para levá-lo de volta para casa para pegar a outra. Vai dar tudo certo para vocês, Alex. Você e sua irmã doente ficarão bem, e nunca mais terá que se preocupar com a nervosinha. Não posso dar nome aos bois, mas o homem que vai levá-la é muito bem-relacionado.

Alex fitou Harvey.

— Você quer que eu troque Julie? — perguntou. — Ela é minha irmã.

— E daí? — questionou Harvey. — Você tem outra.

Alex queria estrangulá-lo, sufocá-lo com tanta força que seus dentes podres voariam. Mas, sem Harvey, não haveria comida suficiente para nenhum deles sobreviver.

Ele esticou os lábios no que esperava se assemelhar a um sorriso.

— Acho que não — informou ele. — De qualquer forma, Harvey, obrigado. Aprecio a oferta, mas não posso aceitá-la.

Harvey deu de ombros.

— Foi o melhor que pude fazer — contou. — Sempre terá um mercado para ela, mas não posso garantir que sempre terá transporte para a Flórida.

— Entendo — disse Alex, estendendo a mão para apertar a do homem. — Não me leve a mal.

— Claro que não — afirmou Harvey.

Alex guardou os legumes, as caixas de suco, o espinafre, o feijão-de-lima, o arroz e o cereal na mochila.

— Nos vemos na semana que vem — despediu-se, tentando não tremer ao vestir novamente o casaco.

Harvey fez que sim com a cabeça.

Alex saiu da loja e dobrou a esquina. Ele não havia comido nada, mas isso não o impediu de vomitar até cair de tão horrorizado e exausto.

Segunda-feira, 21 de novembro

Alex confessara seus pecados, incluindo os pensamentos homicidas, ao padre Franco no sábado, e passara o restante do dia em oração silenciosa e jejum. Voltara a comer somente depois da missa do domingo, e usara os doze lances de escada que subira ao lado de Bri para meditar sobre as doze estações da via sacra.

Na noite de domingo, traçara seu plano. A única coisa que o fizera hesitar por tanto tempo, reconhecera, fora seu falso orgulho. E orgulho era fatal hoje em dia.

Ele não pensou duas vezes sobre os fáceis fingimentos da manhã de segunda-feira. Fez compras com Kevin, e nenhum deles falou muito. Voltou para o apartamento com o pouco que havia conseguido. Cumprimentou Bri, já acordada, mas ainda na cama. Pediu que Julie se aprontasse para a escola, pois eles sempre chegavam atrasados às segundas-feiras. Foi até a Vicente de Paula, guardou a mochila no armário e saiu sem dizer uma palavra ao padre Mulrooney ou a qualquer um dos outros professores. Os garotos agora chegavam e saíam quando queriam, e ninguém parecia se importar.

Ele pegou o cartão que Chris Flynn lhe dera havia tanto tempo e verificou o endereço, embora o tivesse gravado na memória. Rua 52 Oeste, mais ao sul do que Alex já estivera desde que fora à rodoviária em maio.

Era estranho ver os arranha-céus, antes cheios de vida, agora quase desertos. Mas quase deserto era mais movimentado do que sua vizinhança, e as pessoas que ele viu caminhavam com um objetivo. Eram as pessoas importantes, percebeu, as que tinham contatos e cujas famílias estavam a salvo. Tudo nelas era mais limpo, até suas máscaras faciais. E elas ainda tinham carne nos corpos; ninguém parecia um esqueleto ambulante. Alex ficou se perguntando como devia ser não ter fome nem estar sujo ou com medo. No entanto, se estavam mesmo lúcidos, estariam com medo.

Torceu para que as pessoas não notassem que ele não pertencia àquele lugar e o forçassem a voltar para o outro lado da cidade antes de encontrar o sr. Flynn. Em sua vida, sempre se sentira um intruso em certos aspectos: na família, por amar tanto a escola; na escola por sua família ter tão pouco dinheiro. Mas nunca se sentira um intruso em Nova York. Mas, agora, esse era o caso, e isso o assustava.

Conforme caminhava, descobriu que não havia cadáveres nem ratos ao sul do Central Park. Ou as pessoas eram mais saudáveis ali, ou a coleta de corpos era mais eficiente. De toda forma, isso mostrava que havia mais de uma Nova York, e esta era a que importava.

Alex segurava o cartão de visita do sr. Flynn entre os dedos, como se fossem as contas de um rosário. Ele não tinha nem certeza de que o pai de Chris ainda estava na cidade. Mas não havia mais ninguém a quem pudesse pedir ajuda. As vidas de Bri e de Julie dependiam disso. Ele parou por um momento do lado de fora do edifício comercial, rezou, pedindo a Jesus por força e misericórdia, ajeitou a gravata e entrou.

Havia um único segurança na recepção vazia.

— Sim?

— Estou aqui para ver Robert Flynn — disse Alex. — Seguros Danforth Global. Ele é o vice-presidente.

— Você tem hora marcada? — indagou o guarda, enquanto sua mão se movia até a arma no coldre.

— Ele sabe quem eu sou — respondeu Alex. — Sou amigo do filho dele. Tenho seu cartão de visita.

— Bem, isso significa muita coisa — disse o guarda. — Deixe-me revistá-lo.

Alex aproximou-se e ficou totalmente imóvel enquanto o guarda passava as mãos por ele. Pelo menos não estava armado com uma lata de abacaxi.

— Muito bem, acho que você não vai matá-lo — disse o guarda.

— Deixe-me ver. Isso, Flynn está no sexto andar. Você vai encontrá-lo em alguma parte do sexto piso. As escadas ficam ali.

— Os elevadores não estão funcionando? — perguntou Alex.

— Não importa — respondeu o guarda. — Os elevadores são apenas para os executivos. Você usa as escadas.

—Tudo bem — respondeu Alex.

Ele caminhou na direção que o guarda apontara e começou a subir. Por enquanto, estava indo bem.

Abriu a porta de incêndio do sexto andar e deu uma olhada em todas as portas até encontrar uma com um cartaz escrito à mão, dizendo SDG, ROBERT FLYNN. Bateu à porta.

— Pode entrar.

Alex entrou. Não sabia o que esperar, mas pensara que haveria algumas pessoas, talvez uma recepcionista, atrás da porta. Em vez disso, encontrou o mesmo tipo de ambiente abandonado a que se acostumara: não havia ninguém, só caixas cheias de papel, que ocupavam toda a mobília e o chão. Mas a sala estava quente, aquecida, talvez a uns 18 graus. Uma das portas do escritório estava aberta, e Alex foi até ela.

— Sr. Flynn? — perguntou, embora não fosse preciso.

O homem atrás da mesa parecia uma versão mais velha e muito mais cansada de Chris. Ao vê-lo, Alex ficou abalado, como se tivesse tido uma visão da aparência de Chris dali a trinta anos. Supondo que Chris estaria vivo dali a trinta anos.

— Sim?

— Meu nome é Alex Morales. Não sei se o senhor vai lembrar, mas estudava com Chris. Na Academia S. Vicente de Paula?

O sr. Flynn olhou para Alex.

— Mas é claro — disse. — Alex. O amigo de Chris. Ele falava muito de você.

— Como está Chris? — perguntou Alex. — Gostando da Carolina do Sul?

— Alguém gosta de alguma coisa atualmente? — retrucou o sr. Flynn. — Imagino que esteja bem. Não tenho notícias há algum tempo, mas a última coisa que soube é que ele estava na escola. Como vão as coisas na Vicente de Paula? Ainda está aberta?

— Sim, senhor — confirmou Alex. — Não sobraram muitos professores, mas ainda temos aula.

— Que bom, que bom — disse o sr. Flynn. — Sente-se, Alex. Com certeza direi a Chris que conversamos.

— Por favor, faça isso — pediu Alex. — Desculpe por incomodá-lo, mas Chris me disse que, se algum dia eu tivesse um problema, um problema realmente grave, deveria pedir ajuda ao senhor. Isso foi antes de ele ir embora.

— Espero que seja um problema que eu possa resolver — disse o sr. Flynn. — Sinto que faz muito tempo desde a última vez que consegui resolver um problema.

— São as minhas irmãs — começou Alex. — Briana e Julie. Bri tem 15 anos e sofre de asma. Começou no verão, e isso a deixou muito fraca. Julie tem 13 anos e é forte, mas é uma menina, se é que o senhor me entende.

— Onde estão seus pais? — indagou ele. — Não podem ajudar?

— Eles se foram — informou Alex, surpreso pelo quanto ainda doía dizer isso. — Estão desaparecidos desde o início. Tenho um irmão, mas ele é fuzileiro naval. Sou o chefe da família agora.

—Você é só um garoto — observou o sr. Flynn. — Quantos anos tem, 18?

— No mês que vem — respondeu Alex. — Estamos indo bem até agora. O senhor se lembra de Kevin Daley, amigo de Chris? Ele tem sido de grande ajuda.

—Aquele que parece um esquilo? — indagou o sr. Flynn, dando uma risada. — Não penso nele há meses. É só isso? Kevin é tudo o que você tem?

—Temos a Igreja também — respondeu Alex. — Mas já fizeram tudo o que podiam por nós. Sei que há centros de refugiados, mas Bri não sobreviveria em um, e Julie precisa de proteção. Por isso, vim procurar o senhor. Não sei a quem mais recorrer.

O sr. Flynn assentiu com a cabeça.

—Temos que ser rápidos — disse. — Para o bem das suas irmãs e o seu também.

— Eu posso continuar aqui — comentou Alex. — Posso me virar, especialmente se souber que Bri e Julie estão em segurança.

— Você pode até estar bem por enquanto, mas isso não irá durar muito tempo — observou o sr. Flynn. — Escute o que digo, Alex, como se eu fosse o seu pai. Nova York está respirando por aparelhos. Está sendo mantida viva pelo tempo necessário para se retirar tudo importante que está aqui. Você tem ideia de como é complicado transportar as coisas? Papéis, computadores, pessoas? O pessoal das embaixadas, todas as pessoas das Nações Unidas? Cada obra de arte do Metropolitan Museum e de todos os outros museus que não damos importância? As bíblias de Gutenberg. Os primeiros fólios de Shakespeare. A Agulha de Cleópatra, imagine só. Não dá para simplesmente levar um Rembrandt para fora da cidade. Tudo tem que ser identificado, catalogado e embarcado para um local seguro. O plano original era levar a cidade de Nova York para Nevada. E os ricos e poderosos, não pessoas como você e suas irmãs. O presidente, o prefeito, os homens mais influentes do país: todas essas pessoas debateram aonde, quando e como deveríamos ir. Feliz ou infelizmente, o presidente é uma pessoa otimista. Não ouviu quando os cientistas disseram que Nevada não era uma boa ideia. Então, os vulcões começaram a entrar em erupção, e Nevada deixou de ser uma opção, e, quando começou a fazer frio, nenhum lugar parecia ser bom; mas os ricos e poderosos ainda tinham que ir para algum lugar, bem como os Rembrandts. Por isso, estão mantendo Nova York viva por mais tempo. Mas, assim que puderem, vão desligar os aparelhos e deixar a cidade morrer. Isso irá acontecer de qualquer maneira. É uma ilha, Alex, e ilhas não podem sobreviver neste mundo, não mais. Saia daqui enquanto pode.

— Obrigado — agradeceu Alex. — Se o senhor puder levar Bri e Julie para um lugar seguro, sairei de Nova York. Posso me virar num centro de refugiados até descobrir um meio de voltarmos a ficar juntos.

— Isso não será preciso — disse o sr. Flynn. — Posso tirar todos vocês daqui, se formos rápidos o suficiente. — Ele se levantou e caminhou até uma das paredes, retirando um quadro, que revelou um cofre. Girou a trava algumas vezes, retirou alguns envelopes e, então, depois de encontrar o que estava procurando, pôs tudo de volta no cofre, escondendo-o mais uma vez.

Igual aos filmes, pensou Alex. Um local perfeito para uma raspadinha premiada.

— Tenho três bilhetes — explicou o sr. Flynn, entregando a Alex três cartões. — Eles garantem passagem e alojamento para três membros da minha família. Foram solicitados quando tudo isso aconteceu, mas consegui tirar minha esposa e meus filhos antes que os bilhetes chegassem. Desde então, ficaram guardados; imaginei que um dia seriam úteis, e agora eles são.

Alex fitou os três cartões que levariam ele e as irmãs para um lugar seguro.

O sr. Flynn remexeu em algumas folhas de papel.

— As pessoas estão partindo em comboios — continuou. — Não tenho acompanhado para onde estão enviando as famílias agora, porque a minha está segura na Carolina do Sul. Mas sei que as cidades seguras estão no sul, no interior, e têm polícia e consultórios médicos, além de comida e escolas. Isso eu posso garantir. O próximo comboio sai no dia 28 de novembro, mas as reservas precisam ser feitas com duas semanas de antecedência, então ele não vai servir para nós. Muito bem, o próximo é no dia 12 de dezembro. Quando é seu aniversário?

— Dia 22 de dezembro — respondeu Alex.

— Você vai conseguir, então — disse o pai de Chris. — Os dependentes precisam ter menos de 18 anos. Vocês tem que levar suas certidões de nascimento e um comprovante de residência. — Ele retirou um pedaço de papel timbrado de uma pilha. — Julie é apelido? — perguntou. — E quanto a Alex?

— Julie é Julie — respondeu Alex. — Oficialmente, meu nome é Alejandro.

— Muito bem — disse o sr. Flynn, escrevendo com pressa. — Alejandro, Briana e Julie Morales estão agora sob a minha tutela. Se reclamarem sobre os bilhetes, mostre-lhes esta carta. Vou fazer as reservas, portanto, não deve haver problema. E aqui está a lista do que podem levar com vocês. Não é muito, como pode ver, mas a cidade para a qual estão indo deve estar bem abastecida.

— Obrigado — agradeceu Alex, pegando os papéis.

— O comboio sai de da rodoviária às 14h, na segunda-feira, 12 de dezembro — informou o sr. Flynn. — Chegue lá às 11h. Talvez o pai de Kevin Daley possa levá-los até lá. Ele está fazendo o transporte com caminhões. — Fez uma pausa. — Não, pensando bem, não peça a ele. Não diga a ninguém sobre os bilhetes; são valiosos demais. Não diga a ninguém que estão indo embora de Nova York até o dia em que forem.

Alex assentiu com a cabeça.

— Obrigado, sr. Flynn — disse ele. — O senhor está salvando a vida das minhas irmãs.

— A sua também — retrucou o sr. Flynn. — Não poderia olhar Chris nos olhos e dizer que deixei você morrer junto com a cidade. Sempre apreciei o que fez por ele. Até ter que competir com você, ele acreditava que suas vitórias chegariam automaticamente. Você lhe deu lições valiosas sobre perdas. Imagino que essas lições o estejam ajudando a sobreviver agora.

— As lições que ele me ensinou também me ajudam a sobreviver — disse Alex. — Obrigado, sr. Flynn, por tudo. Nunca poderei lhe pagar esta dívida.

— Continue vivo — pediu o sr. Flynn. — Já será pagamento suficiente.

Quinta-feira, 24 de novembro

Não havia torta de abóbora no jantar de Ação de Graças da Igreja de Sta. Margarida, mas tinha pudim de abóbora com suspiro. As vagens obviamente eram enlatadas, mas alguém jogara lascas de amêndoas por cima delas; as batatas-doces foram misturadas com marshmallows, e havia recheio suficiente para todos. Serviram

OS VIVOS E OS MORTOS • 257

ponche e até um pouco de suco de maçã. Quem se importava de não ter peru?

Faltavam apenas dezoito dias para eles saírem de Nova York. De todos os segredos que Alex guardara nos últimos seis meses, aquele era o único que o fazia sorrir. Ele não se importava com o fato de não saber onde ele e as irmãs terminariam. Talvez fosse na Flórida, talvez em Oklahoma, ou ainda no Texas, ou em outro lugar completamente diferente. Não seria o paraíso sobre o qual Julie fantasiava, com luz do sol e ar puro. Mas seria um lugar seguro, com comida e medicamentos e, a partir dali, poderiam recomeçar.

Pela primeira vez em meses, Alex se permitiu pensar no futuro. Se ele estivesse velho demais para ir à escola, poderia arrumar um emprego. Cidades não existem sem trabalhadores. Se fosse permitido sair e voltar, talvez pudesse tentar encontrar Carlos ou o tio Jimmy. Caso contrário, trabalharia até Bri e Julie tomarem algum rumo na vida. Não seria surpresa se, depois do ensino médio, Bri entrasse para um convento. Provavelmente, Julie conheceria um cara enquanto estivesse no colégio e engravidaria, assim como acontecera com a mãe.

Alex terminou de comer o pudim de abóbora e sorriu. Se alguém lhe dissesse há sete meses que estaria ansioso por um futuro no qual sua irmã caçula teria um bebê antes de completar 18 anos e ele fosse trabalhar em vez de estudar, teria ficado furioso. Mas, agora, aquela era sua ideia de Paraíso.

Parecia que todos os moradores do Upper West Side estavam na igreja naquela tarde. O que restara do corpo docente da Vicente de Paula e da Anjos Sagrados sentava a uma mesa, rindo. Harvey se encontrava em outra, degustando a comida sem os dentes. Alex parara até de odiá-lo. A vida, pela primeira vez, era boa demais para sentir raiva.

Enquanto ele e as irmãs voltavam para casa, ouviram um barulho na Rua 90.

— O que será? — perguntou Julie, e Alex notou que ela ficara tensa.

Bri pareceu confusa.

— Parece pessoas se divertindo — comentou. — Ouviram? Acho que estão rindo.

A ideia de que as pessoas estivessem se divertindo de verdade era tão implausível que perderam todo o medo e foram olhar. Ali, na 90 com a Columbus, havia uma dúzia de homens jogando futebol americano.

Um deles viu Alex e as irmãs.

—Venha — gritou o homem. — Precisamos de mais jogadores.

Alex apontou para as irmãs.

— E quanto a elas? — perguntou.

— Líderes de torcida! — respondeu ele.

— Podemos? — perguntou Julie. — Ah, Alex, por favor.

Alex olhou para Julie e Bri. Metade dos jogadores estava tossindo por causa do ar poluído. Bri não poderia ficar na rua por muito tempo. Mas nenhum deles se divertia desde o aniversário de Julie.

— Só um pouco — concordou. — Bri, você fica assistindo.

— Está bem — respondeu ela, que também mal podia conter sua animação.

Eles atravessaram a rua e se juntaram às pessoas.

— Não é Dia de Ação de Graças se não tiver futebol americano — disse um dos rapazes.

— É uma partida amigável — afirmou outro. — Sem capacetes, sem contato físico.

— E sem os Cowboys também — disse o primeiro homem. — Os Jets contra os Giants.

— Precisamos de outro cara em nosso time! — gritou outro homem. — Venha, garoto. Você é dos Giants.

E, por um instante glorioso, foi assim que Alex se sentiu: como um gigante.

Terça-feira, 29 de novembro

Havia dezoito alunos no último ano da Academia S. Vicente de Paula antes do feriado de Ação de Graças. Agora, só restavam cinco. Alex concluiu que a maioria fora embora no comboio da véspera.

James Flaherty era um dos ausentes. O garoto ficou preocupado ao ver que ele se fora. Seu pai era médico, e, talvez, pudesse arrumar mais medicamentos para o inalador de Bri quando os dela acabassem.

Não faria diferença, falou para si mesmo. Bri tinha o suficiente até que chegassem à cidade segura, um lugar com médicos, hospitais e remédios de verdade.

Duas semanas. Se aguentaram até agora, sem dúvida aguentariam mais duas semanas.

QUINZE

Quinta-feira, 1º de dezembro

Ele não tinha ideia de que horas eram quando acordou, mas sabia que estava com frio. Já se acostumara a sentir frio, mas aquilo era diferente.

Alex remexeu na mesa de cabeceira, procurando a lanterna, e esbarrou no copo d'água que sempre mantinha a seu lado. Mas não ouviu o som da água derramando.

Ele acendeu a lanterna sobre o copo e entendeu por que ela não derramara. Havia mais gelo que água. O combustível do aquecedor devia ter acabado.

Ele sabia que uma hora isso aconteceria, mas dedicara boa parte das suas orações pedindo para que ele durasse até partirem.

— Não podia ter esperado mais duas semanas? — indagou.

Aparentemente, não. A pergunta agora era se as irmãs, Bri em particular, aguentariam até lá.

Ele permitiu que a familiar sensação de pânico o invadisse e, então, começou a pensar. Só restavam mais doze dias, e talvez houvesse luz durante a manhã em alguns deles. Com a eletricidade, Bri poderia manter o cobertor e o aquecedor elétricos ligados. Ele e Julie estariam na escola e não havia razão para pensar que o combustível da escola acabaria.

OS VIVOS E OS MORTOS • 261

Pelo restante dos dias (ou o que se passava por dia), todos ficariam bem se vestissem suéteres, casacos, cachecóis, luvas e diversos pares de meias. O prédio oferecia alguma proteção contra o frio. Era difícil ter certeza, mas Alex acreditava que a temperatura não estava muito abaixo de 6 graus negativos ao ar livre pelas manhãs, portanto, provavelmente seria essa a temperatura dentro de casa, talvez até um pouco mais quente.

À noite, seria mais difícil, mas ainda tinham alguns cobertores sobrando. As garotas dormiam em sacos de dormir. As duas estavam tão magras que conseguiriam dividir um, o que as ajudaria, pois compartilhariam calor corporal. Isso também o ajudaria, pois ficaria mais aquecido num saco de dormir. Julie não ia gostar de abrir mão dela, mas isso não era problema seu. Asma não era contagiosa.

Com as duas garotas em um saco, dormindo com casacos, cachecóis e enroladas em cobertores extras, ficariam bem. Ele dormiria com um cobertor dentro do saco e isso teria que ser suficiente.

Todos precisariam manter a cabeça coberta o máximo possível. Mas o 11F tinha algumas máscaras de esqui, então as garotas poderiam usá-las durante os dias e as noites. Ele enrolaria a cabeça num suéter e isso deveria ajudar.

Faltava menos de duas semanas, pensou. Depois disso, estariam morando num edifício com aquecimento e água quente. Ele simplesmente precisava mantê-las vivas por mais onze dias, e, então, tudo ficaria bem.

Pegou os dois cobertores extras e os usou para cobrir as irmãs que dormiam. Pela manhã, ele lhes explicaria as novas regras.

Com a lanterna iluminando o relógio, viu que era pouco depois das 5h. Não adiantava voltar a dormir. Em vez disso, tremendo de frio, vestiu-se; em seguida, se ajoelhou diante do crucifixo que trouxeram de casa e rezou, pedindo pela força que ele e suas irmãs precisariam nos próximos dias.

Sexta-feira, 2 de dezembro

Não havia praticamente ninguém na fila da comida, mas isso não fez as coisas serem mais rápidas. Julie ficou grudada a Alex, do modo como agora fazia quando iam à escola e à igreja. Kevin contou piadas e pareceu realmente escutar o que a menina tinha a dizer. Alex sabia o quanto ela gostava disso.

Todas as noites, quando Alex rezava, agradecia a Jesus pelo presente da amizade de Kevin. Teria dito isso ao amigo, mas não achava que ele quisesse saber.

— Como estão as coisas? — perguntou. — Como está sua família?

— Bem — respondeu Kevin. — Ou tão bem quanto poderíamos estar nestas circunstâncias.

— Que bom — disse Alex. — Estão aquecidos o suficiente?

— Agora, neste exato minuto, não — respondeu Kevin.

Alex deu uma risada.

— Quero dizer, em casa — explicou. — O seu prédio tem aquecimento?

— Sim, claro — contou Kevin. — Fomos para uma URD antes do Dia de Ação de Graças, então estamos bem. Minha mãe reclama porque o termostato fica em 18 graus. Mas ninguém nunca morreu congelado em 18 graus.

— O que é uma URD? — perguntou Alex.

Kevin pareceu pouco à vontade.

— Unidade Residencial Designada — explicou. — Para as famílias de pessoas essenciais, para deixar as coisas suportáveis até podermos ir embora.

— Imagino que a pessoa precise ser um nível seis para conseguir algo assim — comentou Alex.

Kevin riu.

— Nível seis? — repetiu. — Isso só quer dizer que você consegue subir até seis lances de escada sem correr risco de ter um ataque cardíaco. Onde ouviu isso?

— Por aí — disse Alex. — Acho que entendi errado.

— Acho que sim — concordou Kevin. — Está tudo bem com vocês? Ainda têm aquecimento?

— Ah, claro, estamos bem — respondeu Alex. — Só estava pensando em como a sua mãe está.

— Sente falta do apartamento antigo — contou Kevin. — Quando está sóbria o bastante para lembrar.

— Do que você sente falta? — perguntou Alex. — O que faz mais falta?

Kevin deu de ombros.

— Da tevê, talvez — começou ele. — De comida boa. Da internet. Não sinto tanta falta do sol. Pelo menos, não estou mais cheio de sardas. E você?

Alex tentou pensar em uma resposta que fosse curta e sincera.

— Da família — disse, por fim.

— Burrice minha perguntar — respondeu Kevin. — Sinto falta de saber que sou inteligente. Isso costumava compensar muita coisa na minha vida.

— Na minha também — admitiu Alex.

— Você já pensou que isto é um pesadelo e que, um dia, você vai acordar, e as coisas vão ser do jeito que eram antes? — perguntou Kevin.

Alex negou com a cabeça.

— Nem eu — disse Kevin. — Mas a minha mãe, sim. É por isso que ela bebe. Quando está sóbria, precisa se lembrar de que tudo isto é real. Espero que Harvey não fique sem álcool num futuro próximo. Acho que minha mãe se mataria se tivesse que ficar sóbria.

— Sinto muito — disse Alex. — Deve ser difícil.

— Está tudo bem — respondeu Kevin. — Se não tivesse que cuidar dela, eu também ficaria bêbado o tempo todo.

A fila começou a andar. Uma mulher a alguns metros deles desmaiou. Alex e Kevin desviaram dela.

Kevin entregou sua sacola para Alex quando chegou a vez deles.

— Não há muita coisa desta vez — observou.

Alex deu uma olhada. Cada sacola tinha um saco de arroz, uma lata de feijão, uma lata de seleta de legumes e duas latas de sopa de tomate.

—Talvez Harvey tenha alguma coisa — comentou. — Está tudo certo para segunda de manhã?

— Não perderia por nada — disse Kevin. — Sete horas, na frente do seu prédio.

— Ótimo — disse Alex. — É melhor eu voltar para casa. Nos vemos na escola.

— Com certeza.

—Ah, Kevin — chamou Alex.

Kevin parou.

— Não é nada — disse Alex. — Só queria agradecer por fazer isto comigo.

— De nada — respondeu Kevin. — Nos vemos na escola.

OS VIVOS E OS MORTOS • 265

Sábado, 3 de dezembro

— Que barulho é esse? — perguntou Bri de manhã. — Parece que tem vidro quebrado caindo do céu.

— Ótimo — disse Alex. — É justamente disso que a gente precisava.

Bri deu uma risadinha.

— Você parece a Julie falando — disse.

— E qual é o problema com isso? — perguntou Julie. — Alex, podemos olhar pela janela pra ver o que está acontecendo?

Alex pensou em dois bons motivos para não fazerem isso. O primeiro era que teriam que arrancar os pregos da parede para poder dobrar uma parte do cobertor que cobria a janela. O segundo era que ele sabia que não queria ver o que estava acontecendo. Com certeza, os avestruzes é que estão certos, pensou, livrando-se dos cobertores que envolviam seu corpo e indo até a cozinha para pegar um martelo. Saía fumaça de sua boca. Mais nove dias, pensou. Só temos que sobreviver por mais nove dias.

Julie e Bri se amontoaram na janela enquanto Alex erguia o cobertor.

Bri prendeu a respiração.

— Está tudo branco.

— Parece mais cinza — disse Julie. — Nunca vi neve cinza antes.

Alex sabia que olhar seria um erro. A Rua 88 Oeste estava coberta de neve. Era difícil calcular quanta neve havia caído, mas ele imaginava que uns quinze centímetros, talvez mais. E agora ela estava congelando, já reluzindo por causa do gelo.

— Deve ter começado depois que chegamos da escola — disse Julie. — Você acha que ela vai abrir na segunda-feira?

— Não vejo por que não — retrucou Alex, calculando rapidamente quanta comida tinham em casa e quanto tempo ela duraria se ele e Julie não almoçassem na escola. — Não precisamos de condução para ir até lá.

— Eu costumava adorar a neve — disse Bri. — Mas acho que agora ela só piora as coisas.

Ela está certa, pensou Alex, fitando a rua. Já seria difícil levar Bri até a rodoviária a pé. Mas agora havia neve e gelo lá fora e ninguém viria limpar as ruas de uma região tão distante.

Ele olhou para Bri, ou, mais precisamente, para os olhos de Bri, já que o restante do rosto e do corpo dela estava coberto. Quanto ela pesaria? Ele fora tolo o suficiente para se pesar na semana passada e descobrira que pesava 50 quilos. Provavelmente, Bri estava com cerca de 40 quilos, e ele nunca conseguiria carregá-la por mais de três quilômetros.

E se fizesse algum tipo de maca, e ele e Julie a erguessem juntos? Olhou para a irmã caçula, que fitava o lado de fora da janela, fascinada pela visão da neve. Duvidava de que ela passasse de 35 quilos. Mas parecia saudável o suficiente e, ultimamente, tinha menos dificuldade em subir as escadas do que ele. Porém, era perigoso presumir que ela conseguiria ajudá-lo por uma distância tão longa.

Será que poderiam arrastar Bri num colchão? Mesmo que pudessem, o colchão ficaria molhado, e não seria bom para ela ficar deitada em algo úmido, numa temperatura congelante, durante as três horas ou mais que poderiam levar. Além disso, ao absorver água, o colchão ficaria mais pesado e difícil de arrastar.

Como Deus podia fazer isso com eles? O que fizeram para merecer tal castigo?

— Não me importo se ela é cinza — declarou Bri. — Ainda é bonita. E vejam como cobre os cadáveres.

— Ótimo — concluiu Julie. — Agora os ratos vão ficar putos.

— Não use esses termos — disse Alex automaticamente, e, mesmo sem querer, começou a rir.

Humildade, pensou. Deus não estava fazendo aquilo só com eles. Se mantivesse a fé em Cristo e usasse as poucas células que restavam em seu cérebro, a solução viria. Porque, em algum lugar, havia uma solução. Tinha que haver. Tinha.

Domingo, 4 de dezembro

— Vamos — disse Bri, indo até a sala de estar e sacudindo Alex para que ele acordasse. — É domingo. Não quero perder a missa.

— Volte para a cama — mandou Alex. — Você vai congelar se ficar aí.

— Não estou com tanto frio — disse Bri. — Além disso, tem aquecimento na igreja. Por favor, Alex. Arrume-se, e então acordo a Julie.

Relutante, Alex saiu do saco de dormir e caminhou até a janela. Afastou o cobertor e fez um gesto para que Bri se aproximasse.

— Dê uma olhada lá fora — pediu Alex. — Tem neve, gelo e mais neve sobre o gelo. Como diabos você acha que vamos chegar até a igreja?

— Daremos um jeito — disse Bri. — Não vou ficar para trás, prometo.

— Não — respondeu Alex. — Talvez no próximo domingo, se a neve derreter. Mas hoje, não.

A garota começou a chorar.

— O que foi? — indagou Alex, tentando não parecer irritado.

— É só um domingo. Deus vai entender.

Bri negou com a cabeça.

— Não é isso — disse. — Sei que Jesus nos perdoará por não irmos à igreja hoje. — Ela respirou fundo. — Desculpe — prosseguiu —, sei que todos estão sofrendo. É só que me sinto tão presa. Domingo é o único dia em que saio de casa. Acho que Deus sabia que meus motivos são impuros. Vou rezar pedindo perdão a Ele.

— Que tal se fizermos outra coisa? — disse Alex. — Volte para a cama e durma um pouco mais. E, à tarde, todos rezaremos juntos, pedindo perdão a Deus.

Bri riu.

— Julie vai adorar isso — comentou. — Mas obrigada, Alex, por entender.

— Eu tento — respondeu o garoto. — Agora vá. Você pode não estar com frio, mas eu estou congelando.

Bri deu um beijo rápido no irmão.

— Vejo você mais tarde — despediu-se, voltando para o quarto.

Ele continuou a olhar pela janela. Trinta centímetros de neve, estimou, com uns três centímetros de gelo no meio. Bri tinha razão de se sentir presa.

Alex se vestiu rapidamente, escreveu um bilhete para as irmãs, avisando que ia sair para ver a situação lá fora e, então, desceu os doze lances de escada. Descer era mais fácil que subir, mas ainda assim já estava sem fôlego quando chegou ao saguão do edifício.

A porta da frente abria para o lado de dentro, portanto, conseguir sair não foi um problema. Mas a neve era mais profunda do que ele imaginara.

Pensou no quanto fora burro enquanto descia até o escritório do pai para pegar uma pá e sal para neve. Deveria ter comido alguma coisa. Limpar a calçada para que pudessem sair do edifício já seria bastante difícil. Mas seria ainda pior fazer isso sem comer há vinte horas.

No entanto, a ideia de subir os doze andares apenas para engolir arroz e feijão frios era ainda pior. Ele daria um jeito. Não tinha outra opção.

A pá e o saco de sal para neve estavam no local exato de que se lembrava. De todas as obrigações do pai como zelador, essa era a que ele menos gostava, por isso Carlos e Alex eram encarregados de retirar a neve. Houvera muitas nevascas no inverno anterior. Alex se recordava de meia dúzia de manhãs em que o pai o acordara antes do amanhecer para retirar a neve antes que os moradores acordassem. Ele lhe dava uma bronca se esquecesse de tirar um pingo de neve da calçada, mesmo que muita gente fosse passar por cima dela, que acabaria derretendo antes do meio-dia.

Ele tentou carregar a pá e o saco de nove quilos de sal ao mesmo tempo, mas não conseguiu. Então, deixou o saco na escada e levou a pá para o andar de cima. Podia ouvir o pai rindo do quanto era fraco, e usou a raiva e o ressentimento para obter a energia de que precisava para limpar a frente da porta.

O trabalho era exaustivo. A neve estava pesada, misturada com gelo, e encher a pá e esvaziá-la exigia todas as suas forças. Não ajudou o fato de que duas vezes, ao jogar a neve sobre uma pilha de corpos decompostos, descobriu que também estava jogando ratos que congelaram com a nevasca. Depois de alguns minutos, percebeu que precisava parar para recuperar o fôlego cada vez que cavava. Ele realmente era um *blanducho*, como seu pai sempre dissera.

Depois de meia hora, conseguiu abrir espaço suficiente em frente à porta para parar do lado de fora e examinar o que restava fazer. Concluiu que, na verdade, nem era muito. Apenas cavar do prédio até a rua, depois, da 88 Oeste até a West End, em seguida, da West End até Columbus Circle e a Oitava Avenida, então, da Oitava até a Rua 42 e a rodoviária. Provavelmente nem seria tudo isso. Se os poderosos tivessem tido o bom senso de deixar algumas outras pessoas por ali para fazer a limpeza, era provável que não houvesse mais neve de Columbus Circle em diante. Ele só precisaria cavar por dois quilômetros. Moleza para quem era um nível doze.

Ainda não fazia ideia de como levaria Bri da Rua 88 até o centro da cidade. Duvidava de que ela tivesse força para andar até a Broadway.

Alex começou a cavar do prédio até a rua, sem saber o que mais fazer. Já se acostumara ao silêncio, mas, a não ser pelo vento ricocheteando à sua volta, as coisas pareciam mais silenciosas do que há dois dias. Ele percebeu que todo o quarteirão estava vazio. Ele, Bri e Julie deveriam ser as únicas pessoas vivas na 88 Oeste. Quando fossem embora, não restaria ninguém.

Ele ficou parado ali por um momento, apoiando-se na pá. Não deveria ter deixado Bri ir para o convento. Esse fora seu primeiro erro. Se não a tivesse mandado para lá, ela teria ido embora com tio Jimmy e tia Lorraine e, até onde sabia, nunca ficaria asmática. Sabendo que Bri estava em um local seguro, poderia ter procurado um lugar para mandar Julie. Talvez não fosse com *la familia*, mas a situação não estava tão desesperadora em junho, e alguém confiável concordaria em levá-la para longe e protegê-la.

E, se não estivesse preso às irmãs, ele poderia ter saído de Nova York e tentado a sorte em outro lugar. Talvez pudesse ter rastreado Carlos e virado fuzileiro naval. O irmão provavelmente estava num lugar quente, comendo três refeições por dia e dormindo numa cama de verdade. Que vida boa.

Ele sentiu vontade de gritar. Tudo que fizera fora errado, e a vida das irmãs estava em risco por causa dele.

Ajoelhou-se, sem se importar que a umidade gelada encharcasse sua calça, e pediu a Deus que tivesse compaixão das irmãs.

— Alex?

Ergueu os olhos e viu Julie parada à porta.

— O que foi? — perguntou.

— Bri pediu que eu viesse atrás de você — explicou. — Ela estava preocupada.

Ele ficou de pé, sentindo-se um tolo.

— Diga que estou bem — pediu. — Vou subir daqui a pouco. Tenho que terminar de tirar a neve da calçada.

— Você não precisa fazer isso — disse Julie. — Não tem ninguém aqui além de nós.

— Eu sei — disse Alex. — Mas é o que papai esperaria de mim.

DEZESSEIS

Segunda-feira, 5 de dezembro

Alex decidiu que daria a Kevin quinze minutos para aparecer antes de desistir. Se o apartamento tivesse algum tipo de aquecimento, ele teria ficado parado na porta da frente do edifício por cinco, mas como só estava um pouco mais quente lá dentro, optou pelos quinze minutos.

Ele não precisaria de mais do que os cinco minutos. Kevin apareceu às 7h03.

— Você é louco, sabia? — disse Alex. — Como conseguiu chegar aqui?

— Não foi tão ruim assim — respondeu Kevin. — Cavaram e retiraram um pouco de neve na minha região. — Ele olhou para a calçada na frente do prédio de Alex. — Belo trabalho — disse. — Você pagou alguém para fazer isso?

— Quem me dera — respondeu o garoto. — Realmente acredita que vamos encontrar alguma coisa?

— Eu não estaria aqui se não acreditasse — disse Kevin. — As opções devem ser muito boas. Há um monte de corpos novos no parque. Alguns suicidas; a tempestade foi demais para eles, acho. E as pessoas estão morrendo às pencas. Um dos médicos na nossa URD diz que tem uma gripe horrível por aí.

— Ótimo — disse Alex. — Exatamente do que precisamos.

OS VIVOS E OS MORTOS • 273

Kevin riu.

— Temos sorte de não ser a peste — disse ele. — Harvey falou que houve um aumento no mercado para joias. Portanto, vamos começar a levar alianças de casamento e noivado, brincos e qualquer coisa que encontrarmos. Acho que já perceberam que ninguém vai trabalhar nas minas por algum tempo.

Alex odiava ter que tirar as alianças de casamento de cadáveres, mas eles precisavam de comida para mais uma semana. Deixaria um bilhete para Kevin quando fossem embora, assim, não ficaria preocupado. Ele também iria embora em breve, talvez até para a mesma cidade que Alex.

O garoto seguiu os passos que Kevin dera até o apartamento. Eram as únicas pegadas na neve. Se ainda havia gente morando no Upper West Side, não deixavam seus apartamentos desde sábado.

Era uma caminhada difícil, e os garotos ficaram em silêncio enquanto caminhavam para o leste. A cidade estaria linda se a neve fosse branca. Mas tudo era cinza, como os cadáveres. Não importava onde Alex fosse parar, não sentiria falta de Nova York. Lamentaria deixar Kevin, a Vicente de Paula e a igreja de Sta. Margarida, e até mesmo o padre Mulrooney, mas só isso. Qualquer lugar seria melhor que aquele.

Pensou em Chris Flynn na Carolina do Sul. Talvez estivesse quente por lá ou, pelo menos, mais quente. Se ainda houvesse universidades, Chris sem dúvida encontraria uma. Há um ano, teria enlouquecido ao pensar no colega entrando numa boa faculdade em algum lugar, e ele sem nem saber se conseguiria o mesmo. Agora, não fazia diferença.

— Você pensa em Chris Flynn? — perguntou a Kevin.

— Muhuhmhm — respondeu Kevin.

Ele enrolara o cachecol ao redor da boca, e entre isso e o vento uivando a oeste do Central Park, era impossível entender o que dizia.

Não que fizesse diferença. Chris tinha a sua vida e Kevin, a dele. A única coisa que importava era arranjar um lugar seguro para Alex e as irmãs.

Ele olhou para a frente e pensou ver o brilho de um diamante a um quarteirão de distância. Talvez um gripecídio, pensou, e começou a rir. Andou com dificuldade, tentando se equilibrar na neve com a crosta de gelo. Se uma raspadinha de dez mil dólares comprava uma lata de abacaxi, quem sabe quanto valia um anel de diamante?

Alex não soube identificar o que chamou sua atenção primeiro: o estranho estalido de algo quebrando ou o barulho esquisito que Kevin fez, ou mesmo o silêncio que se seguiu. Mas alguma coisa o fez parar e se virar.

Preferia não ter feito isso. Preferia ter continuado a caminhar com dificuldade até o anel de diamante que poderia ter dado a sua família uma lata de pêssegos em calda. Preferia ter continuado a andar até sair de Nova York e chegar em algum lugar seguro e quente.

Em vez disso, Alex se virou e encontrou Kevin deitado na calçada, com um galho de árvore em cima de seu pescoço, prendendo-o.

Alex refez seus passos na neve. Kevin estava deitado com o rosto virado para baixo, e seu primeiro pensamento foi que ele sufocaria na neve. Tentou tirar o galho de cima dele, mas era grande e pesado demais, cheio de neve e gelo. Alex ergueu os olhos e encontrou o local da árvore que acabara de se partir, de onde o galho caíra.

— Socorro! — gritou. — Alguém me ajude!

Mas, é claro, ninguém ajudou. Ninguém ajudara Julie quando ela gritara algumas semanas atrás. Nova York estava mais morta que viva, e aqueles que ainda estavam por lá não ajudavam ninguém, a não ser a si mesmos.

A cabeça de Kevin estava virada, e Alex conseguia ver seu olho direito, que parecia mais surpreso do que apavorado ou morto. Ele tirou as luvas e tentou encontrar o pulso de Kevin. Depois, decidiu que aquilo era perda de tempo; o que precisava fazer era tirar o garoto de debaixo do galho. Se não conseguisse erguê-lo, cavaria ao redor de Kevin para puxá-lo. Sem nem mesmo se dar ao trabalho de colocar novamente as luvas, começou a cavar a neve congelada debaixo da cabeça dele e do galho da árvore. O amigo não estava respirando, e Alex percebeu que precisava desenrolar o cachecol ao redor de sua boca. Ele estava preso no galho, e foi preciso dar um puxão, que sacudiu a cabeça de Kevin. Alex gritou, horrorizado, e foi então que soube que o único amigo que tivera na vida estava morto. Se estivesse vivo, mesmo que sua vida estivesse por um fio, ele teria rido por assustar Alex dessa forma.

Mas continuou a cavar. Finalmente, criou um vão grande o suficiente para soltar Kevin do galho. Segurou os braços dele e puxou. Precisou de mais força do que imaginava ter, mas o outro garoto estava livre afinal.

O coração de Alex estava disparado, mas ele não sabia se era pelo esforço ou por ver Kevin deitado ali. Não importava. Ele virou o amigo para que ficasse deitado de costas.

Sentiu seu pulso novamente. Encostou a orelha na boca de Kevin e bateu no peito dele, em uma vaga imitação de ressuscitação cardiopulmonar.

— Acorde! — gritou para Kevin. — Faça ele acordar! — gritou para Deus.

Os olhos do amigo fitavam o céu. Sua boca estava meio contorcida, quase sorrindo, e o vermelho do sangue que pingava de seu nariz e de sua boca era a única cor que restara em Nova York.

Deus, por favor, rezou Alex. Receba sua alma. Metade das coisas que dizia não eram para ser levadas a sério.

Enquanto Kevin olhava para cima, Alex retirou seu relógio para dar aos pais dele. Em seguida, se deu conta de que não tinha ideia de onde encontrar os pais de Kevin. Ele não tinha o endereço da URD e não sabia onde ficava a empresa dos Daley.

Era improvável que Kevin andasse com a identidade, muito menos com uma identidade recente, mas Alex precisava se certificar. Quase pesaroso, revistou seus bolsos. E tudo o que encontrou foi a arma.

Alex retirou-a. Reconheceu-a no mesmo instante, do primeiro dia em que saíram para fazer compras. Engraçado pensar que Kevin andava com aquilo e ele nunca soubera. Sabia mais sobre o amigo do que sobre qualquer outra pessoa em sua vida, mas, aparentemente, não tanto quanto pensara.

Alex tirou a outra luva e tentou abrir o cordão com o pingente de cruz que sempre trazia no pescoço. Tremia tanto que precisou de um minuto ou mais antes de conseguir; quando o fez, beijou a cruz e a pôs sobre o coração de Kevin. Depois, fechou os olhos do amigo.

Enquanto caminhava na direção do anel de diamante e do cadáver que o usava, concluiu que, em algum momento, os pais de Kevin se preocupariam com ele. Talvez soubessem onde Alex morava e talvez não, mas era improvável que soubessem qual dos apartamentos fora ocupado pela família Morales. Era mais possível que fossem à Vicente de Paula para ver se Kevin aparecera no colégio.

Alex girou o anel para tirá-lo do dedo da mulher morta. Ele levaria o relógio de Kevin para o colégio e o daria ao padre Mulrooney, decidiu. Era trabalho de um padre confortar a família. O de Alex era manter as irmãs vivas e em segurança.

Com o anel, a arma e o relógio no bolso, o garoto começou a longa jornada de volta para casa. Talvez, pensou, o anel de diamante e a arma pudessem comprar um meio seguro de levar Bri até o comboio. Kevin ficaria feliz com isso.

Terça-feira, 6 de dezembro

— Tenho notícias muito tristes para comunicar — informou o padre Mulrooney aos poucos garotos que formavam o corpo estudantil da Academia S. Vicente de Paula.

Alex esperou pelo anúncio da morte de Kevin. Quando contara ao sacerdote no dia anterior, padre Mulrooney parecera verdadeiramente triste.

— O sr. Kim faleceu — disse. — De forma muito inesperada. Sua morte será profundamente sentida em nossa comunidade.

O sr. Kim dera aula de ciências com entusiasmo, apesar de não ter muita erudição. Alex gostava bastante do professor, mas não sentiria sua falta quando ele e as irmãs fossem embora.

Ainda assim, era estranho ouvir que ele falecera. Outro gripecídio, imaginou.

Quarta-feira, 7 de dezembro

— Preciso de uma coisa — disse Alex a Harvey. — Estou disposto a negociar.

— Qualquer coisa para um amigo de Kevin — respondeu Harvey. — Engraçado, não o vi nos últimos dias.

Alex deu de ombros.

— Preciso de um trenó — disse.

Harvey deu uma risada.

— Quer um bando de cães junto com ele? — perguntou.

— Apenas um trenó comum — pediu Alex. — Mas tenho que conseguir puxá-lo. E precisa ser grande também, não pode ser um trenó para crianças.

Harvey pareceu pensativo.

— Talvez eu consiga um — disse. — Precisa dele para quando?

— Assim que puder — respondeu Alex, se arrependendo por não ter pensado no trenó no início da semana.

Mas a morte de Kevin tornara mais difícil pensar em qualquer outra coisa. Ou talvez ele simplesmente estivesse com fome demais para pensar nos últimos dias, e a morte de Kevin fosse uma desculpa. Não importava. Nada importava, a não ser arrumar um meio de levar Bri até o centro da cidade, e um trenó parecia fazer sentido.

— Você disse que tinha algo para trocar — continuou Harvey. — Um trenó é um item que custa os olhos da cara. Não é uma lata de ervilhas. O que tem aí?

Alex pegou o anel de diamante e a arma de Kevin.

— Que tal isto?

— Muito impressionante — disse Harvey. — Gosto da arma. Sempre tem mercado pra elas. Você andou escondendo isso de mim, garoto? Tem mais alguma mercadoria como essa?

Alex pensou nas últimas quatro latas de cerveja do pai, que estivera guardando para uma emergência.

— Nada tão bom assim — respondeu. — Eu realmente preciso do trenó, Harvey.

— Que tal fazermos assim? — disse Harvey. — Passe aqui amanhã de manhã. Talvez consiga o trenó, talvez não, mas saberei então. Você tem mais alguma coisa para mim hoje?

Alex olhou para as latas de espinafre na prateleira atrás do balcão.

— Acho que você não me daria um pouco de espinafre por conta da casa — disse ele.

— Por conta do quê? — perguntou Harvey, e então, começou a gargalhar. — Desculpe, garoto. É pagar e levar. Não faço mais caridade só porque gosto de alguém.

Alex assentiu com a cabeça.

— Só achei que deveria perguntar — disse ele.

— Perguntar não ofende — completou Harvey. — Vejo você amanhã de manhã. Talvez eu consiga o trenó, e quem sabe eu não acrescente uma lata de espinafre ao pacote.

Quinta-feira, 8 de dezembro

Harvey se superara, pensou Alex, enquanto arrastava o trenó para dentro do antigo apartamento no porão. Era quase perfeito. Era grande o suficiente para Bri sentar-se com conforto e tinha apoios para os pés para que ela se apoiasse durante o longo trajeto até a rodoviária. Era de plástico pesado, e alto o bastante para Bri não se molhar com a neve. O único problema era que havia uma única corda para puxar, o que significava que ele teria que arrastar o trenó sozinho. Mas, de qualquer forma, ele e Julie provavelmente não conseguiriam puxá-lo ao mesmo tempo.

Era estranho abrir a porta do apartamento do porão. Alex não estivera ali desde a mudança para o 12B, mas não fazia sentido levar o trenó para cima quando eles teriam que usá-lo dali a alguns dias. Já estavam sem eletricidade, mesmo durante a semana, desde a nevasca, e ele mal podia esperar para ir embora.

Tudo cheirava a umidade e mofo. Era difícil acreditar que nunca perceberam enquanto moravam ali. Nós éramos o povo toupeira, pensou. Em poucos dias, porém, eles seriam da elite.

Alex foi até o quarto da mãe e retirou as caixas da prateleira do armário. Era difícil enxergar alguma coisa, pois a luz natural que entrava era muito pouca, e ele não pensara em trazer uma lanterna ou velas com ele. Mas, finalmente, encontrou as certidões de nascimento e os certificados de batismo.

Alex examinou o restante do apartamento, caso houvesse alguma coisa que eles tivessem que levar com eles. Na bancada da cozinha, perto do telefone, estava o bilhete que dizia que haviam se mudado para o 12B. Não tinha ideia do que fazer com ele. Parecia não fazer sentido escrever outro bilhete, pois não sabia para onde iriam.

Quando Bri e Julie estivessem instaladas e seguras, ele daria um jeito de localizar Carlos e contar onde as irmãs estavam. Se um dia os pais voltassem, também poderiam encontrá-lo. Alex deixou o bilhete, caso alguém aparecesse até segunda-feira. Ele deu mais uma olhada na casa. Ainda se lembrava da mudança para lá quando tinha 5 anos. Ele saíra para brincar com algumas crianças e dissera algo em espanhol. Todas as crianças tinham rido, e ele voltara correndo e chorando para a mãe.

— Aqui, você fala inglês — dissera ela. — Nada de espanhol.

Isso fora muito fácil; crescera ouvindo os dois. Mas, depois disso, nunca mais tentara brincar com as crianças da vizinhança. Carlos brincava, sem problema. Mas Alex sempre sentia que elas se achavam melhor que ele. Eram todas como Danny O'Brien.

Mas, em cinco dias, ele se tornaria um Danny O'Brien. Era como algo saído de um romance de Dickens, pensou. Criança abandonada descobre que, na verdade, é um milionário há muito desaparecido. Claro que ele não era uma criança abandonada nem um milionário, mas a ideia básica era a mesma. E recebera essa ascensão na escala social por causa do trabalho duro na Vicente de Paula. O sr. Flynn não teria dado os bilhetes a qualquer um. Não era um ato de caridade. Era um ato de respeito.

Papai teria orgulho de mim, pensou. Tomei conta das minhas irmãs. Comportei-me como um homem.

Sexta-feira, 9 de dezembro

Ele acordou Julie e a levou para a fila da comida. Queria não precisar fazer isso, mas não havia comida em casa e, para sobreviverem durante o fim de semana, precisariam de cada lata que pudessem arranjar.

Mas a fila parecia bastante tranquila; havia muito pouca gente nela. Alex não deixou Julie sair do seu lado durante as poucas horas que ficaram esperando. Concluiu que a temperatura estava abaixo de zero. O inferno não vai ser quente, pensou. Será frio, como isto aqui.

— Onde está Kevin? — perguntou Julie, finalmente.

Ele sabia que ela perguntaria, mas isso não facilitava as coisas.

— Morreu — respondeu.

— Tem certeza? — insistiu Julie. — Talvez ele só tenha ido embora.

— Eu estava com ele — disse Alex. — Morreu mesmo.

— Ah — disse Julie. — Três freiras morreram também. Bem, a irmã Joanne era apenas uma postulante.

— Como elas morreram? — perguntou Alex, sem querer falar sobre Kevin.

Julie deu de ombros.

— Ficaram doentes — contou. — A irmã Rita não nos disse qual foi a doença nem nada. Ela estava chorando, mas fingia que não. Mas dava para ver. Não que houvesse muitas de nós ali. Acho que algumas garotas morreram também.

— Provavelmente apenas se mudaram — disse Alex. — A maioria das pessoas se mudou.

— Eu não quero morrer — constatou Julie. — A irmã Rita disse que a irmã Dolores, a irmã Claire e a irmã Joanne estão no Céu com a Virgem Maria, mas eu ainda prefiro continuar viva.

— Eu também — disse Alex.

Eles ficaram em silêncio por algum tempo. Então, Julie segurou a sua mão.

— Sinto muito pela morte do Kevin — continuou ela. — Ele era um bom amigo.

— Sim — disse Alex. — Era mesmo.

Domingo, 11 de dezembro

— Julie, preciso que você vá até o 11F — disse Alex, depois do almoço. — Quero que veja se há alguma coisa por lá que nós possamos usar.

— Por que eu tenho que ir? — perguntou ela. — Não tem nada lá.

— Preciso ir porque estou mandando você fazer isso — respondeu Alex. — Julie, vá logo. Não dificulte as coisas.

— E se tiver alguém na escada? — perguntou ela.

— Não tem — respondeu Alex. — Não sobrou ninguém além de nós. Por favor. É só um andar. Você vai ficar bem.

Julie pegou a lanterna.

— Melhor você torcer para não ter ninguém — disse ela. — Deus nunca o perdoará se tiver.

— Vou arriscar — respondeu Alex. — Agora vá.

Ele observou Julie sair do apartamento. Quando a ouviu caminhar pelo corredor, foi até o quarto. Bri estava toda enrolada no saco de dormir, mas, mesmo com dois casacos e alguns cobertores, ainda tremia de frio. Apenas mais um dia, disse Alex para si mesmo. Mais um dia e estariam a caminho de um lugar seguro.

Bri ergueu os olhos para ele e sorriu.

— Pensei que Julie vinha pegar meu prato — mencionou. — Você está fazendo as tarefas domésticas agora?

Alex sorriu.

— Sem chance — respondeu ele. — Não, eu tenho que falar com você, Bri. Sozinha. Mandei Julie sair para resolver umas coisas para podermos conversar.

A garota fez um esforço para se sentar. E isso a fez tossir. Ela pegou o inalador e respirou fundo.

Mais um dia, pensou Alex. Ele sentou na cama ao lado da irmã.

— Bri, vou lhe contar uma coisa e não quero que fique aborrecida — começou ele. — Vou pedir que faça um grande sacrifício pela Julie.

— Eu faria qualquer coisa por ela — respondeu Bri. — Você sabe disso.

Alex assentiu com a cabeça. Estava contando com isso.

— Bri, não é mais seguro para Julie ficar em Nova York. Não estou falando do frio nem da fome. Quero dizer que não é mais seguro para uma garota — contou ele.

Os olhos de Bri se arregalaram.

— Não aconteceu nada, aconteceu? — perguntou ela.

— Não aconteceu nada — garantiu Alex. — Mas papai me ensinou que a coisa mais importante que um homem pode fazer é proteger as mulheres que ama. Tenho que proteger você e Julie, e estou tentando fazer o melhor que posso. Mas as condições estão piorando, por isso, tomei providências. Vamos sair de Nova York amanhã. Lembra-se de Chris Flynn? O pai dele me deu bilhetes para nós três chegarmos a um lugar seguro, um lugar para onde vão as famílias das pessoas muito importantes.

— Não — disse Bri, quase engasgando. — Vocês vão. Você e a Julie. Eu vou ficar aqui, esperando a mamãe e o papai.

Alex acariciou os cabelos de Bri.

— Julie não irá sem você, e eu também não. Pelo nosso bem, você tem que vir junto com a gente.

— Mas e quanto à mamãe e ao papai? — choramingou Bri. — Como eles vão nos achar?

— Já pensei nisso — disse Alex. — Depois que nos mudarmos, vou procurar Carlos e dizer onde estamos. Ele pode avisar a eles. Mas temos que ir embora, Bri. Se a vida de Julie significa alguma coisa para você, todos temos que partir amanhã.

— Estou com medo — confessou Bri. — Alex, isso me dá medo. Sei que estou prendendo vocês. — Ela começou a chorar. — Desculpe por ter voltado para casa. Eu deveria ter ficado no convento e morrido lá.

— Idiota — disse Alex, beijando a testa da irmã. — Eu e Julie precisamos de você viva. Agora, não seja tão *dramática* como a tia Lorraine. Pense em como é incrível ir morar em um lugar com aquecimento, eletricidade e três refeições por dia.

OS VIVOS E OS MORTOS • 285

Bri bombeou mais uma vez o inalador.

— Você acha que vou melhorar? — perguntou.

— Estou rezando para isso — disse ele.

Bri respirou fundo.

— Desculpe — pediu. — Não estou facilitando as coisas para você. Mas tenho certeza de que sou forte o bastante para andar até a rodoviária.

— Não vai ter que andar — retrucou Alex. — Precisa ver o trenó que consegui para você. Bem, verá amanhã. Vai viajar em grande estilo até lá. Depois disso, o ônibus nos levará para o nosso novo lar. Pode levar alguns dias, mas o ônibus terá aquecimento. Dá para acreditar nisso? Aquecimento. — Ele riu.— Viveremos feito a realeza a partir de amanhã.

— Julie deve estar muito feliz — observou Bri.

— Ela vai ficar — disse Alex. — Ainda não contei para ela; você é a segunda mais velha e merecia saber primeiro.

— Quando ela voltar, pode pedir para que ela venha aqui? — pediu Bri. — Quero ver a cara dela quando descobrir.

Alex assentiu com a cabeça.

— É uma boa ideia — concordou. — Agora descanse, voltarei quando Julie chegar. Amanhã será um grande dia para todos nós e quero que você esteja o mais forte e disposta possível.

— Meu rosário está no saco de dormir comigo — disse Bri. — Vou rezar agora e agradecer a Deus por você, pelo sr. Flynn e por todos os outros que têm sido tão bons.

DEZESSETE

Segunda-feira, 12 de dezembro

Apenas mais cinco quarteirões, disse Alex para si mesmo. Eles já tinham conseguido chegar até ali; mais cinco quarteirões não eram nada de mais.

O trajeto até o centro fora muito mais difícil do que ele imaginara, apesar de ter começado bem. Ficara satisfeito com o modo como lidara com as coisas, ao dar a notícia para Bri e, em seguida, para Julie (que limitou sua comemoração a um urro silencioso, que ele apreciou), deixando um bilhete debaixo da porta da Vicente de Paula para que o padre Mulrooney e a irmã Rita não se preocupassem com eles, e depois voltando para o 12B para ajudar Bri e Julie a empacotarem as coisas. Então, ele e Julie arrumaram e limparam o apartamento da melhor forma possível naquelas circunstâncias. Todos jantaram e deixaram comida suficiente para o café da manhã no dia seguinte.

Ele não tinha dormido bem, mas era por causa do nervosismo, e imaginou que teria muito tempo para dormir no ônibus. Finalmente, parara de tentar cair no sono ao redor das 4h30, terminara o que ainda faltava fazer e acordara as irmãs. Era estranho e maravilhoso tomar café da manhã; ele não conseguia se lembrar da última vez que começara o dia sem sentir fome.

Alex quisera ter certeza de que Bri e Julie tinham arrumado as coisas que eles pretendiam levar: algumas mudas de roupa, um ou outro item pessoal, nada pesado demais e, obviamente, nada muito grande, pois estavam limitados ao que cabia nas mochilas. Cada um vestiu várias roupas, uma por cima da outra, como um truque para levar mais coisas e porque iam ficar ao ar livre por muitas horas.

Finalmente, estavam prontos para partir. Fora uma descida lenta pelos doze lances de escada, pois tinham que parar praticamente em cada andar para que Bri recuperasse o fôlego. Ela não conseguiria sobreviver muito mais tempo naquelas condições, pensara Alex. Ele tinha certeza de que os medicamentos do inalador estavam acabando, e não fazia ideia de como substituí-los. Mas, em poucos dias, eles estariam em um lugar seguro e isso não seria problema.

Alex deixara Bri e Julie no saguão, enquanto descia o último lance de escada até o antigo apartamento. Tudo estava como deixara. Ele carregara o trenó e fora recompensado por gritinhos de admiração e agitação. Levara-o para a rua, depois voltara a entrar no prédio e carregara Bri para o lado de fora, colocando-a com cuidado no trenó para que não se molhasse. Era engraçado pensar que nunca mais voltariam, nunca mais veriam a Rua 88 Oeste nem a cidade de Nova York.

Ele sugerira que, antes de partir, fizessem uma oração, e vira gratidão nos olhos de Bri ao ouvir aquilo. Então, quando chegara a hora, começara a puxá-la, e Julie fora caminhando a seu lado.

Não fora fácil, pois ele e a irmã tinham que caminhar no meio dos montes de neve e, pouco depois, seus braços e costas começaram a doer de tanto puxar o trenó com Bri e as mochilas. Julie se oferecera para ajudar com as bolsas, por isso, terminara com uma nas costas e outra na frente do corpo. Não fazia muita diferença, mas Alex ficara grato por ela fazer aquele esforço.

Precisaram de uma hora apenas para chegar à Rua 70, e Bri tinha dificuldade para respirar. Na 68, Julie caíra e Alex precisara puxá-la, o que consumira mais energia do que ele podia gastar naquele momento. Um pouco de neve entrou na bota de Julie e ela começara a tremer descontroladamente. Alex não sabia se a sacudia, batia nela ou a abraçava.

— Vamos — dissera, mais para si mesmo do que para as irmãs. — Não é tão longe assim. Vamos conseguir chegar lá.

Mas, na altura da 62, ele já não tinha tanta certeza. Ainda precisavam passar por Columbus Circle e caminhar um quilômetro e meio pelas ruas da cidade. Será que aguentariam? Bri estava tossindo e os passos de Julie ficavam cada vez mais lentos.

Isto é ridículo, dissera para si mesmo. Em duas horas ou menos, se tudo transcorresse bem, estariam na rodoviária e saberiam aonde precisavam ir para se prepararem para a viagem de ônibus que os levaria a salvação. Eles apenas tinham que aguentar até lá.

O vento ficara mais forte, e Alex sentira a brisa da maresia misturada às já familiares cinzas. Seus olhos doeram e lacrimejaram até mal conseguir enxergar o que estava a um metro dele. Pensara na oferta de Harvey, uma carona do apartamento deles até um local seguro para ele e para Bri em troca de Julie. Percebera que Bri poderia morrer no trenó. Será que tomara outra decisão errada? Como poderia ter certeza de que Julie estaria mais protegida com ele do que com um estranho?

O som do vento parecia uma risada irônica: seu pai chamando-o de *debilucho*, Carlos chamando-o de bichinha. Eles eram homens de verdade, que nunca teriam deixado as coisas ficarem tão ruins.

Julie voltara a cair. A mochila na frente estava encharcada de neve e era evidente que estava pesada demais para a menina levar. Alex pegara-a e colocara no trenó.

— Posso levar a outra — dissera Julie. — Ponha em mim.

Alex negara com a cabeça.

— Estamos bem assim — afirmara. — Vamos continuar andando.

Mas as coisas ficaram ainda piores na Rua 57, pois ali a civilização começava de novo. A Oitava Avenida estava limpa, e as calçadas, sem neve, o que significava que eles não podiam mais usar o trenó.

Um caminhão passara por eles; o motorista buzinara furiosamente e os xingara.

— Temos que ir para a calçada — dissera Alex.

— Não vamos conseguir puxar o trenó — observara Julie.

Alex assentira com a cabeça.

— Daremos um jeito — assegurara, arrastando o trenó para o meio-fio.

Ele pegara Bri no colo e a erguera acima do ombro, como os bombeiros faziam. Julie levara o trenó até a calçada. Ela o puxara dali enquanto Alex tentava não escorregar no gelo.

Ele caíra duas vezes. Da primeira vez, Julie conseguira se posicionar para amortecer a queda e os três bateram na calçada juntos. Teria sido engraçado, se tivesse sobrado um pouco de humor no mundo.

Da segunda vez, Julie não tivera chance de ajudar, Alex caíra e batera o nariz na calçada com tanta força que tivera medo de tê-lo quebrado. O choque deixara Bri agitada, e ela começara a arfar desesperadamente.

Enquanto Alex limpava o sangue do rosto, Julie revirava a mochila de Bri para encontrar o rosário, que entregara a irmã. Bri apertara as contas como se elas fossem a própria salvação.

— *Dios te salve, María. Llena eres de gracia* — começara Julie.

Ouvir as palavras familiares da Ave-Maria em espanhol, como a mãe sempre rezava, ajudara a acalmar Bri. Quando fora capaz, recitara junto com Julie, e Alex ficara parado ali, dizendo a si mesmo para nunca mais subestimar a irmã caçula.

O trajeto se tornara mais fácil conforme se aproximaram da rodoviária, e Alex voltara a acreditar que conseguiriam. Vira um punhado de pessoas enquanto desciam pela Oitava Avenida e, embora ninguém se oferecesse para ajudar, ninguém os xingara. Havia muitos corpos, e Alex notara, pela altura das pilhas, que muitos eram recentes. Gripecídio, decidira. Não haveria necessidade daquela palavra no lugar aonde estavam indo.

A última vez que Alex estivera na rodoviária fora em maio, cercado de pessoas histéricas que queriam escapar. Agora, estava deserta. Ele ficou surpreso ao ver que não havia ninguém para o comboio, mas pensou que talvez usassem uma entrada diferente ou que todos já estivessem do lado de dentro. Não conseguia olhar para o relógio sem mover Bri, por isso perguntou a Julie que horas eram. Ela parou de puxar o trenó e deu uma olhada.

— Dez e quinze — respondeu.

— Acho que somos os primeiros aqui — disse Alex. — Isso é bom. Podemos pegar lugares juntos.

— Achei um guarda! — gritou Julie, apontando na direção do prédio. — Ele pode nos dizer aonde ir.

Alex pousou Bri no chão com delicadeza e foi até o homem.

— Temos bilhetes para o comboio — disse ao guarda. — O senhor sabe por onde temos que entrar?

— Não tem comboio hoje — informou o guarda.

— Como assim? — perguntou Alex. — O comboio de 12 de dezembro. Temos nossos bilhetes e reservas. — Por um momento, teve medo, por alguma razão, de ser 13 de dezembro e eles terem perdido o comboio por um dia. — Hoje é dia 12, não é? — perguntou, incapaz de disfarçar o terror em sua voz.

— Não importa que dia é hoje — disse o guarda. — Não tem comboio por causa da quarentena.

— Que quarentena? — indagou Alex. — Como assim?

O guarda olhou para Alex, depois para Bri, Julie e o trenó.

— Ninguém lhes contou? — perguntou, e Alex sentiu pena em sua voz.

— Contou o quê? — disse Alex, já sabendo o quanto iria odiar a resposta.

— A cidade de Nova York está sob quarentena por causa da gripe — respondeu o guarda. — Ninguém pode entrar ou sair da cidade.

— Até quando? — indagou Alex. — Por quanto tempo?

O guarda deu de ombros.

— Até a epidemia acabar — contou. — Ou até todo mundo no país ficar doente e não fazer mais diferença. Ou até todo mundo morrer. Como você preferir.

— O senhor sabe alguma coisa sobre os comboios? — perguntou Alex. — Eles vão recomeçar? Será que vão nos deixar ir quando recomeçarem?

— Sei tudo sobre os comboios — respondeu o guarda. — Sei tudo sobre as pessoas sortudas que vão dentro deles. É, haverá outro. Eles saem a cada duas semanas, e, se um não puder sair, o próximo dá conta de você e da sua família. Se souber que a quarentena acabou, volte em duas semanas. Se não tiver acabado, volte em quatro. Para pessoas como vocês, sempre há um meio de ir embora.

Alex quase riu, mas, se começasse, não conseguiria parar. Em vez disso, pensou no próximo comboio. Dali a duas semanas seria 26 de dezembro. Jesus Cristo certamente era piedoso demais para deixá-los morrer antes do Natal. Alex manteria as irmãs vivas por mais duas semanas, e os comboios voltariam a funcionar. Ele teria 18 anos e não poderia ir com elas, mas isso não seria problema. Os ônibus estariam cheios de mulheres e crianças, e uma delas certamente se ofereceria para cuidar de Bri e Julie até elas se ajustarem. Alguém seria generoso.

— Obrigado — disse ele ao guarda.

— Boa sorte, garoto — respondeu o guarda. — É complicado. Vocês moram muito longe?

— Sim — respondeu Alex. — Mas, se chegamos até aqui, conseguiremos voltar para casa.

Terça-feira, 13 de dezembro

Alex e Julie foram até a Vicente de Paula quase sem trocar uma palavra. Nenhum deles falara muito desde o pesadelo da volta da rodoviária. Tudo o que Alex dissera às irmãs era que a cidade estava sob quarentena e que, assim que ela acabasse, os comboios voltariam a funcionar. Em duas semanas, veriam como estaria a situação.

Ele não lhes contaria que não podia ir junto até elas estarem seguras no ônibus. Mas que diferença faria mais um segredo?

Havia um grande cartaz escrito à mão na porta da frente da escola: FECHADO ATÉ SEGUNDA ORDEM, DEVIDO À QUARENTENA.

— Quanto tempo você acha que levará até essa "segunda ordem"? — perguntou Julie.

Alex fez que não com a cabeça.

— Não sei — disse. — Talvez, se tivermos sorte, seja apenas uma semana.

— Você acha que Harvey ainda tem comida? — perguntou Julie quando começaram a andar de volta para casa.

— Claro. Tenho certeza de que sim — disse Alex. — Mas não sei o que ainda tenho para trocar.

— Talvez você possa levar o trenó — comentou Julie. — Aposto que receberia muita comida em troca dele.

— Vamos precisar do trenó daqui a duas semanas — disse Alex. — Não posso carregar Bri até a rodoviária.

— Se não tivermos comida, ela vai morrer de qualquer jeito — disse Julie.

— Harvey não vai querer o trenó de volta — afirmou Alex. — Somos as únicas pessoas que precisavam de um. Pense, Julie. Sobrou alguma comida?

Julie fez que sim com a cabeça.

— Deixei uma lata de feijões no 12B — disse ela. — Parecia errado não deixar nada, caso eles voltassem um dia. E tem uma embalagem de macarrão que nunca usamos porque tinha umas coisas nela.

— Que coisas? — perguntou Alex.

— Insetos — respondeu Julie. — Achei que seria errado jogá-la fora.

— Podemos comer isso — observou Alex. — As pessoas comem insetos o tempo todo.

— Eca — disse Julie.

— É melhor do que morrer de fome — retrucou ele. — Além do mais, é só até sexta-feira. Pegaremos nossas sacolas de comida no final da semana. E talvez a Vicente de Paula reabra na segunda. Apenas precisamos aguentar hoje, amanhã e quinta-feira, e, depois, ficaremos bem.

— Ainda temos que cozinhar o macarrão — disse a menina.

— Ah. Como se faz isso? — perguntou Alex.

Julie balançou a cabeça, em negação.

— Você é um inútil — disse. — Até Carlos sabe ferver água.

— Então precisamos ferver a água e cozinhar o macarrão nela? — perguntou Alex. — Não parece muito difícil.

— Não é — respondeu Julie. — O problema é que o fogão não funciona há semanas. Bri estava cozinhando tudo no micro-ondas porque havia eletricidade. E não tem mais, caso você não tenha percebido.

— Não é minha culpa não termos energia elétrica desde a nevasca, o fogão não funcionar e eu não saber cozinhar — disse Alex. — Quanto tempo dura uma lata de feijão?

— Depende se vamos comer ou só olhar para ela — retrucou a menina.

— Você ferve a água numa panela, certo? — insistiu ele. — No fogo.

— Isso — respondeu Julie.

— Bem, temos a panela e ainda temos água corrente. A única coisa que não temos é o fogo — observou.

— Podíamos incendiar o apartamento — disse ela. — Então teríamos fogo e aquecimento para variar.

— Fogo — repetiu Alex.— Faremos uma fogueira.

— Dentro do apartamento? Feito um acampamento? — perguntou Julie.

Alex negou com a cabeça.

— Não podemos expor Bri à fumaça — disse. — Faremos a fogueira em um dos outros apartamentos. Na pia. Então colocaremos a panela por cima dela para a água ferver, e teremos macarrão e feijão.

— E insetos — disse Julie, mas Alex notou animação e alívio em sua voz. — Mas não temos lenha. O que podemos queimar?

— Revistas — retrucou Alex. — Tem um monte de revistas largadas por lá.

— Melhor fervermos muita água — disse Julie. — Estamos quase acabando com a que Bri ferveu no micro-ondas. Ela fervia muita água todas as tardes, para termos sobrando em caso de emergência, mas usamos quase tudo.

— Você e Bri estão tomando conta de mim muito bem, não é? — disse ele.

— Não era tão ruim antes da nevasca — respondeu a menina. — Bri descongelava o jantar no micro-ondas quando estávamos na escola. Agora, guardamos as latas no saco de dormir.

Alex pensou quantas vezes as irmãs lhe pareceram um fardo. Mas dependia das garotas para sobreviver tanto quanto elas dependiam dele.

— É apenas por mais umas semanas — disse. — Vamos no próximo comboio. E, na sexta-feira, haverá comida. Até lá, comeremos macarrão e feijão.

— E insetos — disse Julie. — Ah, bem. É melhor que nada.

Sexta-feira, 16 de dezembro

Alex teria preferido manter Julie em casa na sexta-feira, mas eles precisavam de duas sacolas de comida. Comeram o macarrão e o feijão na véspera, na hora do almoço, e, com a pouca quantidade de comida que recebiam em cada sacola, não havia meio de sobreviverem com o que ele trouxesse sozinho para casa.

Não sobrara nada para ser trocado em nenhum dos apartamentos. Alex, a princípio, procurara com calma, mas, depois, durante toda a quarta e a quinta-feira, sua busca se tornara mais frenética. Ele o fizera à luz de vela, pois as pilhas da lanterna acabaram. Ainda restavam duas velas e metade da caixa de fósforos.

Na maior parte do tempo, eles dormiam. Alex não tinha certeza se isso era bom ou não para eles, mas não havia mais nada para fazer, e imaginou que provavelmente queimariam menos calorias assim. Fazia questão de que Julie rezasse quando estivesse acordada. Oração era algo natural para Bri, portanto, ela não era um problema.

Tudo se fora, perdido em meses de troca por latas de feijão e sacos de arroz. As únicas coisas que Alex poderia pensar em levar para Harvey eram o casaco que ele estava vestindo e um vidro de aspirina que insistia em guardar.

Isso não era verdade, e ele sabia. Embora tivesse trocado praticamente tudo o que encontrara nos armários de remédios, guardara meia dúzia de comprimidos de tarja preta para dormir, para que, se precisasse, pudesse dá-los a Bri e Julie e asfixiá-las enquanto dormiam. Ele tinha certeza de que estariam em estado de graça quando morressem, e era isso o que importava.

Disse a si mesmo para não perder a cabeça, que Julie pensaria em como fazer duas sacolas de comida durarem por dez dias ou que, talvez, a quarentena acabaria e a Vicente de Paula seria reaberta. Se eles conseguissem sobreviver até 26 de dezembro, tinham uma chance.

Ele odiava ver como Julie estava fraca. Sabia que ela comia menos para que Bri pudesse ter um pouco mais. Em silêncio, pediu perdão por sempre reclamar da caçula.

Não havia ninguém na fila quando chegaram à escola. Ambos sabiam o que isso significava, mas, de qualquer forma, foram até a porta.

ENTREGA DE ALIMENTOS SUSPENSA INDEFINIDAMENTE

Alex fitou o cartaz. O que "indefinidamente" queria dizer? Será que era apenas até o fim da quarentena? Ou haviam desligado os aparelhos da cidade? E se ela tivesse sido abandonada para morrer, isso significava que os comboios também cessariam? Desejou que Julie começasse a chorar. Talvez, se tivesse que consolá-la, não se sentiria tão inútil nem tão apavorado.

Mas Julie nunca fazia o que ele queria, e desta vez não foi exceção.

— Não importa — disse ela. — Não teria sido o suficiente.

— Provavelmente você tem razão — concordou Alex.

Começaram a voltar para casa.

— Vou tentar com o Harvey — decidiu. — Tenho meu casaco e um vidro de aspirina. Talvez ele me dê alguma coisa por isso.

— Como você irá sobreviver sem o casaco? — perguntou Julie.

— Posso dar um jeito — disse Alex. — Andarei enrolado em um cobertor. Talvez você e Bri possam descobrir um meio de transformá-lo em um casaco para, quando voltarmos à rodoviária, meus braços ficarem livres para puxar o trenó.

Julie ficou parada, imóvel.

— Não acho que a gente vá precisar do trenó — sussurrou ela, como se houvesse alguém por perto para ouvi-la.

— Precisaremos para Bri — respondeu Alex.

— Ela está na última embalagem de medicamento — sussurrou Julie baixinho. — Já está nela há algumas semanas. Às vezes, durante a noite, ela tosse e não usa, e parece que vai morrer naquele instante, no saco de dormir.

— Bri não vai morrer — disse Alex. — Pegaremos o comboio em menos de duas semanas. Só precisamos de comida suficiente para sobreviver até lá.

— Você parece ela falando — disse a menina. — Quando insiste que mamãe e papai ainda estão vivos.

— É diferente — observou Alex. — Não podemos fazer nada em relação aos nossos pais. Mas ainda podemos nos manter vivos. Incluindo Bri.

— Ajudaria se você levasse meu casaco? — perguntou Julie. — De qualquer forma, está muito grande para mim.

— Guarde o casaco — disse Alex. — Talvez na semana que vem possamos levá-los para Harvey.

Eles caminharam em silêncio até voltarem ao edifício.

— Não tenho medo de morrer — disse Julie. — Imagino que, no Céu, vou ter mais conhecidos do que na Terra, de qualquer forma. Mamãe, papai e Kevin. Muitas pessoas. Só não quero ser a última a morrer. É isto o que me dá mais medo, que você e Bri morram e eu fique sozinha.

— Isso não vai acontecer — disse Alex.

Julie olhou para ele com aquela estranha combinação de imaturidade extrema e sabedoria pouco natural.

— Promete? — pediu ela.

— Prometo — respondeu ele.

Alex odiava a ideia de subir os doze lances de escada, mas não estava com o vidro de aspirina e precisava pegá-lo. Levaram o dobro do tempo para subir as escadas do que na semana anterior. Ele não sabia como carregaria Bri, no dia 26, pelas escadas até o trenó.

Quando chegaram, ela estava dormindo e sua respiração era pesada. Quando o medicamento acabasse, disse Alex para si mesmo, à noite, ele encontraria forças para lhes dar os comprimidos. Elas morreriam tranquilamente; era a melhor forma que isso poderia acontecer.

Encontrou o vidro de aspirina e disse a Julie que estava saindo.

— Quer que eu vá com você? — perguntou ela.

— Não. Fique aqui — respondeu Alex.

Ele não tinha certeza do que faria se Harvey fizesse uma oferta pela irmã enquanto ela estivesse presente. Desceu as escadas com calma e, então, devagar, caminhou até a loja. Sabia que era possível que nenhuma comida tivesse chegado durante a semana e que Harvey talvez não tivesse nada para trocar. Também sabia que o homem poderia achar que o casaco e o vidro de aspirina não tinham valor. Sabia muitas coisas que não queria saber.

Mas, na loja, ele descobriu a única coisa que não esperava: a porta estava trancada.

Alex bateu. Talvez Harvey estivesse no banheiro. Mas não havia barulho algum. Será que fora embora? Será que escapara, de alguma maneira, apesar da quarentena?

A ideia enfureceu Alex. Se Harvey tivesse indo embora, certamente teria levado a comida. Mas estava com raiva demais para ser racional. Tirou o sapato e, com a pouca energia que lhe restava, quebrou a vitrine da frente da loja. Estilhaços de vidro caíram na neve.

Alex voltou a calçar o sapato, alcançou a fechadura e destrancou a porta. Harvey estava deitado no chão, com o braço direito estendido, como se tentasse pegar alguma coisa.

Alex tirou sua luva, ajoelhou-se e sentiu o pulso. Não havia batimentos, mas Harvey ainda estava quente, por isso, encostou a orelha em sua boca para tentar sentir a respiração. Não que soubesse o que fazer se Harvey ainda estivesse vivo.

Não tinha importância. Ele acabara de morrer. Provavelmente há não mais que dez minutos. O último de uma espécie extinta.

Alex sabia que deveria rezar pela alma de Harvey, mas a única oração que conseguiu dizer foi: "Deus, por favor, me deixe encontrar alguma comida." Passou por cima de Harvey e começou a vasculhar.

A frente da loja estava totalmente vazia. Desesperado, Alex abriu a porta do banheiro. Encontrou algumas velas na pia e duas caixas em cima do vaso sanitário.

A primeira não tinha nada além de roupas, tão sujas que Alex não conseguiu nem se obrigar a tocá-las. Ele jogou a caixa no chão, respirou fundo e abriu a segunda. Estava com comida até a metade. Dois sacos de arroz, seis latas de feijão vermelho, duas de feijão preto, quatro de espinafre, duas de sopa de ervilha, uma de lentilha, uma de cenoura, três de seleta de legumes e uma de sardinha.

Se tomassem cuidado, a comida poderia durar até o dia 26. Guardariam as sardinhas para o Natal.

O garoto sabia que teria que agir rápido. Ele não era a única pessoa no Upper West Side rezando por comida. Pegou uma das camisetas de Harvey, encheu com as latas, sacos e velas, depois, amarrou as mangas. Desabotoou o casaco, colocou o embrulho no peito e abotoou o casaco de novo. Não era um grande disfarce, mas teria que servir, na remota possibilidade de que encontrasse outro ser humano no trajeto entre a loja e sua casa.

Voltou a passar pela frente da loja e deu uma olhada rápida para Harvey.

—Vou rezar por sua alma quando chegar em casa — prometeu.

Em seguida, abriu a porta, olhou ao redor na rua vazia, pegou o caco de vidro mais afiado para se proteger e começou o trajeto de volta à segurança.

DEZOITO

Sábado, 17 de dezembro

— Alex, o que você está fazendo?

— Tirando o casaco — respondeu ele. — Está absurdamente quente aqui, acho que vou abrir a janela.

— Alex, está um gelo aqui. Alex? Alex, responda. Bri! Bri, venha aqui agora! Alex desmaiou!

Domingo, 18 de dezembro

— Beba isto, Alex. Alex, você tem que engolir isto.

— Mamãe?

Quando foi que a mãe voltara para casa? Ela estava no trabalho, no emprego novo. Como poderia estar em casa? E por que ele não estava na escola? Estava quente demais para um dia de neve. Devia estar fazendo quase 40 graus.

— Ele está chutando os cobertores de novo. Julie, me ajude.

— Não! — disse Alex. — Mamãe, não. Estou com muito calor.

— Alex, está tudo bem — respondeu a mãe.

Mas a voz não era dela. Era de Bri. Mas Bri estava tossindo. Bri tossia demais. O papai nunca tossia. Um homem não tossia. Alex ia ser um homem como o pai. Nunca tossiria.

— Julie, segure ele enquanto o forço a engolir a sopa.

Alex riu. Como Julie poderia segurá-lo? Papai poderia segurá-lo, mas não Julie. E, por falar nisso, onde estava o pai? Ele saíra há muito tempo, já deveria ter voltado. O apartamento 12B tinha um problema no encanamento. Papai precisava consertá-lo. Papai era capaz de consertar qualquer coisa. Papai conseguiria consertar a Lua.

—Você acha que ele engoliu a aspirina?

— É, acho que sim. Alex, fique quieto. Estamos tentando fazer você melhorar.

Ninguém tentava fazer Carlos melhorar. Carlos estava bom do jeito que era. Ele nunca precisava fazer nada. E nem Bri nem Julie, porque eram garotas e ninguém esperava nada delas. Não. Apenas Alex tinha que melhorar. Não importa o que fizesse, ele nunca era bom o suficiente. Vice-representante. Editor assistente. Segundo na turma. Nunca era bom o suficiente. Como ele poderia ser presidente dos Estados Unidos se era apenas o segundo da turma?

Estava cansado de ser o segundo melhor. De tentar e falhar. E estava com muito calor. Talvez tivesse morrido e ido para o inferno. Apenas o inferno seria quente assim.

Segunda-feira, 19 de dezembro

A mãe lavou o rosto dele com um pano frio.

— Não durma, Alex — pediu. — Fique acordado.

Dormir? Como ele poderia dormir? Estava congelando. Por que o aquecedor não estava funcionando?

— Papai, estou com frio.

— Ponha outro cobertor nele — pediu Bri. — Pegue um dos nossos.

Um dos o quê? Quem o jogara na neve? Devia ser Carlos. Carlos pensava que ele era um bebezão. Ele ia mostrar a Carlos. Sairia sozinho da neve.

— Julie! Ele está tentando se levantar. Segure-o.

Julie não conseguiria segurá-lo. Ninguém conseguiria. Nem mesmo Chris Flynn poderia segurá-lo. Ele era o primeiro presidente porto-riquenho dos Estados Unidos. Chris Flynn, não. Carlos, não. Nem mesmo o pai era o primeiro presidente porto-riquenho dos Estados Unidos. Por que alguém jogaria o primeiro presidente porto-riquenho na neve? Por que não havia aquecimento na Casa Branca?

Kevin o respeitava.

— Olá, sr. presidente — disse Kevin.

— Olá, sr. vice-presidente — respondeu Alex.

Aquilo não parecia certo. Alex era o vice, não Kevin. O que Kevin era? Secretário de Estado? Era difícil lembrar.

— O Céu não é tão ruim — disse Kevin. — Melhor que eu imaginava. Tem um monte de exemplares da *Playboy* aqui. Harvey me dá todas as últimas edições.

Harvey abrira uma banca de jornais.

— Quer um exemplar da *Playboy*? — perguntou Harvey a Alex com um olhar malicioso. Ele tinha perdido todos os dentes. — Dois exemplares por uma lata de tomate e uma menina nervosinha.

O inferno fora quente demais, mas o Céu era mais frio ainda. Por alguma razão, Alex imaginava que lá a temperatura sempre seria 24 graus. Talvez mais quente, para quando você quisesse nadar.

— O senhor pode morrer, sr. presidente — disse Kevin. — Todos vamos morrer em breve.

— Eu não — disse padre Mulrooney. — Nunca vou morrer.

Alex ficou satisfeito ao ver o sacerdote.

— Creio que o senhor deveria ser o presidente da Suprema Corte — disse ao padre idoso.

— Preferia ser embaixador no Vaticano — admitiu Mulrooney, erguendo tanto as sobrancelhas que elas bateram no teto da Capela Sistina.

— Quer ir fazer compras em corpos, sr. presidente? — perguntou Kevin. — Veja só essa bela pilha imensa.

Alex foi até a pilha de corpos. Deveria haver uma centena deles. Kevin trouxe uma escada para que ele pudesse subir até o topo e procurar por sapatos e relógios.

Seu pai estava no topo da pilha. Alex o segurou e jogou para Kevin.

— Boa pegada! — gritou Alex.

Depois, foi a vez da sua mãe.

— Aqui, nós falamos inglês — disse ela enquanto ele a jogava para Kevin.

De alguma maneira, o amigo surgira no topo da pilha. Sorriu para Alex e falou:

— Sr. presidente, estou morto, lembra?

— Não está, não — respondeu Alex. — Eu tirei o galho de cima de você. Kevin! Volte aqui! Kevin!

— Ele está chamando Kevin — observou Bri. — Você sabe onde ele está, Julie? Talvez pudesse ajudar Alex a se acalmar.

— Kevin morreu — disse Julie.

Alex deu uma gargalhada. Kevin era a única pessoa na Terra que não morrera por gripecídio. Ele não esperara para morrer com a gripe. E não arriscara sua alma ao se matar. Não. Kevin era inteligente demais para isso. Procurou um galho de árvore e ficou embaixo dele.

OS VIVOS E OS MORTOS • 305

— Bem-pensado, sr. vice-presidente — observou Alex. — Precisamos de mais homens como o senhor na Vicente de Paula.

Vicente de Paula. Era dia de aula. Mesmo o presidente dos Estados Unidos precisava ir à escola se quisesse entrar em Georgetown.

— Bri, me ajude. Ele está tentando se levantar.

— Alex, fique quieto. Não se mova tanto. Alex, vai ficar tudo bem. Só relaxe.

Relaxar. Como o líder do mundo livre poderia relaxar quando estava preso na neve? Onde estavam os fuzileiros navais quando se precisava deles?

— Aqui estamos! — disse Carlos, muito elegante em seu uniforme.

Tia Lorraine estava de pé ao lado dele, soluçando histericamente, mas o sobrinho não parecia se importar.

— Fique onde está, sr. presidente. Vou cuidar de Bri e Julie. O senhor não passa de um bebê.

— Não sou um bebê — protestou o presidente dos Estados Unidos. — Mamãe, Carlos está implicando comigo!

— Um homem de verdade não precisa da mãe — disse seu pai. — Olhe para mim. Sou um homem de verdade. Não preciso da minha mãe.

— Mamãe!

— Alex, sou eu, Bri. Estou aqui, e Julie, também. Alex, engula. Faça isso por nós.

— Não! Sou o presidente dos Estados Unidos. Não tenho que engolir nada.

— Julie, pare de rir. Alex está delirando.

— Eu sei — disse Julie. — Só estou achando graça.

Graça? O presidente dos Estados Unidos era engraçado? Ela deveria ser presa por traição. Alex decidiu fazer uma lista de todas as razões por que Julie devia ser presa por traição, mas estava frio demais para procurar um lápis. Em vez disso, tiraria um cochilo. Talvez quando acordasse estivesse aquecido novamente.

— Alex. Só mais um gole — disse Bri.

Mas o presidente não a ouviu.

Terça-feira, 20 de dezembro

— Bri! Venha até aqui. Não consigo acordar Alex! Alex! Alex!

Quarta-feira, 21 de dezembro

— O quê? — disse Alex, fazendo esforço para se sentar.

— Julie, levante. Acho que Alex acordou.

— Claro que acordei — disse o garoto, mas ele tinha a sensação de que tudo o que falava soava como "uga uga".

— Alex, olhe para mim — pediu Bri. — Você sabe onde está?

Era uma pergunta difícil, mas ele já respondera perguntas mais difíceis na escola.

— Em casa — respondeu. Aquilo não soava de jeito nenhum como "uga uga".

Bri sorriu. Alex a viu sorrindo e sorriu de volta.

— Alex, queremos que você tome um pouco de sopa — disse Julie. — Aqui, beba a sopa. É de ervilha. Sua favorita.

O garoto era educado demais para dizer à irmã que sua sopa favorita era minestrone. Tomou um gole. O gosto era terrível.

— Você é uma péssima cozinheira — disse ele.

— Tome outro gole — insistiu Bri. — Está gostosa.

Alex fez o que lhe disseram para fazer, mas a sopa não era nem um pouco gostosa.

— Onde estão meus braços? — perguntou ele.

OS VIVOS E OS MORTOS • 307

— Bem do seu lado — respondeu Bri. — Você está no saco de dormir.

Ele imaginou que isso fazia sentido.

— O sol está brilhando nos meus olhos — disse ele.

— O sol não brilha mais, Alex — respondeu Julie.

— *Santa Madre de Dios* — exclamou Bri. — A eletricidade voltou.

Quinta-feira, 22 de dezembro

— Que horas são? — perguntou Alex. — Que dia é hoje?

Julie deu uma risada.

— São quase 15h — respondeu ela. — E é seu aniversário.

Seu aniversário. Havia uma razão para aquilo ser importante, mas Alex não conseguia se concentrar o suficiente para pensar no porquê.

— Dormi por quanto tempo? — perguntou.

— Você ficou doente há alguns dias — respondeu Julie. — No sábado à noite. Hoje é quinta, então, dormiu a semana inteira. No início, você estava delirando, mas desde ontem acho que aparenta estar mais normal.

— Gripecídio.

— O quê? — perguntou Julie.

— A gripe — disse Alex. — Devo ter pegado a gripe.

— Você ainda está doente — disse Julie. — Mas agora não acho que vá morrer.

— Fiquei tão mal assim? — perguntou Alex.

Julie assentiu com a cabeça.

— Especialmente no domingo e na segunda — disse ela. — Você ficou bastante enlouquecido na segunda. Depois, dormiu; não conseguimos acordar você e ficamos apavoradas. Mas você acordou sozinho e tem ficado acordado por mais tempo desde então.

— Eu tomei sopa? — perguntou Alex. — Acho que me lembro de sopa.

— Nós encontramos um vidro de aspirina e dissolvemos os comprimidos na sopa — disse Julie. — Você odiou, mas conseguimos fazer você engolir um pouco de cada vez. Como está se sentindo?

— Terrível — disse Alex. — Como se um caminhão tivesse me atropelado. E estou molhado. Por que estou molhado?

— Bem, você suou muito — disse Julie. — E fez xixi. Como estava dentro do saco de dormir, imaginamos que era melhor deixar você nele porque ficava tentando levantar. Quando ficar mais forte, pode sair dele para secarmos tudo.

Algo no saco de dormir fez Alex se lembrar de Kevin.

— E Kevin? — perguntou.

— Morreu. Foi o que você me disse na sexta — respondeu Julie.

É, era isso mesmo. Harvey também morrera.

— Vou melhorar logo — disse Alex. — Prometo. Vou ficar forte o bastante para cuidar de vocês em breve.

E, com essas palavras, voltou a dormir.

Quando acordou, estava escuro, a claridade vinha de uma única vela.

— O que está acontecendo? — perguntou ele.

— Nada — respondeu Julie. — Volte a dormir.

Mas Alex estava mais desperto do que estivera nos últimos dias.

— Que horas são? — insistiu.

— Não sei — disse Julie. — Não é tão tarde. Está escuro aqui, é só isso.

— Estou com fome — disse Alex.

— Você não comeu muito nos últimos dias — disse Julie. — Ainda temos comida, se quiser um pouco. Quer espinafre?

Alex pensou e negou com a cabeça.

— Quero alguma coisa doce. Tem algo doce em casa?

— Acho que não — respondeu Julie.

Alex tentou se concentrar. Todo o corpo doía, e sua cabeça latejava de um modo quase insuportável.

— Você poderia apagar a vela? — pediu. — Está incomodando meus olhos.

— Não acho que deveria — disse Julie. — É a única luz que temos. Mas posso afastá-la. — Ela ficou de pé e levou a vela até uma mesa atrás do sofá para que Alex ficasse de costas para ela. — Melhorou?

— Sim, obrigado — agradeceu Alex. — Sei que é loucura, mas o sol começou a brilhar enquanto eu estava doente?

— Você pensou que sim — respondeu Julie. — Foi ontem. A eletricidade voltou. Hoje também, mas você dormiu o dia todo.

— Eletricidade — repetiu Alex. — Isso é um bom sinal.

— Acho que sim — disse Julie. — O micro-ondas com certeza facilita as coisas.

— Imagino que mamãe e papai não tenham voltado — comentou Alex. Parecia que passara muito tempo com eles ultimamente.

— Não — disse Julie. — Somos apenas nós. O de sempre.

— Onde está a Bri? — perguntou Alex. — Ela está bem?

— Bri foi sensacional — respondeu Julie. — Eu e ela nos revezamos tomando conta de você. Ela foi realmente incrível. É como nem se preocupasse com a asma. Disse que apenas tínhamos que manter a fé de que Nossa Senhora ajudaria você, e ela ajudou.

— E hoje é meu aniversário? — perguntou Alex. — Tenho 18 anos?

— Isso — respondeu Julie. — Parabéns e desculpe por não ter uma festa.

Alex fechou os olhos, tentando se lembrar do motivo pelo qual seu aniversário era tão importante. Mas, antes que ele conseguisse pensar numa resposta, voltou a dormir.

Sexta-feira, 23 de dezembro

Sua garganta estava seca. Ele tateou atrás do copo d'água que sempre mantinha na beirada da mesa, mas não conseguiu encontrá-lo.

— Julie! — chamou. — Julie, estou com sede.

— Vou pegar um pouco de água — disse ela. — E alguns comprimidos de aspirina.

Alex esperou até que ela trouxesse a bebida. Quando trouxe, tomou um gole e engoliu as duas aspirinas, fazendo com que descessem com mais água. Não havia água suficiente no mundo, pensou ele. Ou talvez houvesse demais. De qualquer forma, ainda estava com sede.

— Posso tomar mais um pouco? — perguntou. — Por favor?

— Acho que sim — respondeu Julie. Ela voltou para a cozinha e trouxe um copo cheio. — Não tome tudo de uma vez. Está com fome? — perguntou.

— Não sei — contou Alex. — Acho que vou ficar. Estou me sentindo melhor que ontem, mas ainda estou todo dolorido.

— A aspirina vai ajudar — disse Julie.

— Que horas são? — perguntou Alex.

— Queria que você parasse de perguntar isso — repreendeu Julie. — Que diferença faz?

Alex pensou em dizer a Julie que não falasse com ele desse jeito, mas não valia o esforço.

— Onde está Bri? — perguntou. — Ainda está dormindo?

— Talvez você devesse voltar a dormir — disse Julie. — Ainda é muito cedo.

Parecia uma ideia muito boa. Ele voltaria a dormir e deixaria a aspirina resolver seus problemas. Quando acordasse, tinha certeza de que se sentiria muito melhor.

Ele despertou com um sorriso no rosto. Tivera um sonho muito agradável, embora não conseguisse se lembrar dos detalhes. Tinha a ver com morar numa cidade pequena, parecida com as colônias de férias que frequentara. As pessoas andavam sorrindo. Ele se lembrava dos sorrisos.

— Já é manhã, não é? — perguntou para Julie.

Ela estava sentada na poltrona, de frente para o garoto, mas parecia estar concentrada na porta da frente. Alex virou-se para ver o que poderia haver de interessante ali, mas parecia a mesma porta de sempre.

— Sim — respondeu Julie. — Já é manhã.

— Lembro-me de ter bebido água. Quanto tempo faz? — perguntou Alex.

— Umas três horas — respondeu Julie. — Você quer aspirina?

Alex balançou a cabeça, negando, e, ao fazer isso, ficou tonto.

— Ainda não — disse ele. — Espero que você e Bri não fiquem doentes. Sobrou remédio?

— O suficiente — respondeu Julie. — E não vamos ficar doentes. Já teríamos ficado se isso fosse acontecer.

— Por que você está tão interessada na porta? — perguntou Alex. — Está esperando uma visita?

— Não, claro que não. Só estou cansada de ficar olhando pra você — disse Julie.

— Eu não a culpo — disse Alex. — Bri está dormindo?

Julie desviou o olhar da porta.

— Bri não está aqui — respondeu ela.

— Como assim ela não está aqui? Onde ela está?

— Não sei — respondeu Julie.

Alex se esforçou para soltar os braços do saco de dormir úmido e fedorento.

— Onde você acha que ela está?

— Não sei — respondeu Julie. — Sabe, tenho certeza de que ela está bem. Por que você não volta a dormir? Talvez já esteja de volta quando acordar.

— Não estou com sono — disse Alex. — Onde diabos está Bri?

— Já disse, não sei. Ontem, quando a eletricidade voltou, ela resolveu que ia até a igreja. Era seu aniversário e ela queria acender uma vela e agradecer à Nossa Senhora por ter salvado sua vida. Eu disse para não ir. Disse mesmo, Alex. Disse que a Virgem Maria sabia que nós estávamos gratos, que ela não precisava ir à igreja para contar. Mas Bri falou que era um milagre você se recuperar e que, além disso, era seu aniversário, e mamãe sempre acende velas nos nossos aniversários.

— Sua idiota — disse Alex. — Por que não a impediu?

— Porque não consegui! — gritou Julie. — A Bri é igual ao papai. Quando ela enfia uma coisa na cabeça, ninguém consegue fazê-la mudar de ideia. Eu disse que ia e que ela deveria ficar, mas Bri falou que queria se confessar para poder comungar no Natal. E parecia estar muito melhor. Não faz ideia de tudo que ela fez quando você ficou doente. Pensei que talvez Nossa Senhora tivesse feito um segundo milagre e curado Bri. E a energia elétrica havia voltado. Tudo o que ela precisava fazer era ir até a igreja e pegar o elevador na volta.

OS VIVOS E OS MORTOS • 313

— Por que não foi junto? — quis saber Alex. —Você podia ter tomado conta dela.

— Eu tomei conta de você — retrucou Julie.

Alex se remexeu, tentando encontrar o zíper do saco de dormir.

— Há quanto tempo ela saiu? — perguntou ele. — Que horas são?

— Uma da tarde, mais ou menos — respondeu Julie. — Ela saiu há quase 24 horas.

— Ai, meu Deus — exasperou-se Alex. — Ela poderia estar em qualquer lugar. Você ao menos a procurou?

— Eu não podia deixar você — respondeu Julie.

— Bem, agora pode — disse Alex. — Leve a vela e dê uma olhada na escada. Talvez Bri tenha voltado para casa depois de a eletricidade acabar e tenha passado a noite por lá.

— Você vai ficar bem sozinho? — perguntou Julie.

— Estou bem — falou Alex rispidamente. — Encontre Bri.

Julie assentiu com a cabeça, pegou a vela e saiu do apartamento.

Alex conseguiu se desvencilhar do saco de dormir. Despiu-se e vestiu roupas limpas. Continuava fedendo, mas não importava.

Caminhou até a cozinha e lavou o rosto com água fria. Todo o corpo tremia enquanto pegava o vidro de aspirina e engolia mais duas. Não tinha certeza se conseguiria voltar até a sala de estar, mas tinha que tentar. Cada passo era como escalar o Everest; quando finalmente conseguiu desabar sobre o sofá, seu coração batia forte.

Não comia há dias, recordou-se. O problema era que ele não achava que conseguiria voltar à cozinha para pegar alguma coisa e comer. Não tinha nem certeza se conseguiria voltar a ficar de pé.

Algo o fez ficar de quatro e engatinhar até o quarto das meninas. Ele não conseguia imaginar Bri ou Julie fazendo uma brincadeira de mau gosto dessas com ele, mas tinha que ter certeza de que a irmã realmente se fora.

O quarto estava vazio.

— Bri? — chamou.

Talvez estivesse se escondendo no armário. Mas não houve resposta.

Alex tentou engatinhar de volta à sala de estar, mas eram quilômetros de distância. Ele se lembrou de algo sobre rostos sorridentes antes de desmaiar no chão do quarto.

Sábado, 24 de dezembro

— Alex! Não ocupe o banheiro.

O garoto acordou assustado. Mas não era a voz de Bri. Por um momento, não conseguiu se lembrar de onde estava. Então viu Julie dormindo na poltrona da sala de estar e lhe ocorreu. Apartamento 12B. Os pais estavam desaparecidos por sete meses, Bri, por dois dias.

Ele olhou para a irmã caçula e tentou transferir a culpa de tudo para ela, mas não conseguiu. Passara sete meses sem conseguir desencorajar Bri de sua obsessão de que os pais voltariam a qualquer minuto. Como poderia esperar que Julie a impedisse de ir até a igreja se ela estava decidida a isso?

A menina o encontrara no chão do quarto. De alguma maneira, ela o fizera comer um pouco e, com sua ajuda, voltara para o sofá. Queria sair e procurar por Bri, mas não conseguia andar três metros sem cair. E a última coisa de que Julie precisava era de que ele acabasse preso na escada do quarto andar, sem conseguir subir outro degrau.

OS VIVOS E OS MORTOS • 315

Ainda assim, ele se sentia melhor hoje, melhor do que se sentira nos últimos dias. Levantou-se com cuidado e ficou contente ao descobrir que a cabeça não estava girando. A cozinha não parecia estar a um milhão de quilômetros, e ele conseguiu chegar até lá sem incidentes. Bebeu um pouco de água e abriu uma das latas de feijão vermelho. Pela quantidade de comida que ainda havia, Bri e Julie não tinham comido muito mais do que ele na última semana.

Bri se fora há dois dias e o que ele fizera, além de dormir? Tinha ao menos rezado para que ela voltasse em segurança? Não conseguia lembrar.

— Pai do Céu, ajude-a — murmurou. Era a única oração que Deus aceitaria dele.

Voltou até o sofá e tentou refletir. Bri fora à igreja havia dois dias. A única coisa que ele sabia era que Julie não a encontrara na escada. Ele coçou a testa. Se ela não estava na escada, onde estaria?

Na igreja, talvez? Poderia ter chegado e passado tanto tempo lá que estava escuro na hora de sair, e o padre Franco lhe dissera para passar a noite. Alex gostou da ideia, embora não conseguisse entender por que o sacerdote não a mandara para casa no dia seguinte.

Mas não havia eletricidade no dia seguinte. Talvez o padre tivesse lhe dito para ficar na igreja até ela poder pegar o elevador para o 12B. Bri poderia estar bem e viva, melhor do que em casa, pois a igreja ainda tinha aquecimento, ou pelo menos tivera na última vez em que Alex fora lá, antes da nevasca. Se o padre Franco tinha comida, dividiria com ela. E Bri estava com o inalador, então ela estaria mesmo melhor na Sta. Margarida do que em casa.

Seria fácil descobrir se Bri estava na igreja. Tudo o que tinha que fazer era ir até lá. Imagine a reação de Julie quando ele e Bri voltassem para o 12B juntos. Que presente de Natal seria.

Alex decidiu tentar andar. Foi do sofá até o quarto das garotas, depois, de volta à cozinha. Comeu mais duas colheres de feijão vermelho, depois caminhou de volta ao quarto. Sem tontura. Claro que estava meio fraco, mas isso já era de se esperar. Não havia pressa. Se Bri estivesse na Sta. Margarida, estavam cuidando dela. Mas se preocuparia com os irmãos. Era melhor ir logo.

— Alex?

— Volte a dormir — disse ele. — Estou bem. Só vou dar uma volta.

Julie sentou-se imediatamente.

— Do que você está falando? — insistiu ela. — Não pode sair para dar uma volta.

— Só até a igreja — respondeu ele. — Acho que Bri pode estar lá.

— Não está — disse Julie. — Ontem, depois que olhei a escada, fui até lá e perguntei. O padre Franco a viu na quinta, mas ela foi embora. Ele achou que ela ficaria bem porque ainda havia eletricidade.

Alex desabou no sofá.

— Por que não me disse? — quis saber, como se o destino de Bri pudesse ser diferente se Julie tivesse lhe contado.

— Porque você estava estirado no chão quando eu voltei — afirmou a menina.

— Não estou estirado agora — disse Alex. — Bri poderia estar vagando pelas ruas. Temos que procurá-la.

— Alex — chamou Julie.

— O quê? — perguntou ele.

Julie parecia infeliz.

OS VIVOS E OS MORTOS • 317

— Se algum cara a agarrou — começou — como aquele homem... você sabe... Bem, a Bri não conseguiria se defender. Sei que ela parecia estar muito mais forte por ajudar tanto você, mas nem eu consegui fugir. Bri mal comeu nos últimos dias e tem muita dificuldade de respirar. Não acho que esteja vagando pelas ruas.

— Não vamos saber até olhar — insistiu Alex. — Se você não quiser vir, vou sozinho.

— Você vai conseguir subir as escadas na volta? — perguntou Julie.

— Vou conseguir — disse Alex com raiva. — Você vem ou não?

— Claro que vou.

Os dos saíram do 12B e começaram a longa descida até o saguão. Alex ficou impressionado com a quantidade de energia que era necessária para simplesmente descer um lance de escadas. A pergunta de Julie sobre sua capacidade de subir de volta parecia cada vez mais razoável. Mas ele se preocuparia com isso na hora certa.

Alex não saía de casa há uma semana. Todas as coisas estavam iguais, mas agora a neve era cinza-escura. O frio pareceu rasgar seus pulmões, e ele começou a tossir.

— Isto é um erro — disse Julie.

— Eu tenho que procurá-la — disse Alex. — Não posso deixar que simplesmente desapareça.

— Você acha que não me sinto do mesmo jeito? — gritou Julie. — Mas e se você ficar doente de novo? O que vou fazer então?

Alex ignorou a irmã. Deu dois passos na calçada e perguntou-se que diabos ele pensava que estava fazendo.

— Espere aí. Tenho uma ideia — disse Julie.

— É, qual? — perguntou Alex.

— Vamos pegar o trenó — disse Julie. — Pode se sentar nele e eu puxo você.

— Você tem força suficiente? — perguntou Alex.

— Preciso ter — afirmou ela. — Você não vai a parte alguma sozinho. O trenó está no apartamento antigo, não é? Você não o trocou com Harvey, trocou?

— Não. Está lá — respondeu Alex. Ele ficou totalmente imóvel e então seus olhos se iluminaram. — Bri! Aposto que ela está no porão. Voltou para casa depois da igreja, na quinta-feira, e a eletricidade tinha acabado, por isso, decidiu ficar lá. Vamos. Aposto que está nos esperando para resgatá-la há dois dias.

— Você acha mesmo? — perguntou Julie, mas voltou correndo para o saguão.

Alex mal conseguia acompanhá-la, mas a adrenalina tomou conta dele, e desceu o lance único de escadas quase tão rápido quanto a irmã caçula.

— Bri? — gritou Julie. — Bri, você está aí dentro?

Não se ouviu resposta.

— Espere um minuto — disse Alex, procurando a chave da antiga casa. Tateando com os dedos, ele a pôs na fechadura e empurrou a porta, abrindo-a. — Bri? Bri, você está bem?

Julie correu pelo apartamento, chamando a irmã.

— Ela não está aqui — avisou.

— Talvez no escritório do papai — disse Alex. — Talvez tenha ido para lá.

Eles percorreram o corredor até o escritório. Alex pôs a chave na fechadura, mas, quando abriu a porta, encontrou o cômodo vazio.

— Pegue o trenó — pediu para Julie. — Vamos dar uma olhada nas ruas.

Julie obedeceu. Pegou o trenó e o carregou pela escada. Quando já estavam do lado de fora, Alex entrou nele e deixou que ela puxasse. Pediu que a irmã parasse em todas as pilhas de corpos, mas não havia nenhum cadáver novo. Se as pessoas morriam na vizinhança, faziam isso sozinhas em seus apartamentos.

Foram até a igreja, apenas para verificar novamente, mas padre Franco disse que não vira Bri desde a quinta-feira.

— Vou rezar por ela — prometeu.

Alex agradeceu e disse que, se tivesse alguma notícia, eles estavam no apartamento 12B e ficariam muito agradecidos se os informassem.

Alex e Julie deram a volta na 88 Oeste e foram para o norte, até a 92, e mais ao sul, na 82. Em parte do trajeto, ele caminhou e, em outra parte, foi de trenó. Os dois chamavam o nome de Bri pelo caminho, mas não se ouvia resposta, nada além do vento soprando e dos ratos correndo.

Ela se fora. Como a mãe e o pai, ela simplesmente desaparecera.

Domingo, 25 de dezembro

Ele acordou com febre. Julie se recusou a deixá-lo sair, nem para procurar por Bri nem para ir à igreja. Alex se sentia fraco demais para discutir.

— Você quer ir à missa? — perguntou ele, apesar do terror de que Julie pudesse desaparecer nas ruas como acontecera com Bri.

Ela negou com a cabeça.

— Haverá outros Natais — disse.

Ambos sabiam que isso era improvável, mas nenhum deles comentou. Ao invés disso, ficaram sentados, imóveis, olhando para a porta e rezando por um milagre.

Segunda-feira, 26 de dezembro

Julie adormecera na cadeira. Alex acordou e acendeu uma vela para que pudesse olhar para o relógio. Eram quase 8h30 da manhã.

Ele se aproximou de Julie e a sacudiu para que acordasse.

— Levante — mandou. — Agora.

Julie o encarou.

— É a Bri? Você sabe onde ela está?

— Não — disse Alex. — Mas hoje é dia 26. Você tem que ir até a rodoviária para pegar o comboio.

— Você me acordou para isso? — perguntou Julie. — Nós nem sabemos se existe um comboio. E quanto à Bri?

— Vou ficar e procurar por ela — disse Alex. — Mas pelo menos você estará em segurança.

Julie negou com a cabeça.

— Não vou a lugar algum sem você e Bri.

— Você tem que ir. É uma ordem — disse Alex.

— Dê ordens a outra pessoa — afirmou Julie. — Vou voltar a dormir. Dói menos quando eu durmo.

DEZENOVE

Terça-feira, 27 de dezembro

Foi o som da geladeira voltando à vida que animou Alex.

— Vamos — disse para Julie. — A eletricidade voltou.

— E daí? — perguntou ela.

— Quero que você coma alguma coisa — disse ele. — Quando foi a última vez que comeu?

— Não sei — respondeu Julie. — Ontem, acho.

— Vou esquentar um pouco de água no micro-ondas para me limpar — disse Alex. — Então, comeremos alguma coisa quente enquanto pudermos.

— E depois? — perguntou Julie.

— Depois, vamos sair e procurar um pouco mais por Bri — avisou Alex.

— Como? — disse ela. — Você acha que meia lata de feijão vai deixar você forte de novo?

— Vamos usar o trenó — respondeu Alex. — Julie, não podemos desistir. Talvez ela tenha voltado para a igreja no Natal. Talvez tenha voltado para o porão.

A voz que ele odiava cada vez mais dentro de si dizia que, talvez, quem tivesse levado Bri abandonara o corpo dela em algum lugar, e que era isso o que eles realmente estavam procurando. Julie devia estar pensando a mesma coisa, mas ela também sabia que não deveria dizer isso.

— Posso me limpar também? — perguntou Julie. — Antes de irmos?

— Boa ideia — disse Alex. — Mas vamos enquanto ainda há eletricidade. Podemos pegar o elevador de serviço para o porão e pegar o trenó.

— Quanto luxo — resmungou Julie, mas levantou-se da cadeira e foi com Alex até a cozinha.

Meia hora depois, os dois estavam o mais limpos que conseguiriam ficar e alimentados. Ainda havia um pouco de arroz que, reaquecido com feijão, quase tinha gosto de comida de verdade. Alex estava tentado a abrir a lata de sardinha, mas imaginou que poderia esperar para um dia sem micro-ondas. Eles tinham que ser muito cuidadosos com a pouca comida que restara, caso não houvesse mais doação de comida e a Vicente de Paula não voltasse a abrir. Ainda havia uma chance de que Julie pudesse ir no comboio de 9 de janeiro, se ambos sobrevivessem até lá. A possibilidade de ele morrer primeiro e Julie se matar depois o enchia de terror.

Mais doze dias, disse a si mesmo. Depois de tudo o que tinham passado, o que eram mais doze dias?

Julie enxaguou os pratos; em seguida, colocou as luvas.

— Estou pronta — avisou.

Alex assentiu com a cabeça. Ele se sentia mais forte do que antes e não achava que precisaria do trenó. Mas, se encontrassem Bri na rua, poderiam trazê-la para casa nele. Ele não a deixaria como fizera com Kevin. Seu lugar era em casa.

Eles caminharam em silêncio pelo corredor até o elevador de serviço. Alex apertou o botão. Ouviu o barulho do elevador abrindo caminho lentamente até o décimo segundo andar.

OS VIVOS E OS MORTOS • 323

— Que engraçado — disse Julie. — Ele deveria estar aqui. Somos os únicos que sobraram no prédio.

Imediatamente, Alex percebeu o que acontecera.

— Não olhe! — gritou para Julie, mas era tarde demais.

As portas do elevador se abriram e o fedor já familiar da morte saudou-os antes que vissem o corpo da irmã encolhido no chão do elevador.

— Bri? — chamou Julie, com voz infantil e estridente. — Bri, acorde. — Ela se inclinou sobre a irmã e começou a sacudi-la. — Acorde! Acorde!

— Julie, pare! — pediu Alex. — É tarde demais.

— Não pode ser! — gritou ela. — Temos que tentar com mais força. Bri. Levante, Bri. Agora. Por favor. Agora...

Alex se ajoelhou ao lado de Julie. A irmã morrera havia dias. Em uma das mãos, segurava o inalador; na outra, o rosário.

— Ela morreu em estado de graça — comentou. — É o melhor que poderia ter acontecido.

— Mas por quê? — perguntou Julie. — Por que ela foi até o porão?

— Não sei — respondeu Alex.

Ele se abaixou e deu um beijo na bochecha de Bri. Seus olhos estavam fechados. Talvez ela estivesse dormindo quando morreu, disse para si mesmo. Talvez Deus tenha se mostrado piedoso com quem O amava tanto.

— Não entendo — insistiu Julie, como se entender tornasse as coisas, de alguma maneira, melhores. — Ela morreu no elevador? Foi isso o que aconteceu?

— Acho que sim. Na quinta-feira passada — disse Alex. No meu aniversário, pensou. Bri morreu no dia do meu aniversário, depois de agradecer a Deus por eu ainda estar vivo. — Por alguma razão, ela foi ao porão, pegou o elevador para subir, mas a energia elétrica acabou enquanto estava dentro dele.

Julie virou-se para olhá-lo com uma expressão horrorizada.

— Quanto tempo levou? — perguntou ela. — Ela sabia que ia morrer? Ficou esperando que nós a resgatássemos?

— Julie, isso não importa — disse Alex, embora estivesse se fazendo as mesmas perguntas. — Olhe para ela. Veja como está em paz. Ela está no Céu agora, com a nossa *dulce Virgen María*, rogando.

— Sim — admitiu Julie. — Sei que sim. Mas ela está aqui, Alex, e sinto tanto a sua falta que acho que vou morrer.

Alex engoliu em seco.

— Volte para o 12B — disse ele. — Pegue um cobertor. Não, pegue a colcha favorita de Bri. Traga até aqui. Vamos enrolá-la nela e levá-la para casa.

Julie assentiu com a cabeça. Ela se abaixou, beijou a mão da irmã, levantou-se e saiu do elevador.

Alex afagou os cabelos de Bri e rezou pedindo força. Disse a si mesmo que era melhor assim. Ela não morrera nas mãos de outra pessoa nem seu corpo fora abandonado descuidadamente depois que servisse a seus fins. A Lua a matara, não um ser humano. Ele fez o sinal da cruz e agradeceu a Jesus Cristo pela irmã ter sido poupada.

Julie voltou trazendo a colcha. Alex a pegou e embrulhou Bri com ela.

— Vamos ter que pegar o elevador — disse ele. — Não somos fortes o bastante para carregá-la pelas escadas.

— Eu sei — respondeu Julie. — Já rezei para a eletricidade durar o suficiente. Vai ficar tudo bem.

OS VIVOS E OS MORTOS • 325

— Ela ia gostar de ficar lá — disse Alex, e, com os dedos trêmulos, apertou o botão para o porão. — Vamos deixá-la na cama dela.

— Não. Ponha na minha. É mais alta. Mais perto do Céu — pediu Julie.

Alex assentiu com a cabeça. Desceram em silêncio até o porão, e as portas do elevador se abriram. Ele não sabia se teria força para carregar Bri sozinho, mas, sem que pedisse, Julie abaixou-se e o ajudou a erguê-la. Quando chegaram em casa, Alex pediu à irmã que pegasse as chaves em seu bolso enquanto ele segurava Bri. Depois, juntos, levaram-na até o quarto das meninas e ergueram-na até a cama de cima.

Alex deixou o rosto dela descoberto enquanto rezavam. Quando achou que Julie já estava mais calma, beijou os olhos de Bri e cobriu seu rosto com a colcha.

— Não — pediu Julie. — Ainda não.

Alex sabia que precisava dar à caçula o tempo necessário.

— Vou para a sala — informou. — Pode me encontrar lá quando estiver pronta.

Julie assentiu com a cabeça. E Alex as deixou e foi para a sala. Ele precisava de tempo sozinho, percebeu. Precisava descobrir o que fizera Bri voltar para o porão.

Nada parecia ter mudado desde que trouxera o trenó três semanas atrás. Por que Bri voltara?, se perguntou.

Ele foi até o quarto dos pais, pensando que poderia haver alguma coisa ali, mas não encontrou nada fora do lugar.

Talvez ela tivesse ido à cozinha, buscando comida, pensou. Claro que não tinha nenhuma, mas talvez pensasse que tinham esquecido alguma coisa. Não havia outro lugar para checar, portanto, ele poderia dar uma olhada ali.

Os armários estavam vazios, como ele esperava. Alex olhou por cima do balcão e viu o bilhete que deixara.

Seu corpo começou a tremer quando o pegou. No topo do papel, havia a nota informando que estavam no 12B, mas o restante fora repleto pela letra de Bri.

Queridos mamãe e papai,

Fico feliz que estejam em casa. Rezei todos os dias por vocês.

Alex me enviou para um convento no verão e, embora as irmãs fossem muito boas, rezei dia e noite para poder voltar para casa. Santa María, Madre de Dios respondeu às minhas preces.

Há duas semanas, Alex disse que precisaríamos deixar Nova York. Não contem para ele, mas rezei mais ainda para não termos que ir, e a Virgem Maria impediu o ônibus de ir embora.

Sei, no fundo do coração, que Deus quer que fiquemos em Nova York para estarmos aqui quando vocês voltarem. Será o presente de Natal d'Ele para nós.

Vocês ficarão muito orgulhosos de Alex e Julie. Eles têm sido maravilhosos comigo. Alex esteve doente, mas está melhor agora. Quando ele e Julie virem vocês, voltarão a acreditar na piedade de Deus e O amarão como eu.

A filha que ama vocês,

Briana

P.S. Não tem problema ficarmos no 12 B. O sr. Dunlap disse que podíamos.

Alex fitou o pedaço de papel horrorizado. Bri morrera porque se recusara a acreditar que os pais estavam mortos. Se não tivesse escrito o bilhete, teria voltado ao edifício, pego o elevador até o décimo segundo andar e entrado no apartamento antes de a eletricidade acabar. Suas ilusões a levaram à morte.

Mas seria ele melhor do que ela? Até aquele momento, até ver o corpo de Bri e ler suas últimas palavras, também não tivera esperança de que os pais voltariam, de alguma maneira miraculosa? Ele nunca dissera o contrário a Bri porque nunca fora capaz de aceitar que eles estivessem realmente mortos. A crença ilusória de Bri também fora a sua. Ela apenas acreditara mais.

A irmã se fora agora. Não. Ela estava morta. Morta como Kevin. Morta como mamãe e papai. Mas Julie ainda estava viva e tinha de haver um meio de salvá-la. Jesus Cristo, em Sua misericórdia, não podia condenar Julie à morte apenas porque seu irmão mais velho era teimoso e burro.

Alex dobrou o bilhete de Bri, sem conseguir separar-se dele. Estava guardando-o no bolso do casaco quando Julie saiu do quarto.

— Deixei o postal com ela — comentou.

— Que postal? — perguntou Alex.

— Aquele com o quadro — respondeu Julie. — *Noite Estrelada*. Tive que procurar por ele, mas o encontrei e deixei do seu lado. O que você acha? Ela realmente gostava dele.

— Acho que foi uma ideia muito boa — disse Alex. — Foi inteligente pensar nisso.

Julie olhou para ele.

— É seguro usar o elevador? — perguntou ela.

Alex sabia que não havia lugar na Terra que fosse seguro.

— Sim, claro — respondeu. — Mas é melhor irmos logo. Está pronta?

Julie assentiu com a cabeça.

— Ela vai ficar bem aqui? — perguntou.

— Sim, vai — respondeu Alex. — Mamãe e papai vão cuidar dela.

Quarta-feira, 28 de dezembro

Ele dormiu mal; sempre que acordava, ouvia Julie chorando no quarto que dividia com Bri. Ficou feliz por ela ainda saber chorar e não tentou consolá-la.

Depois de um tempo, levantou-se do sofá-cama e foi até a cozinha verificar os mantimentos. Algumas xícaras de arroz cozido, duas latas de feijão vermelho, uma de espinafre, uma de seleta de legumes e a sardinha. Lembrou-se da época em que aquilo não seria comida suficiente para ele por um único dia.

Eu era tão mimado, pensou. Tinha tanto e não dava valor. Sempre queria mais.

Não importava. O que importava era levar Julie para um lugar seguro. Se conseguisse fazer isso, Alex morreria sabendo que tomara uma atitude certa e isso seria o suficiente.

Ele sabia que tinha que deixar um bilhete para Julie, mas apenas encostar a caneta no papel fazia com que tremesse. Fez um esforço para parar de pensar nos instantes finais da irmã e escreveu: "Fui à Sta. Margarida para marcar uma missa para Bri."

Havia muitas outras coisas que ele queria dizer no bilhete, mas não faria diferença. Em vez disso, foi ao quarto para dar uma olhada na irmã. Ela finalmente adormecera, o que o deixou aliviado. Talvez continuasse dormindo até ele voltar. Quando voltasse, faria com que ela comesse alguma coisa.

Alex desceu os doze lances de escada devagar, sem querer desperdiçar mais força do que tinha. Nem ele nem Julie sentiram vontade de comer depois que voltaram para casa no dia anterior, por isso, fazia quase 24 horas desde a última vez que se alimentara. Ele tinha quase certeza de que se recuperara da gripe, mas sabia que não faltava muito para um colapso.

Julie é tudo o que importa, pensou enquanto caminhava até a igreja. Carlos poderia estar vivo, mas não havia meio de saber. Julie *estava* viva, era forte e resistente, e merecia viver. Padre Franco certamente compreenderia isso e ajudaria Alex a encontrar um meio de salvá-la.

Mas, ao chegar à Sta. Margarida, Alex encontrou um cartaz na porta.

A IGREJA FOI FECHADA
DOMINUS VOBISCUM

Apesar do cartaz, tentou abrir a porta, mas estava trancada. Ele foi até a porta lateral e tentou abrir, sem sorte. A igreja fora abandonada. Padre Franco lhe dissera que isso aconteceria, mas Alex nunca acreditara nele.

Sem saber aonde mais ir, começou a caminhar até a Vicente de Paula. Há muito desistira de acreditar em milagres, mas rezou para que a capela estivesse aberta e ele pudesse, ao menos, acender uma vela para Bri.

A caminhada foi longa e difícil, e o garoto surpreendeu-se ao ver que suas lágrimas não congelavam. Os pulmões doíam com as cinzas no ar, e sua mente se encheu com imagens de Bri presa no elevador, morrendo devagar e sozinha.

Julie, não, pensou. Não vou deixar Julie morrer também.

Não havia nenhum cartaz na porta da Vicente de Paula, nem mesmo sobre a quarentena. Alex virou a maçaneta e a porta abriu.

Entrou na escola. Não ouviu som algum nem viu qualquer pessoa. Mas a porta da capela estava aberta. Ele entrou, encontrou-a vazia também, curvou-se diante da cruz, e, depois, foi até a fileira dos alunos do último ano, ajoelhou-se e começou a rezar. Implorou pela misericórdia e pelo perdão de Deus, rezou pelas almas de todos aqueles que amava e para que Jesus Cristo tivesse piedade e deixasse Julie viver.

— Alex?

O garoto virou-se e se deparou com a irmã Rita de pé no vão da porta.

— Alex, é você mesmo? Pensei que você e suas irmãs tivessem partido.

Por um momento, ele ficou confuso. Depois, lembrou-se do bilhete que deixara para padre Mulrooney avisando que estavam indo embora.

— Não — disse. — Não conseguimos ir.

—Você está bem? — perguntou irmã Rita. — Como estão Briana e Julie?

— Bri morreu — respondeu Alex. — A igreja de Sta. Margarida está fechada e eu não tinha para onde ir.

— Bri? — repetiu a freira. —Ah, Alex, sinto muito. Ela foi minha aluna de inglês. Era uma menina encantadora.

Alex pensou em Bri na escola, mas não conseguiu falar.

— Julie está bem? — perguntou irmã Rita.

Alex assentiu com a cabeça.

OS VIVOS E OS MORTOS • 331

— Obrigada, meu Jesus Cristo — disse a freira. —Venha comigo, Alex. Vamos conversar com padre Mulrooney.

Alex acompanhou-a para fora da capela até o gabinete do sacerdote. Padre Mulrooney estava sentado à escrivaninha, rezando em silêncio. Eles aguardaram que terminasse e, então, irmã Rita bateu à porta para chamar sua atenção.

— Sr. Morales? — disse o sacerdote. — Pensamos que o senhor tinha ido embora.

— Eu sei — pediu Alex. — Eu tentei, mas o comboio não saiu por causa da quarentena.

— Como estão suas irmãs? — indagou o padre.

— Julie está bem — respondeu Alex. — Bri morreu por minha causa.

— Sente-se — pediu padre Mulrooney. — Por que você é o responsável pela morte de sua irmã, Alex?

Ele contou-lhes toda a história. Lembrou-se de quando pedira ao sacerdote que ouvisse sua confissão porque sentia que padre Franco seria muito brando com ele. Sabia que nenhuma penitência que padre Mulrooney pudesse exigir diminuiria a culpa que sentia, mas não se importava. Era melhor que soubessem o quanto ele era incapaz. Seriam muito mais piedosos com Julie dessa maneira.

Quando terminou, o sacerdote limpou a garganta.

— Não sei o que dizer — começou.

— Posso falar uma coisa, se o senhor não se importa? — perguntou irmã Rita.

— Por favor — respondeu o padre.

Ela virou-se para Alex. Havia se esquecido de como os olhos dela eram bondosos.

— Sei que você se sente responsável pela morte de Briana — afirmou ela. — Acha que deveria ter reconhecido a morte de seus pais e forçado Bri a fazê-lo. Se tivesse, ela não teria sido tão teimosa e ainda estaria viva. É isso, não é?

Alex engoliu um soluço e assentiu com a cabeça.

— Acho que foi essa mesma fé que manteve Bri viva por tanto tempo — disse a freira. — Se ela não tivesse isso, então, todos os sacrifícios que você fez por ela, todo o cuidado e proteção que lhe deu, não teriam sido suficientes. Bri precisava acreditar que os pais voltariam. E você a amou o suficiente e a respeitou o suficiente para não matar essa esperança, nem a sua. Se ela soubesse que você havia desistido, poderia desistir também, e isso acabaria com ela.

—Teria feito mesmo diferença? — perguntou Alex. — Ela sofreu tanto nos últimos meses.

— Ela manteve você vivo — retrucou a freira. — Julie não conseguiria ter feito isso sozinha. A sua vida é um presente de Bri. — A mulher segurou a mão de Alex e manteve-a entre as suas. — Ela teve sorte de ter um irmão como você — concluiu. — Bri sabia disso, e você deveria saber também.

Ele não conseguia parar de chorar. Sentia-se um tolo, um bebê, mas as lágrimas não tinham fim.

— Já chega — disse finalmente padre Mulrooney. — Suponho que não tenha um lenço limpo, sr. Morales.

Mesmo sem querer, Alex riu.

— Nem eu, para falar a verdade — disse o sacerdote. — Muito bem, use sua manga, mas limpe o nariz. Temos que decidir algumas coisas.

Alex obedeceu.

— Preciso de um lugar seguro para Julie — pediu.

— Não apenas para Julie — disse o padre. — Para você também, sr. Morales.

OS VIVOS E OS MORTOS • 333

— Eu não sou importante — insistiu Alex. — Apenas Julie.

Padre Mulrooney balançou a cabeça em reprovação feroz.

— Quantos anos o senhor tem, sr. Morales? — perguntou.

— Dezoito — respondeu Alex.

— Em quarenta anos lecionando na Academia S. Vicente de Paula, nunca encontrei um santo de 18 anos — declarou o padre. — E, sinceramente, duvido que tenha encontrado agora. Irmã Rita, quando o ônibus vem buscá-la? Amanhã à tarde?

— Às 13h — respondeu a freira. — Embora não se deva contar com a pontualidade.

— Que ônibus? — perguntou Alex.

— Creio que é o último também — observou padre Mulrooney. — Sua noção de tempo, sr. Morales, é impecável. Não posso dizer o mesmo de sua aparência.

— Padre Mulrooney — advertiu irmã Rita.

— A senhora está certa — disse o padre. — A questão é: qual o pretexto para os jovens Morales pegarem o ônibus?

Alex respirou fundo.

— Que ônibus? — repetiu. — Não tem uma quarentena?

— A gripe se espalhou por toda parte — retrucou o padre. — Não faz sentido manter a quarentena quando todos estão doentes.

— Tenho certeza de que você vai ficar bem — consolou irmã Rita. — E Julie tem uma imunidade forte, se ficou com você esse tempo todo e não adoeceu. Como podemos fazer isso, padre?

— Fazer o quê? — quis saber Alex. — Não vou deixar Julie ir para um centro de refugiados. Vocês não podem simplesmente deixá-la ficar aqui?

— Quem falou em centro de refugiados? — perguntou padre Mulrooney. — Você acha que o ônibus virá até aqui às 13h para levar irmã Rita para um?

— Padre Mulrooney, por favor — pediu irmã Rita. — Alex, a igreja transferiu quase todos os religiosos. Alguns, incluindo o padre Mulrooney, preferiram ficar para ajudar com as necessidades de quem não pode ir embora. Mas, por insistência dele, amanhã parto de ônibus para o campus da Faculdade de Sta. Úrsula, na Geórgia. A igreja o está usando como um tipo de centro para os religiosos, até sermos designados para outro lugar.

— Mas Julie e eu não fizemos votos — disse Alex. — Como podemos ir?

— É nisso que estamos tentando pensar — explicou a freira.

O sacerdote parecia pensativo.

— Jesus Cristo é piedoso — disse. — Tenho certeza de que Ele não vai se importar se simplesmente dissermos que o sr. Morales é um seminarista. Quem sabe, um dia, ele poderia ser. Nós lhe daremos os papéis de identificação do sr. Kim. Isso vai ser o suficiente para levá-lo até a Sta. Úrsula, e, uma vez lá, tenho certeza de que poderá ficar até encontrar um local mais adequado.

— Meus tios foram para Tulsa — disse Alex.

— Excelente — observou o padre Mulrooney. — Certamente, irmã Rita, sua ordem poderia aceitar uma postulante jovem.

— Uma postulante muito jovem — disse a freira, com um sorriso. — E eu duvido que algum dia Julie faça os votos sagrados. Mas ainda tenho os papéis e as roupas da irmã Joanne. Enquanto eu estiver com ela, não acredito que alguém questione Julie.

— Vocês fariam isso? — perguntou Alex. — Estariam violando as regras.

— Algumas vezes, as regras não funcionam — retrucou padre Mulrooney. — Você e sua irmã devem retornar amanhã de manhã, bem cedo. Vocês ainda têm comida em casa?

OS VIVOS E OS MORTOS • 335

— Um pouco — respondeu Alex.

— Excelente — disse o sacerdote. — Se for necessário, podemos subornar o motorista com uma ou duas latas. Guarde um pouco para vocês, pois o trajeto será longo e não vão dar comida. Levem apenas os itens mais essenciais. Todos podem levar uma mala e nós daremos uma para cada um, para que se pareçam menos com alunos de escola.

— Julie pode ficar sentada perto de mim durante todo o trajeto — disse a freira. — Iremos no mesmo ônibus, mas vai levantar menos suspeitas se vocês não se sentarem juntos.

Alex concordou com a cabeça.

— Não posso agradecer o suficiente — constatou.

— O seu futuro é nosso agradecimento — retrucou o padre. — Agora, vá para casa e diga à sua irmã o que tem que ser feito. Estejam aqui bem cedo. A missa é obrigatória, claro.

Quinta-feira, 29 de dezembro

— Rápido — disse Alex para Julie. — Não temos o dia inteiro.

— Estou indo rápido — resmungou Julie. — Você tem certeza de que pegou tudo?

Alex remexeu na sacola plástica mais uma vez. Duas mudas de roupas de baixo, rigorosamente esfregadas na véspera e ainda um pouco úmidas. As latas de comida restantes e um abridor de lata, dois garfos. Toda informação que conseguiu encontrar sobre o regimento de Carlos. A fotografia que tio Jimmy tirara deles, os papéis do sr. Flynn e todas as certidões de nascimento e certificados de batismo, que ele planejava guardar no bolso assim que trocasse de roupa na S. Vicente de Paula. O bilhete de Bri que carregava com ele.

— Ah — disse Alex. — Minha medalha de São Cristóvão. — Sua mãe lhe dera aquilo antes do primeiro verão na colônia de férias. Ele correu até a sala de estar para procurá-la.

— Está comigo — disse Julie, saindo do quarto. — Bri pôs em você quando estava doente, mas ela caía, por isso, eu tirei e guardei. Tome.

— Obrigado — disse Alex. — Você pegou tudo?

Julie assentiu com a cabeça.

— Estou levando o batom que Kevin me deu — disse ela. — Não ligo se as postulantes não usam batom. Eu quero ficar com ele.

Kevin gostaria disso, pensou Alex.

— Você tem alguma coisa de Bri? Para se lembrar dela? — perguntou.

— Eu tenho Bri no meu coração. Não preciso de mais nada — disse Julie. Fez uma pausa e prosseguiu: — A não ser você. Eu preciso de você.

Alex fez que sim com a cabeça.

— Também preciso de você, Julie — disse. — Vamos. É hora de partirmos.